AF294892

Jana Engels wurde 1978 in Berlin geboren. Seit 2002 lebt sie in der Nord-Eifel. Mittlerweile blickt sie auf die Veröffentlichung einiger Romane zurück, in denen es um Liebe, Familie und Verwicklungen geht. Neben Spannung und fesselnden Emotionen findet sich auch immer eine Prise feinen Humors in ihren Geschichten.

JANA ENGELS

Die
SCHWESTERN
der
TUCH
FABRIK

Erstausgabe Juli 2023

Copyright © 2023 dp Verlag, ein Imprint der
dp DIGITAL PUBLISHERS GmbH
Made in Stuttgart with ♥
Alle Rechte vorbehalten

Die Schwestern der Tuchfabrik

ISBN: 978-3-98778-292-3
E-Book-ISBN:978-3-98778-388-3

Covergestaltung: ARTC.ore Design / Wildly & Slow Photography
Umschlaggestaltung: ARTC.ore Design
Unter Verwendung von Motiven von
shutterstock.com: © Ironika, © Ysbrand Cosijn, © Fab_1, © Lilit
Lysa, © Vladfotograf, © nnattalli, © INTREEGUE Photography,
© aellynae
stock.adobe.com: © JulietPhotography
Lektorat: Astrid Rahlfs
Satz: dp DIGITAL PUBLISHERS GmbH
Druck und Bindung: Books on Demand GmbH, Norderstedt

1

„Dann gehe ich jetzt packen", verkündete Edith enthusiastisch. Wendig wie ein Wiesel stand sie auf und schob den Holzstuhl schwungvoll an den Tisch, obwohl die Mittagstafel noch nicht aufgehoben war. Mit einem schelmischen Grinsen, umrahmt von der neuen Frisur, einem frechen brünetten Bubikopf, lehnte sie sich vornüber und griff sich mit lang gestrecktem Arm einen Apfel aus der Obstschale. Dabei fiel ihre lange, mehrlagige Perlenkette mit dumpfem Klackern auf das frisch gestärkte Tischtuch, welches das Eichenholz bedeckte. Den empörten Blick ihrer nur zwei Jahre älteren Schwester Ursula erwiderte Edith dabei mit einem kecken Zwinkern.

„Bis später!" Edith biss genüsslich in die goldgelbe Frucht. Gut gelaunt und sichtbar vor Selbstbewusstsein strotzend, verließ sie das Esszimmer.

„Papa ...", begehrte Ursula auf, die nicht hinnehmen wollte, dass sich die jüngere Schwester, neuerlich und ungestraft, wie eine Wilde aufführen durfte. Aber ihr Vater, der angesehene Mediziner Ziegler, zog nur müde die Augenbrauen hoch. Mit abwesendem Blick räusperte er sich, dann sah er auf seine goldene Taschenuhr.

„Das wird sich schon legen", murmelte er mit Blick auf das Zifferblatt und schob seine Brille mit den kreisrunden Gläsern unnötigerweise auf der Nase zurecht. „Ich werde in der Praxis erwartet. Ihr entschuldigt mich ..." Er stand auf, ohne eine Antwort zu erwarten, strich mit der flachen Hand über seine Weste und zog das Jackett glatt. Dann verließ er ebenfalls den Raum.

Ursula schnaufte verärgert. Wie so oft in letzter Zeit war von ihrem Vater kein Beistand zu erwarten. Also wandte sie sich mit fragendem Blick an ihre Mutter. Doch auch Henriette Ziegler, eine schlanke Frau mit geradem Rücken und von strengem Wesen, schien heute noch weniger Interesse an einer Diskussion über das rebellische Verhalten ihrer Zweitgeborenen zu haben als sonst. Die Idee, dass Ediths Verhalten nur eine Laune wäre, der nicht allzu viel Aufmerksamkeit geschenkt werden durfte, weil sie bald vorüber wäre, hielt sich hartnäckig.

„Wenn der Sommer vorbei ist, wird sie die Flausen los sein. Komm, zeige mir lieber deine Handarbeit. Derlei Benehmen kannst du dir noch viel weniger leisten." Henriette stand auf und bedeutete Ursula, mit ihr zu den beiden Sesseln am großen Fenster hinüberzugehen und dort Platz zu nehmen.

Das Dienstmädchen brachte sogleich ein Tablett mit edlem Porzellangeschirr, dazu Milch, Zucker und Kaffee. Im Hause Ziegler wurde der Haushalt mit Sorgfalt geführt und so fehlte es auch jetzt an nichts. Darauf legte Henriette großen Wert, auch wenn sich die Haushaltsausgaben unerwartet rasch erhöht hatten.

Gehorsam setzte Ursula sich und reichte der Mutter ihr aktuelles Strickwerk, einen Handschuh aus feiner grauer Wolle. Während Henriette die Arbeit ihrer Tochter akribisch begutachtete, konnte Ursula nicht umhin, das Dienstmädchen Anna bei seiner Arbeit zu beobachten.

Anna war vierundzwanzig Jahre alt, wie sie wusste, und somit nur ein Jahr jünger als sie selbst. Doch es steckte so viel Anmut in diesem Wesen, dass Ursula sie bei jeder Gelegenheit mit heimlichen bewundernden Blicken bedachte. Annas Bewegungen waren flink, ihr Körperbau trotz des geringen Gewichts ansehnlich, das zusammengesteckte rabenschwarze Haar dick und glänzend. Annas Wangen leuchteten in einer natürlichen Röte und lenkten den Blick von ihren müden Augen ab. Sie stellte einfach alles dar, was Ursula nie würde sein können.

Selbst diesem einfachen Mädchen gegenüber schämte sie sich für ihr unzureichendes äußerliches Erscheinungsbild. Manchmal dachte Ursula, es wäre dienlicher gewesen, sich als Vierjährige im Winter einen Zeh abgefroren zu haben, als an Krupp zu erkranken. Ihre lästigen Defizite ließen sich dadurch zwar erklären, als Entschuldigung galten sie jedoch nicht.

Ihre Mutter ließ keinen Tag verstreichen, an dem sie nicht Anstoß an ihrer Tochter nahm. Unnötigerweise. Ursula wusste nur zu gut, dass sie viel zu hager war. Selbst wenn sie sich schminkte, stachen ihre schmale Nase und die durch den Überbiss hervorstehenden Zähne ins Auge. Ihr Gesicht war markant, wies einen hohen Wiedererkennungswert auf, allerdings nicht in der Art, wie es ihr lieb gewesen wäre. Auch ihr Haar wuchs viel zu dünn und aschfahl. Die zierlichen Schnecken, die sie täglich mit viel Mühe hineinflocht, baumelten wie blanker Hohn rechts und links an ihrem Kopf.

„Trenne ihn auf. Die Maschen sind noch nicht gleichmäßig genug." Henriette sprach leise, legte aber eine besondere Schärfe in ihre Worte, die Ursula zusammenzucken ließ. Sie gab ihrer Tochter das Strickzeug mit einem strengen Blick zurück.

„Bis zu eurer Rückkehr im September solltest du wenigstens ein einziges ordentliches Paar gestrickt haben."

Ursula nickte tonlos und begann augenblicklich damit, die bis dahin so mühsam und in ihren Augen akkurat gestrickten Reihen aufzutrennen. Die Wolle hatte sich bereits an ihre neue Form gewöhnt und nun kringelte sich der schier endlose Faden in zartem Grau auf ihrem Schoß. Abwechselnd zog sie die Maschen auseinander und wickelte den Faden zurück aufs Knäuel.

Nachdem ihre Mutter die Kaffeezeit beendet hatte, begab sich auch Ursula in ihr Zimmer, um ihr Reisegepäck für die kommenden Wochen zusammenzulegen. Sie fügte sich, machte sich zeitgleich jedoch große Sorgen. Einem Mann zu gefallen und ihn zu heiraten, stellte sich in Abwesenheit als noch schwierigeres Unterfangen dar, als es ohnehin schon war.

Aber es war beschlossene Sache im Hause des Doktor Ziegler und Ursula wusste so gut wie ihre Schwester, dass die Entscheidungen ihres Vaters, wenn sie erst einmal gefällt und ausgesprochen waren, nicht zurückgenommen wurden. Die Töchter Ursula und Edith würden also über den Sommer in den Westen des Landes zu seinem entfernten Cousin reisen und einige Wochen in dessen Tuchfabrik arbeiten.

Natürlich würden die jungen Damen keine richtige Arbeit verrichten, allenfalls einfache Bürotätigkeiten in dessen Kontor erledigen. So viel wusste Ursula bereits. Es ging eher darum, die Töchter aus der Hauptstadt zu schaffen, bis die Unruhen in der Bevölkerung sich gelegt hatten und endlich eine stabile Regierung an der Macht war. Falls dies nicht gelang und Zieglers Finanzen nicht ausreichten, so musste mit vorausschauendem Blick in die Zukunft der Mädchen investiert werden.

Das alles hatte Ziegler seinen Töchtern gegenüber nicht erwähnt, aber Ursula wusste es, denn sie hatte einen Brief auf seinem Schreibtisch entdeckt und verbotenerweise gelesen. Selbstredend sollten sich die Töchter aus gutem Hause nicht um die Tuchmacherei scheren, sondern viel lieber etwas Landluft und den Sommer genießen. So hatte es Ziegler seinem Cousin mitgeteilt.

Ursula hatte nicht mit ihrer Schwester darüber gesprochen. Aber sie wusste, dass die Sorgen ihres Vaters berechtigt waren. Angesichts der politischen Lage und der jüngsten wirtschaftlichen Entwicklungen war es unmöglich abzusehen, ob und wie sich die junge Republik in einem halben Jahr präsentieren würde. Im Moment herrschten Sorge und Ungewissheit in der Hauptstadt und im nahen Umland.

Die ausbleibenden Bestrebungen Ediths, sich um eine gesicherte Zukunft zu bemühen, schmerzten Ursula. Noch hatten Zieglers, und vor allem die Patienten ihres Vaters, Vermögen. Doch wie sie bereits bei einigen Bekannten der Familie beobachtet hatte, konnte es sich innerhalb weniger Zeit in Luft auflösen. Diese Themen waren nicht für die Ohren der Medizinertöchter bestimmt, aber Ursula hatte die Nachrichten verfolgt und machte sich ihre Gedanken dazu.

Der Großteil der Berliner Arbeiter belagerte in Ermangelung einer Anstellung die Straßen. Die ehemaligen Munitionsfabriken fertigten nun Rohre oder Töpfe. Insgesamt war die Produktionskapazität auf einen Bruchteil zurückgefahren und ein Hauptteil der Belegschaft entlassen worden. Der Krieg war gerade erst vorbei und die junge, übergeschnappte Republik steckte bereits in einer tiefen Krise.

Henriette pflegte Gespräche, die in jene Richtung steuerten, sorgfältig im Keim zu ersticken. Also blieb Ursula mit ihren Gedanken allein und Edith amüsierte sich im Nachtleben, denn sie war hübsch, eine Spur zu vorlaut und fand immer jemanden, der Dollars in der Tasche hatte und sie einlud.

Ursula legte ein Kleidungsstück nach dem anderen auf ihr Bett und versuchte die trüben Gedanken zu verjagen. Es würde schon gutgehen, es musste einfach, und vielleicht spielte ihr die Zeit in die Karten. Sie würden den Sommer auf dem Land genießen und es sollte ihnen an nichts mangeln. Vielleicht begegnete sie dort sogar einem Gentleman, dem sie genügte und der sie heiratete.

Ziegler verbrachte immer häufiger Zeit in seiner Praxis im Erdgeschoss der Villa. So auch jetzt, außerhalb der Sprechzeiten. Er suchte die Ruhe und wollte nachdenken. Wenn er ehrlich war, in sich hineinhörte, konnte er eine gewisse Beunruhigung nicht leugnen. Sie saß versteckt hinter der sachlichen Miene eines Naturwissenschaftlers. Wann immer sie sich in den Vordergrund drängte, schluckte Ziegler sie hinunter. Aber auf diese Weise verschwand sie nicht. Sie lag ihm unhandlich wie ein Stein im Magen. Wie würde es in Zukunft weitergehen?

Seine Patienten, mittlerweile etwas weniger an der Zahl, sicherten ihm noch immer Beschäftigung und Einkünfte. Krank wurden die Menschen jederzeit, auch die reichen, unabhängig vom politischen Geschehen. Darauf konnte er sich verlassen. Doch die Sorgenfalten auf seiner Stirn waren in den letzten Monaten tiefer geworden. Einige Familien, die er über viele Jahre hinweg betreut hatte, steuerten in die Armut. Wenn sich nicht bald etwas tat, sah auch er schwarz.

Ziegler trommelte mit den Fingerkuppen auf seinem Schreibtisch herum. Deutschland brauchte eine harte, konsequente Führung. So ging es nicht weiter und er hoffte inständig auf baldige Änderung. Notfalls auch mit Gewalt. Lieber ein Ende mit Schrecken, als ein Schrecken ohne Ende. Das Ende würde es zweifellos geben, da war er sich sicher. Deshalb sah er seine Töchter lieber weitab auf dem Land.

Ziegler nahm den Apfel, der seit gestern auf seinem Tisch lag, und ließ ihn immer wieder von einer Hand in die andere fallen. Er hatte Leopold Geldermann nur wenige Male in seinem Leben gesehen. Die Verwandtschaft bestand über mehrere Ecken und in den letzten Jahren hatten Ziegler und er nie viel miteinander zu tun gehabt. Zuletzt hatte er ihn und seine Frau Luise vor dem Krieg besucht. Zu Kindertagen hatten sich ihre Wege häufiger gekreuzt und so konnte Ziegler sich an illustre Erlebnisse aus ihrer Zeit als Knaben erinnern, die ihm an so manchen schweren Tagen ein heiteres Zucken um die Mundwinkel bescherten. Zudem war aus Leopold ein erfolgreicher Geschäftsmann geworden. Er betrieb eine angesehene Tuchfabrik im Westen, nahe der Grenze zu Belgien. Weit fort, wo seine Töchter vermutlich am besten aufgehoben waren, wenn sich der politische Paukenschlag ereignete, auf den Ziegler hoffte. Danach, wenn Edith und Ursula zurückgekehrt wären, sähe die Zukunft wieder klarer aus. Sie alle würden zu einem normalen Leben zurückkehren. Es würden einige gesellschaftliche Empfänge folgen und dank ihrer Herkunft sollte es sich nicht problematisch gestalten, die Mädchen angemessen zu verheiraten.

Edith besaß eine besondere Schönheit und Ausstrahlung. Ursula glich ihr Defizit zumindest im Ansatz mit Fleiß und Gehorsam aus. Alles war nur eine Frage der Zeit und die verschaffte er ihnen bei Leopold Geldermann.

Ziegler nahm die Brille ab, ließ seinen Blick aus dem Fenster wandern und besah sich den prächtig grünenden Vorgarten. Er würde seine Töchter zweifelsohne vermissen, aber so war es besser. Seine kleine, aufmüpfige Edith hätte genug Zeit, sich endgültig ihrer Flausen zu entledigen und in angemessenem Sinne gehorsam zu werden. Nicht zu vergessen, sie mochten ihren Onkel Leopold, auch wenn sie ihn nur selten zu Gesicht bekommen hatten. An die früheren Reisen ins Rheinland erinnerte man sich in der Familie Ziegler noch heute gern.

Bruno Ziegler rieb sich nachdenklich den Nacken. Leopold hatte geschrieben, dass es an Rhein und Ruhr ebenfalls vereinzelt Zwischenfälle mit Franzosen und Belgiern gegeben hätte.

Die verdammten Gauner, hatte Leopold unlängst in einem seiner Briefe gewettert, *drängen auf unerhörte Reparationszahlungen*. In einem Brief zu Beginn des Jahres hatte Leopold aber auch geschildert, dass die Situation in der Tuchfabrik selbst wenig beeinträchtigt war. Die Maschinen liefen täglich und die Fabrik produzierte uneingeschränkt. Stoffe waren schließlich keine Waffen und wurden immer gebraucht. Leopold bezog sogar Rohstoffe aus Belgien. Diese Informationen waren es schließlich gewesen, die Ziegler in seiner Entscheidung bestärkt hatten. Im Rheinland schienen ihm die Tage trotz allem in ruhigen und geordneten Bahnen zu verlaufen. Dort gab es eben nicht jeden Morgen eine neue Hiobsbotschaft, schien die Inflation weniger Schaden anzurichten, gingen die Menschen nicht aufeinander los.

Hier bestand gewiss keine Gefahr für die Töchter. Leopold übertrieb sicherlich. Er hatte, soweit Ziegler sich erinnerte, schon immer einen Hang fürs Dramatische gehabt, aber selbst wenn er recht hatte, konnten seine Geschichten mit der Stimmung in Berlin nicht mithalten.

Nun ja, für den Ernstfall, falls die deutsche Wirtschaft tatsächlich in sich zusammenbrach, sollte es nicht schaden, wenn Ursula und Edith eine gewisse Berufserfahrung in ihren Lebensläufen vorweisen konnten – wenn auch nur auf dem Papier. Diese wollte ihnen Leopold vorsorglich bescheinigen. *Man kann nie wissen, welchen Bock die Herren der neuen Demokratie als Nächstes schießen, wenn sie noch dazu kommen,* wiederholte er in Gedanken die Worte, die kürzlich einer seiner Patienten formuliert hatte. Ziegler nickte unwillkürlich. In letzter Zeit häuften sich zwar die Todesfälle, teils unter ungeklärten Umständen, aber an inkompetenten Nachrückern mangelte es nicht. Im Falle seines Ruins sollten seine Töchter zumindest theoretisch auf Berufserfahrung zurückgreifen können. Die Zahl der arbeitenden jungen Frauen, auch in besseren Kreisen, nahm zu seiner Besorgnis stetig zu. Edith und Ursula sollten nicht ins Abseits geraten.

Eine plötzliche Bewegung vor dem Haus störte Zieglers Gedanken und erregte seine Aufmerksamkeit. Beinahe hektisch stand er vom Schreibtisch auf, setzte noch schnell seine Brille auf die Nase und entdeckte eine junge Frau, die mit einem Bündel auf dem Arm den Weg zur Eingangstür entlangschlich. Sie schien nervös, unentschlossen, und blickte sich immer wieder um, als wollte sie vermeiden, gesehen zu werden. Mit schnellen Schritten lief Ziegler zur Tür. Als er sie öffnete, wollte die junge Frau sich gerade entfernen. Das Bündel aus Zeitungen noch immer an ihre Brust gepresst.

„Halt! Warten Sie!"

Die junge Frau blieb abrupt stehen und hob erschrocken den Blick. In ihren Augen flackerte Angst. Sie sah aus wie ein verängstigtes Reh, wagte aber nicht, sich weiter zu entfernen.

Ziegler blickte prüfend in ein schmutziges, tränenüberströmtes und verzweifeltes Gesicht. Die Frau war um einiges jünger als seine Töchter und er ahnte, was sich in ihrem Zeitungsbündel befand. Er zeigte mit dem Finger auf das emaillierte Praxisschild am Gemäuer.

„Sie brauchen einen Arzt. Kommen Sie herein." Er sprach nun etwas leiser, sanfter und hielt die Tür auf. Im Behandlungszimmer angekommen, zeigte er auf den Tisch und wartete, bis die Frau das kleine Bündel abgelegt hatte. Vorsichtig öffnete er die Zeitung und hob einen unbekleideten Säugling, ein Mädchen im Alter von vielleicht sechs oder sieben Monaten heraus. Beide, Mutter und Kind, waren erbärmlich anzusehen. Das Kind hatte erhöhte Temperatur, schien aber, bis auf sein geringes Gewicht und die Druckerschwärze auf der Haut, eine verhältnismäßig gute Konstitution zu haben. Die junge Frau wies eine deutliche Mangelernährung auf. Ebenfalls nicht ungewöhnlich. Sie schwieg und beobachtete jeden seiner Handgriffe, als er das Kind untersuchte.

„Sie sind die Mutter?" Er hob den Blick.

Sie nickte bestätigend. Mit Sicherheit war sie nicht auf der Suche nach einem Arzt in dieser Gegend gewesen.

„Wie heißt sie?" Ziegler gab der Frau den nackten Säugling zurück auf den Arm.

„Ruth." Mit kratziger Stimme brachte die Frau den Namen des Kindes über die Lippen.

„Sie hat leichtes Fieber."

Die junge Frau nickte abwesend. Ziegler war sich sicher, dass sie ihr Kind jemandem vor die Tür hatte legen wollen. Sie wäre nicht die Erste gewesen, aber eine der Wenigen, die sich in diese Wohngegend gewagt hatten. Die meisten Kinder landeten bei den Bauern vor den Toren der Stadt.

Ziegler beobachtete die junge Frau. Es herrschte eine eigentümliche Stimmung zwischen ihnen. Was tat er hier? Sie hatte ihn um nichts gebeten, würde ihn nicht bezahlen. Verloren und nervös zitternd stand sie vor ihm, das kleine Wesen schützend im Arm. Er lief zum Waschbecken, wusch sich die Hände und ging hinüber an seinen Metallschrank. Dort holte er einige Leinentücher und Verbandrollen hervor und trat wieder an den Behandlungstisch zurück.

„Wie heißen Sie?"

Die junge Frau hüllte sich weiter in Schweigen und senkte den Blick. Er zuckte mit den Achseln und fragte nicht weiter.

„Na, ist schon gut. Hier." Er reichte ihr die Tücher. „Wickeln Sie die Kleine ein." Dann holte er eine Papiertüte mit Lindenblüten, für die ihn die Fremde genauso wenig bezahlen konnte wie für die Untersuchung und nahm auch den Apfel von seinem Schreibtisch.

„Kochen Sie Tee daraus. Er wird das Fieber senken. Und achten Sie auf ihre Ernährung." Er übergab der Frau den Apfel und die Teemischung, dann nickte er und signalisierte, dass es Zeit war, zu gehen.

Ziegler begleitete die Frau bis hinaus auf den Bürgersteig. Während er dort stand und ihr eine Weile nachschaute, wärmte ihm die Frühlingssonne angenehm

das Gesicht. Wer wusste es schon, vielleicht schafften
die beiden, Mutter und Tochter, es sogar bis über den
Sommer. Dennoch – hoffentlich sprach sich seine Hilfs-
bereitschaft nicht unter ihresgleichen herum.

2

Pünktlich um eins sollte der Zug abfahren. Henriette Ziegler verabschiedete ihre beiden Töchter höchstselbst am Potsdamer Bahnhof. Der D-Zug würde die jungen Damen in nur neun Stunden nach Köln bringen. Sie hatte selbstredend erster Klasse buchen lassen, obwohl sie dies mehrere tausend Mark gekostet hatte.

„Ich wünsche euch eine gute Reise. Vergesst nicht, rechtzeitig in den Speisewagen zu wechseln. Hoffentlich wird ein anständiges Menü serviert. Für einen Zeitvertreib während der Fahrt habt ihr eure Handarbeiten, nicht wahr?"

Henriette verlor nie die Contenance. Immer war sie ernst und gefasst. Sie hauchte beiden Töchtern zum Abschied einen vornehmen Kuss auf die Wange, ohne eine Antwort abzuwarten.

„Ich lasse gleich nach der Ankunft telegrafieren", erklärte Ursula eifrig und zog ein spitzenbesetztes Taschentuch aus dem kleinen blauen Samtbeutelchen, das an ihrem dürren Handgelenk baumelte.

Henriette nickte und beobachtete ihre Ältere dabei, wie sie sich umständlich ein paar Krokodilstränen aus den Augenwinkeln wischte. Die hagere Ursula war stets und ständig bemüht, eine Vorzeigetochter zu sein. Es verging kaum eine Minute, in der sie nicht danach strebte, zu glänzen und allen Anforderungen gerecht zu werden. Doch so sehr sie sich auch mühte, immer einen Schritt voraus zu sein und keinen Grund zur Klage zu liefern, neben ihrer Schwester Edith blieb sie oft unsichtbar. Edith strebte nach einem selbstständigen Leben in Freiheit, wie sie es nannte, und sprach sich trotzig gegen die Ehe aus, obwohl sie reihenweise Verehrer hatte. Ursula dagegen sehnte sich nach einem Leben als Ehefrau und Mutter und würde, wenn Henriette nicht Fingerspitzengefühl und Klugheit bewies, doch leer ausgehen. In Anwesenheit der jüngeren Schwester lösten sich Ursulas Chancen, von der Männerwelt wahrgenommen zu werden, unwiderruflich in Luft auf. Trotz oder wegen ihres vorlauten Mundwerks konnte Edith an jedem Finger mindestens zehn Verehrer abzählen, doch sie trieb nur ihr Spiel mit ihnen und wies jeden einzelnen schamlos zurück. Egal wie sehr Ursula sich auch mühte, ihre Schwester wurde durch ihre pure Anwesenheit zum unüberwindbaren Hindernis.

Bei aller Ungerechtigkeit liebte Henriette ihre Kinder und sie wusste, dass sich die Mädchen, so nannte sie sie immer, auch wenn sie bereits das zwanzigste Lebensjahr überschritten hatten, auch liebten.

Gerade in diesem Augenblick registrierte ihr aufmerksamer Blick, wie Edith einem jungen Mann auf dem Bahnsteig kokette Blicke zuwarf, anstatt sich angemessen von der Mutter zu verabschieden.

Fritz, der Hausdiener, trat nun aus dem Eisenbahnwaggon und klopfte sich etwas Staub aus der Kleidung.

„Die Reisekoffer der Damen sind im Gepäckwagen untergebracht. Die Handtaschen habe ich im Abteil platziert." Fritz trat beiseite und wartete einige Schritte entfernt auf dem Bahnsteig, als plötzlich ein gellender Schrei ertönte.

„Hilfe! Polizei! Polizei!"

Henriette blickte erschrocken auf und entdeckte einen Mann in zerschlissener Kleidung. Er bahnte sich rempelnd den Weg durch die Passagiere und hielt eine Tasche an die Brust gepresst, die offenbar nicht ihm gehörte. Mit einigem Abstand folgte ein wütender Schutzpolizist. Die Wartenden auf dem Bahnsteig machten Platz und so konnte er schnell zu dem Flüchtenden aufschließen. In der einen Hand schwang er seinen Knüppel, mit der anderen hielt er seine Trillerpfeife am Mund, der er, trotz der wilden Verfolgung, alarmierende Töne entlocken konnte.

Die Anwesenden gafften neugierig und hielten ihre Habseligkeiten etwas fester, ließen sich ansonsten jedoch nicht aus der Ruhe bringen. Als der Polizist den Dieb zu Fall brachte, stießen einige Männer grobe Flüche aus. Der Rest der Menge nahm die unfreiwillig unterbrochenen Gespräche wieder auf.

Henriette stieß einen leichten Seufzer aus und richtete den hellen Fellkragen ihrer Jacke. Der Pöbel verrohte, verlor täglich mehr Anstand und Manieren und bildete sich zur ernsthaften Gefahr für Hab und Gut heraus. Es war an der Zeit, dass die einfachen Leute endlich wieder in ihre Schranken gewiesen wurden und ihre Töchter bis dahin die Vorzüge des Landlebens genießen konnten.

„Nun, ich werde jetzt nach Hause fahren. Hier scheint mir nicht der geeignete Ort für einen langen Aufenthalt. Seht zu, dass auch ihr in den Zug kommt. Hier draußen lauern üble Gestalten."

Im nächsten Moment fuhr Henriette erschrocken herum. Die laute, schnarrende Stimme des Schaffners erklang in unmittelbarer Nähe, sodass sie sich für einen Moment ans Ohr griff, als könnte sie es durch diese Geste schützen.

Der Schaffner bestätigte immerhin ihr Ansinnen. „Einsteigen bitte!"

Der darauffolgende schrille und lang gezogene Pfiff ließ ihr für den Bruchteil einer Sekunde die Gesichtszüge entgleisen. Es folgten letzte hektische Umarmungen, dann bestiegen ihre Töchter den Zug.

Henriette wartete nicht darauf, bis sich das Schienenfahrzeug endlich in Bewegung setzte. Sie schritt, ohne sich noch einmal umzusehen, mit erhobenem Kinn über den Bahnsteig und trat den Heimweg an.

„Dann wollen wir mal!", rief Edith munter und sah sich ein letztes Mal im Bahnhof um. In der Folge drängelte sie sich wenig damenhaft an ihrer Schwester vorbei und stieg behände in den Waggon. Sie hatte offensichtlich vor, als Erste ins Zugabteil zu gelangen, welches ausschließlich für die Töchter des Doktor Ziegler gebucht worden war. Sie schob die Tür auf und ließ sich wenig graziös auf eine der gepolsterten Sitzbänke plumpsen.

„Meine Seite", stellte sie lachend fest und hatte sich ihren Platz in Fahrtrichtung gesichert. Ursula fügte sich und nahm die gegenüberliegende Seite in Anspruch. Sie lächelte nachsichtig und holte, noch bevor sich der Zug in Bewegung setzte, ihre Stricknadeln hervor.

Edith dagegen zog eine Ausgabe der Volkszeitung aus ihrer Tasche, faltete das Papier demonstrativ auseinander und begann ungeniert darin zu lesen. Sie ahnte, welch strafenden Blick ihre Schwester ihr zuwarf und grinste daher amüsiert in sich hinein.

„Lege die Zeitung lieber weg und kümmere dich um deine Stickerei." Der mahnende Ton war nicht zu überhören.

„Warum?" Edith blätterte langsam um und las weiter. Es bereitete ihre sichtlich Freude, die ältere Schwester zu provozieren. „Es stehen allerhand interessante Dinge drin. Du solltest dich auch informieren. Vor allem, solange wir es uns noch leisten können."

„Darüber macht man keine Scherze, Edith." Ursula runzelte die Stirn. Edith sah es nicht. Doch sie kannte ihre Schwester zu gut und sah schon beim Klang von Ursulas Worten deren Gesicht klar vor ihrem inneren Auge.

„Ich mache keine Scherze. Ich will nur wissen, woran ich bin", entgegnete Edith ruhig und blätterte weiter.

Ein Ruck ging durchs Abteil und der Waggon setzte sich langsam in Bewegung. Bis sie den Bahnhof verlassen hatten, saßen sich die Schwestern schweigend gegenüber. Edith blickte in die Zeitung, Ursula aus dem Fenster.

„Leg doch das Blatt beiseite, bitte." Ursula versuchte es nun in sanfterer Tonart, aber Edith hatte keine Lust, nachzugeben. Es gefiel ihr, ihre Schwester aufzuziehen und zu schockieren.

„Geht nicht. Ich lese gerade etwas sehr Interessantes über den Magistrat."

„Du weißt doch, dass dieses politische Gehabe Parteisache ist und nichts für Frauen. Die Stickerei dagegen schon. Wie willst du dich später um deinen Haushalt und deinen Mann kümmern?"

„Ach Ursi, du armes Ding, wenn du doch wüsstest, wie sehr du dich irrst." Edith sprach nüchtern und machte sich nicht einmal die Mühe, aufzublicken.

„Was soll das denn nun schon wieder heißen?"

„Erstens geht es hier nicht um politisches Gehabe, sondern um unparteilichen Journalismus. Zweitens ist es sehr wohl etwas für Frauen. Drittens hängt mir diese blöde Stickerei schon zum Halse heraus und viertens ..." Edith faltete die Zeitungsseiten nun doch vorsichtig für einen Moment wieder zusammen und beugte sich ein Stück vor, um Ursula fest in die Augen zu sehen. „Viertens werde ich niemals heiraten. Ich bin doch nicht verrückt. Vielleicht gehe ich stattdessen in die Politik, wenn wir zurück sind."

Ursula presste die Lippen aufeinander, sodass nur noch eine schmale Linie zu sehen war. Es schien Edith, als zählte sie innerlich bis zehn, bevor sie weitersprach.

„Wirst du nicht, das werden unsere Eltern nicht erlauben. Mutter würde dir eher den Hals umdrehen. Du kannst nicht ewig allein bleiben. Du hast eine Aufgabe oder willst du als arme, alte Jungfer enden?"

„Das, meine Liebe, lass nur meine Sorge sein."

Edith lehnte sich zurück, schlug die Zeitung wieder auf und las weiter. Zumindest versuchte sie es. Ursulas Bemerkung über die Durchsetzungsfähigkeit ihrer Mutter war nicht besonders weit hergeholt. Bisher hatte Edith sich erfolgreich gegen die Regeln gestellt. Dennoch sollte ihr schleunigst etwas einfallen, womit sie ihre Zukunft langfristig gestalten konnte – unabhängig, ohne Heirat. Die aufsteigende Unsicherheit schluckte sie wie ein knorpeliges Stück Fleisch hinunter und würdigte Ursula, die hin und wieder verständnislos in ihre Maschen seufzte, in der nächsten halben Stunde keines weiteren Blickes mehr.

Sie verstand das Streben ihrer Schwester nach einem Mann, Familie und Haushalt, nach Sicherheit – aber sie teilte es nicht. Es würde sich mit Sicherheit jemand finden, den Ursi lieben und dem sie Kinder schenken konnte. Für Edith kam dieser Weg nicht infrage. Sie wollte keinesfalls verheiratet werden, wollte sich nicht unterordnen, sondern sehnte sich nach einem selbstbestimmten Leben. Der Gedanke, andere Kleidungsstücke, außer ihre eigenen, zu flicken oder darauf zu achten, dass die Köchin das Geld nicht zum Fenster hinauswarf, war ihr ebenso zuwider, wie der, sich einem Mann zu fügen, weil es sich so gehörte. Was sich gehörte, wollte sie selbst entscheiden.

Sie zog die Unterlippe leicht zwischen die Zähne und las weiter, wenngleich sie nicht allen Artikeln gleichermaßen Aufmerksamkeit schenkte.

„Berlin bekommt jetzt einen Flughafen“, nahm sie nach einer Weile das Gespräch wieder auf.

„Ich habe davon gehört“, erwiderte Ursula, ohne aufzublicken. Edith beschloss, sie noch ein kleines bisschen mehr zu reizen. „Vielleicht werde ich Fliegerin, wenn wir zurückkommen. Das könnte mir gefallen. Dann drehe ich hoch oben am Himmel meine Runden und winke zu dir hinunter, während du mit deinem Ehemann und den fünf Kindern unter der Paradepappel beim Picknick sitzt. Was hältst du davon?“

Ursula blieb ruhig und strickte eine Masche nach der anderen.

„Ich weiß, was du versuchst. Aber ich werde weder mit dir streiten noch mich darüber aufregen. Nein, stattdessen wünsche ich dir gutes Gelingen und alles Glück der Erde auf deinem Weg, Fliegerin zu werden." Seelenruhig wechselte Ursula die Stricknadeln und strich den Faden glatt.

Edith hielt für einige Sekunden den Atem an. Ursulas Worte, vielmehr die mitklingende Gleichgültigkeit, hatten sie unerwartet hart getroffen. Es war ihr nicht länger möglich, in der Zeitung zu lesen. Wäre es nicht das Mindeste, dass Ursula ihr die Unmöglichkeiten und Nachteile aufzählte und versuchte, ihr die Idee madig zu machen?

Sie starrte auf die Buchstabenreihen. Die Konzentration hatte sie gänzlich verlassen. Während ihr Blick an den Textblöcken und Bildern haftete, lauschte Edith dem eintönigen Rattern des Zuges. Schließlich faltete sie enerviert die Zeitung zusammen und verstaute sie wieder in ihrer Tasche. Trotzig zog sie Schuhe und Hut aus, legte ihre Beine angewinkelt neben sich auf den Polstersitz und blickte sehnsüchtig aus dem Fenster.

Ursula schwieg und strickte konzentriert. Neben dem Geräusch der klackernden Nadeln gab es nur das gleichmäßige Rattern des Zuges. Edith genoss den Anblick der vorbeiziehenden Landschaft, der sich ihr bot. Das Wintergetreide stand schon auffällig hoch auf den Feldern. Saftig grüne Wiesen und Wälder wechselten sich ab. Aus den ihr so vertrauten Kiefernwäldern mit den schlanken, hellen Stämmen und kleinen Baumkronen wurden nach und nach dunkle Laubwälder. Der

Zug passierte kleine und größere Ortschaften, ließ Magdeburg und Braunschweig hinter sich.

Wie es wohl bei Onkel Leopold und Tante Luise aussah? Der letzte Besuch bei ihnen lag über zehn Jahre zurück. Elf oder zwölf Jahre war Edith damals alt gewesen. Lange bevor die Engländer und Franzosen Krieg geführt hatten. Die Erinnerungen waren zwar zum Teil verschwommen, andere Einzelheiten zeigten sich in Ediths Kopf aber plötzlich sonderbar genau. Sie erinnerte sich an die rege Betriebsamkeit im Fabrikgebäude, das direkt neben dem Wohnhaus gestanden hatte. An die seltsamen Gerüche und den riesigen Kohlenberg, der immer im Hof aufgeschüttet lag und auf dem sie nicht hatten spielen dürfen. Die Schwestern hatten sich zum Schlafen immer ein Zimmer geteilt und den lieben langen Tag auf der Veranda des Hauses verbracht. Sie hatten gelesen, Handarbeiten angefertigt und manchmal waren sie ausgebüxt. Dann hatte der Weg sie am Bachlauf entlanggeführt. Sie hatten den kleinen Ort Kerchheim, der sich in unmittelbarer Nähe der Fabrik befand, ausgekundschaftet. Abends, wenn die Arbeiter heimgegangen waren und Ruhe auf dem Gelände eingekehrt war, hatten sich die Mädchen bei Tante Luise und Onkel Leopold zum Essen eingefunden. Karamellpudding zum Nachtisch hatte immer auf dem Speiseplan gestanden.

In diesem Sommer würden sie nicht mehr durch das Dorf streifen. Natürlich nicht. Sie waren keine kleinen Mädchen mehr. Ursula würde gewiss all ihre Freizeit dafür aufwenden, so viele graue Handschuhe zu stricken, wie sie nur konnte. Etwas, das sie ohne Weiteres auch in Berlin hätte tun können. Sie hingegen hoffte auf eine umfangreiche Bibliothek und darauf, Einsicht in die Arbeit ihres Onkels zu bekommen. Er könnte ihr so vieles beibringen. Ehe sie sich versah, hing sie ihren Träumen nach. Sie sah sich geschäftliche Korrespondenz verfassen, Warenbestellungen entgegennehmen und mit Lieferanten abrechnen. Sie entschied über die Farbauswahl der neuesten Produktion und entwarf sogar neue Muster für die Stoffe. Vielleicht konnte sie nicht Politikerin oder Fliegerin werden, aber vielleicht Fabrikantin? Die Zeiten änderten sich rasant. Das konnte jeder sehen. Alles wurde teurer und ob sich Ursulas Traum von einer angemessenen Heirat noch erfüllen würde, stand in den Sternen. Vielleicht bot sich ihr just in diesem Moment die Chance, ihre Geschicke zu wenden, für sich selbst einzustehen und unabhängig zu werden. Jeden Augenblick wollte sie nutzen, Onkel Leopold in der Fabrik über die Schulter zu schauen. Sie würde Zeit mit den Arbeiterinnen verbringen und sich jeden Handgriff genau von ihnen erklären lassen. Dass auch Frauen in der Fabrik arbeiteten, hatte sie schon längst in Erfahrung gebracht.

Edith wollte alles wissen. Wer wusste schon, was das Schicksal für sie bereithielt. Vielleicht konnte sie Onkel Leopold von ihren geschäftlichen Qualitäten überzeugen. Dann musste er sie einfach anstellen.

Vorfreude und Hoffnung flossen durch Ediths Körper. Hier lauerte die Chance auf ein Leben mit einem Beruf, in dem es sich nicht nur um Heirat, Hauswirtschaft und Kinder drehte. Und vor allem nicht um einen Ehemann, der sämtliche Entscheidungen für sie traf.

Ediths Herz schlug von Minute zu Minute euphorischer. Es konnte der Sommer ihres Lebens werden! Weitab von der Familie in Berlin eröffnete ihr das Leben die Chance, sich selbst zu verwirklichen.

Wie ahnungslos ihr Vater den Weg geebnet hatte. Ediths Lippen verzogen sich zu einem erleichterten Lächeln und sie stieß einen glücklichen Seufzer aus.

„Was ist los?" Ursula hob den Blick von ihrer Handarbeit und sah ihre jüngere Schwester fragend an.

„Ich glaube, unser Sommer wird herrlich." Mit neuem Schwung nahm Edith ihre Beine vom Polster, zog die Schuhe wieder an, umarmte ihre Schwester mit Rücksicht auf ihr Strickzeug sehr vorsichtig und öffnete die Tür des Abteils. Die neuen Gedanken hatten sie so sehr aufgewühlt, dass sie sich nun Bewegung verschaffen musste. So schritt sie den langen Gang im Waggon einige Male auf und ab. Sie passierte die Abteiltüren, die allesamt geschlossen waren. Die innen angebrachten Vorhänge wehrten jeden neugierigen Blick ab und so schenkte sie ihre Aufmerksamkeit den vorbeiziehenden Landschaften.

Als der Zug die Stadt Hameln passiert hatte, begaben sich die Schwestern in den Speisewagen, um das Mittagessen einzunehmen. Der reservierte Tisch war vorbereitet und es wurden zügig drei Gänge serviert. Zunächst eine dünne Rindfleischbrühe, dann ein Stück Rehkeule mit Salat und den Abschluss bildete ein Schälchen mit Apfelkompott.

„Ich hoffe, es hat Ihnen gemundet." Der Kellner wandte sich ausschließlich an Edith. Wie immer, wenn die Schwestern gemeinsam unterwegs waren. Immer war sie es, die alle Aufmerksamkeit auf sich zog, ohne auch nur das Geringste dafür zu tun. Ursula glaubte manchmal, sie könne daneben in Flammen aufgehen und niemand würde es bemerken.

„Es war in der Tat vorzüglich", schmeichelte Edith dem Kellner, einem sehr freundlichen Mann mittleren Alters, als sie sich erhoben. Sie schenkte ihm einen ungebührlich langen Blick und hätte zum Leidwesen ihrer Schwester gern weiter geplaudert. Doch das reservierte Zeitfenster war bereits vorüber und der Tisch musste für die nächsten Fahrgäste vorbereitet werden.

Zurück im Abteil holte Edith ihre neueste Errungenschaft, eine sehr lange Zigarettenspitze hervor. Sie rauchte genüsslich, während Ursula die Augen schloss und ein wenig zu schlafen versuchte.

Am Abend, als die jungen Frauen endlich den Hauptbahnhof in Köln erreichten, war es bereits dunkel. Sie nahmen das Handgepäck und traten auf den Bahnsteig. Dort erblickten sie in nicht weniger als sechs Metern Entfernung zwei Männer. Einer von ihnen stand neben einem Gepäcktransportwagen und hielt ein großes Pappschild in die Höhe, auf dem in großen Buchstaben ZIEGLER geschrieben stand. Der andere, ein etwas größerer, graubärtiger Mann mit nach vorn gewölbtem Bauch trug einen dunklen Mantel und einen Filzhut. Es handelte sich unverkennbar um Onkel Leopold.

Beide Damen verloren augenblicklich das gute Benehmen und warfen sich ihrem Onkel an den Hals. Er roch noch genauso besonders und seltsam, wie Edith es in Erinnerung hatte.

Nach einer ausgiebigen, herzlichen Begrüßung trieb Leopold seine Nichten, denn das waren sie für ihn, obgleich Bruno und er keine Brüder waren, jedoch zur Eile an.

„Kommt, wir haben noch ein gutes Stück Weg vor uns. Emil wird eure Koffer holen und uns zum Wagen folgen."

„Guten Abend", begrüßte Edith den jungen Mann freundlich.

„Zu Ihren Diensten", erwiderte Emil sichtlich nervös. Er zog die Mütze vom Kopf und hielt sie gegen die Brust geklemmt, während er sich zur Begrüßung verbeugte.

Auf dem Weg zum Automobil sah sich Edith erstaunt auf dem Bahnhof um. Es herrschte trotz später Stunde reges Treiben. „Können wir uns noch schnell den Dom ansehen, Onkel Leopold?"

„Ich bedaure, heute nicht. Es ist zu dunkel, ihr seht ihn sowieso nicht." Er zeigte mit dem Finger irgendwo in den schwarzen Himmel. „Außerdem wartet eure Tante bereits ungeduldig. Sie würde es mir nie verzeihen, wenn ich euch nicht auf direktem Wege nach Hause brächte. Aber keine Sorge, meine Lieben. Als guter Gastgeber habe ich diesen Ausflug in den nächsten Wochen bereits für euch eingeplant. Wenn ich zu meinem nächsten geschäftlichen Termin hier bin, kommt ihr mit und ich zeige euch die Stadt. Also wenigstens einen Teil davon", setzte er hinzu.

„Wir nehmen dich beim Wort", erwiderte Edith.

Die Schwestern hakten sich von je einer Seite bei Leopold ein. Langsam bewegte sich das Trio vorwärts. Auf dem Weg aus dem Bahnhofsgebäude hinaus gähnte Edith einige Male ausgelassen und ungeniert.

Einige Minuten später erreichten sie den Parkplatz vor dem Gebäude, auf dem eine Vielzahl unterschiedlicher Automobile ordentlich nebeneinander aufgereiht stand.

Mit großem Erstaunen entdeckten sie Emil. Wie auch immer er es bewerkstelligt hatte, er stand bereits an einem der Wagen und lud die Taschen und Koffer hinein. Während Leopold die hinteren Türen öffnete und die jungen Frauen einsteigen ließ, nahm Emil auf dem Fahrersitz Platz und ließ den Motor an.

Die Fahrt zur Tuchfabrik dauerte über eine Stunde. Edith unterdrückte mit aller Kraft das neuerliche gewaltige Bedürfnis, zu gähnen. Den Oberkörper in die Mitte der Rückbank geneigt, konnte sie den gelben Lichtkegel, der sich durch dichte Nebelbänke arbeitete, beobachten. Emil steuerte den Wagen schließlich durch ein massives Eisentor in den Hof der Fabrik und hielt direkt neben der Eingangstür des Wohnhauses. Hinter einigen Fenstern brannte Licht, eine einzelne Laterne über der Tür beleuchtete in geringem Radius den Eingangsbereich. Als Leopold die Wagentür neben Edith öffnete, schlug ihr ein unangenehm kühler und feuchter Wind entgegen. Sie stieg aus und blickte sich um.

In der Dunkelheit ließ sich nicht viel erkennen. Die Fabrik, nur wenige Schritte über den Hof vom Eingang entfernt, zeichnete sich als mächtiger Kasten vor dem nachtschwarzen Himmel ab. Edith lauschte, aber die Maschinen standen still. Natürlich, es war spät am Abend. Nur das gleichmäßige Rauschen des kleinen Bächleins, das in unmittelbarer Nähe vorbeifloss, durchbrach die Stille und belebte weitere Erinnerungen. Nun, Edith würde sich noch eine Nacht gedulden können, bis sie sich ausgeschlafen in ihr neues Leben stürzte.

Eine Frau mittleren Alters, eingewickelt in eine dicke Strickjacke, trat aus dem Haus und begrüßte die späten Gäste. „Da seid ihr ja endlich! Lasst euch umarmen!", rief sie aus und eilte zu ihnen. Tante Luise umarmte die Mädchen herzlich.

„Seht euch an, wie die Zeit vergeht. Junge Damen seid ihr geworden. Man glaubt es nicht, wenn man es nicht mit eigenen Augen sieht. Kommt schnell herein. Ihr seid gewiss todmüde. Ich zeige euch euer Zimmer und dann essen wir ordentlich zusammen."

Das Haus hatte sich in den vergangenen zehn Jahren nicht sehr verändert. Sofort erinnerte sich Edith an die beigefarbenen Steinfliesen im Eingangsbereich. Einst war sie mit Vorliebe barfuß darüber spaziert. Luise hatte sogar dasselbe Zimmer im ersten Stockwerk für die Schwestern herrichten lassen.

„Richtet euch ein und dann treffen wir uns unten", ordnete die Tante freundlich an, öffnete die Zimmertür und ließ die beiden Frauen umgehend allein.

Edith trat als Erste ein. Der Tür gegenüber befand sich ein großes Fenster, davor ein Tisch mit einer blauen Vase, in der Zweige mit prächtigen rosafarbigen Blüten arrangiert waren. Links und rechts standen je ein Bett und ein Schrank. Mit wenigen Schritten war sie im Raum und besetzte keck das Bett zu ihrer Rechten.

„Meins!", tönte sie.

Eine unnötige Erklärung. Ursula war ihr auf dem Fuß gefolgt und hatte bereits ihren Hut auf der Tagesdecke des anderen Bettes abgelegt. Diese Frage war also geklärt und wich nicht von der früheren Aufteilung ab.

„Ah, riechst du das?" Edith hielt ihre Nase in die Luft und sog genüsslich den würzigen Duft von Erbsensuppe und Mettwurst ein. „Jetzt merke ich erst, was für einen Mordshunger ich habe." Sie sprang auf und lief, ihrer Schwester voraus, die Treppe hinunter.

Im Speisezimmer war bereits alles fürs Abendessen vorbereitet. Eine große weiße Terrine aus Porzellan stand auf dem Tisch. Neben den Tellern lagen blütenweiße Servietten.

„Setzt euch, Mädchen. Euer Onkel wird gleich bei uns sein." Tante Luise wies ihnen einladend die Plätze zu. Edith lief das Wasser im Mund zusammen.

„Wo ist er denn?", platzte sie ungeniert heraus und erntete dafür eine geflüsterte Zurechtweisung von Ursula.

„Halt dich zurück. Du bist hier Gast."

Edith seufzte theatralisch und griff sich mit der rechten Hand ans Herz.

„Du lieber Himmel, gut dass du es mir sagst. Kann ich mich darauf verlassen, dass du mir den lieben langen Sommer über solch besonders wertvolle Ratschläge geben wirst? Es wäre mir eine große Freude und Erleichterung."

Ursula kniff die Augen zusammen, doch bevor ihr eine passende Erwiderung einfiel, betrat Leopold das Speisezimmer. Also begnügte sie sich damit, ihrer Schwester einen leichten Tritt unter dem Tisch zu verpassen und zischte: „Du bist unmöglich."

„Ich weiß", erwiderte Edith mit einem frechen Grinsen, richtete ihre Aufmerksamkeit dann aber auf die Terrine und ihre Tante.

Luise hatte eine große Suppenkelle in der einen Hand, die andere streckte sie Ursula entgegen. „Deinen Teller bitte." Überrascht reichte diese ihren Teller hinüber, öffnete den Mund einige Male, als wollte sie etwas sagen, überlegte es sich dann jedoch anders und sah sich verstohlen im Zimmer um. Von einem Dienstmädchen war nichts zu sehen.

3

Durch ein gleichmäßiges Dröhnen wurde Ursula in ihrem Schlaf gestört. Die dicken Vorhänge waren noch zugezogen und ließen kaum Tageslicht hinein. Sofort saß sie aufrecht im Bett. Dabei stieß sie mit dem Arm gegen die Nachtkonsole, sodass ihr Wasserglas ins Wanken geriet und überschwappte.

„Ein Erdbeben? Los, komm, wir müssen aufstehen", versuchte sie, noch schlaftrunken und vollkommen überfordert, die Situation zu erfassen.

Doch Edith gab nur ein knurrendes Geräusch von sich und rollte sich wieder in ihre Bettdecke ein. „Sag Bescheid, wenn es vorbei ist." Desinteressiert stopfte sie sich ihr Kopfkissen zurecht.

Einige Sekunden lang saß Ursula unschlüssig im Bett, aber das dumpfe Brummen ließ nicht nach. Erst jetzt ahnte sie, dass ein Erdbeben sich wohl nicht so anfühlen würde. Es musste eine andere Ursache dafür geben.

Argwöhnisch verließ sie das Bett und schlich auf zittrigen Beinen zum Fenster hinüber. Als sie mit einer schnellen Bewegung die Vorhänge aufzog, drang grelles Tageslicht in das Zimmer der Mädchen.

„Iieeh! Soll dich der Teufel holen!", schimpfte Edith und verzog das Gesicht angewidert zu einer Grimasse. Nur einen Augenblick später schob sie aber neugierig das Kissen beiseite und stützte sich müde auf die Ellenbogen. Das halblange Haar stand ihr wild vom Kopf ab. Sie zog die Nase kraus und blinzelte in die helle Morgensonne.

„Das Brummen kommt von der Fabrik, erinnerst du dich nicht mehr?" Edith gähnte und rieb sich die Augen. „Das war früher schon so und ist nicht im Ansatz so laut wie der Stadtlärm zu Hause. Kein Grund, in Panik zu verfallen."

Ursula ging nicht darauf ein. Sie hatte sich schnell wieder beruhigt und war nun von den ausgesprochen hübschen Blüten an den Zweigen verzaubert. Ganz langsam beugte sie sich hinab, so dicht, dass ihre Nasenflügel die zarten Blütenblätter berührten. Sie sog den angenehm frischen Duft ein.

„Eben noch wolltest du Hals über Kopf die Flucht ergreifen und nun schnupperst du in aller Seelenruhe an dem Strauß. Dein Zukünftiger wird eine wahre Freude an deiner Wankelmütigkeit haben."

„Sei nicht albern." Ursula machte sich nicht die Mühe, die Augen zu öffnen.

„Bin ich nicht. Ich stelle lediglich fest. Du weißt, dass ich eine ausgezeichnete Beobachtungsgabe habe."

Ursula lächelte mit geschlossenen Augen über Ediths Kommentar und ließ es sich nicht nehmen, angemessen darauf zu reagieren.

„Diese Gabe ist leider bei Weitem nicht so stark ausgeprägt, wie dein vorlautes Mundwerk." Sie seufzte ergeben und richtete sich wieder auf.

„Nun, ich habe eben viele Vorzüge." Edith grinste und setzte sich auf.

„Ich habe auch ein hervorragendes Gedächtnis. Den Lärm hat es früher schon gegeben. Du wirst sehen, in wenigen Tagen haben wir uns daran gewöhnt.“

„Im Ernst? Ich kann mich nicht im Geringsten daran erinnern.“ Ursula trat zurück an das Nachttischchen, hob das Glas, das sie beim überhasteten Aufstehen angestoßen hatte, hoch und tupfte mit dem Ärmel ihres Nachthemds die kleine Wasserlache auf.

„Nun, da wir jetzt wach sind, sollten wir den Tag beginnen und uns die Fabrik einmal von innen ansehen. Findest du nicht auch?“ Edith, nun hellwach, plapperte drauflos.

„Wenn Onkel Leopold eine Besichtigung für uns geplant hat, wird er uns sicherlich rechtzeitig in Kenntnis setzen. So lange übst du dich besser in Zurückhaltung. Das ist eine Tugend, die deinen Zukünftigen sicherlich erfreuen wird.“

„Von welchem Zukünftigen du nur immer sprichst. Fort mit deinen Hirngespinsten.“ Edith warf ihrer Schwester erst ein schelmisches Grinsen, dann ihr Kissen zu und stand auf.

Geschickt verbarg sie das Unwohlsein, das die Bemerkung Ursulas in ihr hervorgerufen hatte. Ihre Situation war nicht die beste. Denn auch wenn Edith sich nicht in gesellschaftliche Konventionen zwingen lassen wollte, so stand ihr Plan, wie sich ihr Leben weiter gestalten sollte, doch auf wackeligen Füßen. So enthusiastisch, wie sie noch gestern angereist war, so ernüchtert war sie nun über Nacht geworden. Stundenlang hatte sie wach gelegen und über ihre kaum vorhandenen Möglichkeiten, Politikerin, Fliegerin oder Fabrikantin zu werden, nachgedacht – und über den Gegenwind, den sie zwar gewohnt war, der aber doch seine Spuren hinterließ. Edith war eben nur eine Frau. Ihre Chancen waren mehr als begrenzt, an ein Studium war gar nicht erst zu denken. Oder vielleicht doch? Sie wollte etwas Besonderes, Sinnvolles und Bleibendes mit ihrem Leben anfangen. Aber wie?

Wenig später betraten die Schwestern das Wohn- und Speisezimmer. Still und aufgeräumt lag es vor ihnen. Von Onkel und Tante keine Spur.

„Seltsam, schon gestern habe ich kein Hauspersonal gesehen." Ursula sprach ihre Gedanken leise aus. „Vielleicht läuft die Fabrik doch nicht so gut?"

Edith ging nicht darauf ein. Stattdessen marschierte sie zielstrebig in die Küche und sah sich um. Hier standen Töpfe auf dem kalten Ofen. Sie hob die Deckel hoch und fand darin Kartoffeln und Gemüse, bereits fertig geschnitten und mit Wasser bedeckt.

Im nächsten Moment drangen Stimmengewirr und Gelächter durch das angelehnte Fenster. Neugierig schob Edith die Gardine ein Stückchen zur Seite und entdeckte einige Arbeiter auf dem Hof. Einer von ihnen, ein riesiger Kerl mit Vollbart, schaufelte Kohlen in eine Karre. Die anderen transportierten einen enormen Stoffballen auf ihren Schultern, sodass Edith deren Gesichter nicht sehen konnte. Aber sie lachten und schienen Spaß bei der Arbeit zu haben. Nicht zu vergleichen mit dem wütenden und demonstrierenden Arbeitervolk in Berlin. Wie konnte das sein?

Neugierig beobachtete Edith die Männer, wie sie den schätzungsweise drei Meter langen Ballen aus blauem

Stoff über den Hof schleppten, bis sie aus ihrem Sichtfeld verschwunden waren.

Ursula hatte sich mittlerweile neben ihre Schwester gestellt und äußerte ihre Gedanken nochmals etwas präziser.

„Kann es sein, dass es um Onkel Leopolds Vermögen anders bestellt ist, als er Vater weismachte?"

„Nun, auch ihn treffen die Veränderungen, aber ich glaube nicht, dass wir uns ernsthaft sorgen müssen. Hier ist alles ordentlich und friedlich." Edith gab sich unbeeindruckt und linste weiter durch den schmalen Spalt neben der Gardine. Das Treiben auf dem Hof der Fabrik interessierte sie weit mehr als die halbgaren Gedanken ihrer Schwester. Das gegenüberliegende Fabrikgebäude, aus dem der gleichmäßige Maschinenlärm drang, zog sie an.

„Woher willst du das wissen? Wir sind doch erst gestern Abend hier angekommen." Ursula gab das Thema noch nicht auf.

„Ich weiß es nicht, aber ich kann es mir kaum vorstellen. Wenn Onkel Leopold tatsächlich Geldsorgen vor seinem Cousin hätte verstecken wollen, wäre er ziemlich dumm, die geschwätzige Ursula bei sich aufzunehmen, die alle Neuigkeiten sofort brühwarm weitererzählt."

„Du bist ein Scheusal!", entrüstete sich Ursula und stand einige Sekunden unschlüssig neben dem Fenster. Sie schien darauf zu warten, dass Edith auf ihren Vorwurf reagierte, wandte sich dann aber ab und strich ihren Rock glatt. „Natürlich bin ich ein Scheusal. Dass dich das immer noch überrascht ..." Edith ließ die Gardine los und lief ihrer Schwester, die darüber nur die Nase rümpfte, lachend hinterher.

Sie fanden Tante Luise im großen Garten, der fast schon als Feld zu bezeichnen war, wo sie mehreren Arbeiterinnen Anweisungen gab, die Gemüsebeete zu bearbeiten. Aus dem Schatten der überdachten Veranda beobachteten die Schwestern das Treiben eine Weile. Tante Luise wirkte dabei weniger kühl und herrisch als ihre Mutter. Sie zeigte sich vielmehr fürsorglich, hingebungsvoll und zufrieden. Als sie die beiden erblickte, winkte sie und kam den Hauptgartenweg zur Veranda zurück.

„Guten Morgen, meine Lieben. Wie habt ihr geschlafen?"

„Danke, sehr gut." Ursula machte einen höflichen Knicks und sorgte dafür, dass Ediths Augenbrauen ein Stück hinaufwanderten.

„Ja, ich habe auch gut geschlafen, bis Ursula plötzlich, wie von allen guten Geistern verlassen, aus dem Bett sprang und das Mobiliar verrückte. Sie hatte wohl Angst vor einem Erdbeben oder einem ähnlich gearteten Unglück, als sie der Lärm der Maschinen aus ihren süßen Träumen riss."

Im Augenwinkel nahm Edith wahr, wie ihre Schwester die blassen Lippen zu einem schmalen Strich zusammenpresste, aber auf eine Erwiderung verzichtete. Sie musste also noch etwas draufsetzen, um ihre Schwester an diesem Morgen aus der Reserve zu locken.

„Beinahe wäre Ursula im Nachtzeug aus dem Haus gelaufen.“ Mit diebischer Freude sah sie nun, wie deren Augen sich weiteten.

„Ist es so gewesen?“ Luise lächelte milde.

„Natürlich nicht. Edith übertreibt maßlos, um sich wichtig zu machen und mich zur Weißglut zu bringen.“ Ursula antwortete, sichtlich um Haltung bemüht, und ihre Gesichtszüge entspannten sich erst, als Edith ungeniert zugab, dass es nicht stimmte. Luise, die diesen kurzen verbalen Schlagabtausch mit einigem Interesse verfolgte, beendete ihn nun sanft.

„An den Krach gewöhnt ihr euch schnell. Ich höre ihn kaum noch. Habt ihr Hunger?“

Beide Schwestern nickten und folgten ihrer Tante zurück ins Haus. Dort schlüpfte gerade ein Mädchen, vielleicht zwölf oder dreizehn Jahre alt, mit einem leeren Korb aus dem Wohn- und Speisezimmer. Mit gesenktem Blick lief es in die Küche.

„Wer war das?“, wollte Ursula wissen.

„Marie, unser Dienstmädchen. Sie wohnt in der Kammer hinter der Küche.“

Edith warf einen neugierigen Blick durch die Tür und beobachtete Marie dabei, wie sie eilig eine frische weiße Schürze überzog. Sie wirkte nicht wie dreizehn, war groß und hatte überraschend ausgeprägte weibliche Rundungen.

Der Tisch im Speisezimmer, das zugleich auch als Wohnzimmer diente, war nun für vier Personen eingedeckt. Es gab Wecken, Butter, Wurst und Marmelade. Die große Standuhr an der kurzen Wand des Zimmers zeigte acht Minuten vor zehn.

„Um zehn ist Pause für alle und euer Onkel kommt dann ebenfalls zum Frühstück zu uns. Setzt euch doch und erzählt mir solange etwas von Berlin. Was gibt es zu berichten?" Tante Luise zeigte auf die hoch gepolsterten Stühle am Esstisch und wartete, bis sich die Mädchen gesetzt hatten.

Ursula und Edith nahmen einander gegenüber an den längeren Seiten des Tisches Platz, Tante Luise am Kopfende, nahe der Standuhr.

„Da gibt es nicht viel zu erzählen. Ursula lernt, wie sie einen Haushalt führt und eine demütige Ehefrau wird. Mutter wartet wie ein Geier darauf, dass sich einer der gutbetuchten Herren erbarmt und Ursi heiratet. Ich plane Politikerin oder Fliegerin zu werden oder irgendeinen anderen aufregenden Beruf zu ergreifen, um mein unabhängiges Auskommen zu sichern." Edith hatte in belanglos anmutendem Ton gesprochen, dabei ihre lange weiße Perlenkette vor ihrem Kinn kreisen und sie dann geräuschvoll auf die Tischplatte fallen lassen, als wollte sie damit ihre Aussage bekräftigen. Nun blickte sie interessiert auf und versuchte herauszufinden, welche Reaktion sie wohl mit ihrer kleinen Vorstellung bei Luise ausgelöst hatte.

Erneut presste Ursula die Lippen aufeinander und legte die Hände in den Schoß. Edith kannte diese Geste nur zu gut. Sie wollte sich wie immer unbeeindruckt geben und sich nicht aus der Reserve locken lassen.

Zu Ediths Verwunderung blieb Tante Luise ebenfalls vollkommen gelassen. Sie strich sich die Bluse glatt und machte ein freundlich-interessiertes Gesicht.

„Wie genau sehen deine Pläne denn aus, wenn ich fragen darf?"

„Ach, da bin ich recht aufgeschlossen und lege mich noch nicht fest. Ich gehe aus, lese Zeitungen, unterhalte mich über aktuelle Themen, bilde mir meine Meinung und jage die Herren, die mir den Hof machen wollen, mit Vergnügen zum Teufel.“

Während Edith sprach, spielte sie ausgelassen mit ihrer Kette. Sie ließ es absichtlich an Ernsthaftigkeit fehlen. Die Idee, Fabrikantin zu werden, war noch zu frisch, als dass sie diese mit jemandem teilen und sich eine Abfuhr einholen wollte.

Ursula zog hörbar die Luft durch die Nase ein. An ihrer Haltung hatte sich nichts geändert. Sie saß steif wie eine Puppe auf ihrem Stuhl.

Tante Luise lächelte freundlich und strich mit dem Handrücken über eine der Frühstücksservietten. „Nun, das klingt aufregend und kurzweilig. Hoffentlich hast du den einen, den du hättest lieben und mit dem du hättest glücklich gemeinsam alt werden können, nicht schon übereilt davongejagt.“

Edith blinzelte und öffnete den Mund, um etwas zu erwidern, aber sie schien nicht die richtigen Worte zu finden. Stattdessen richtete sie Messer, Teller und Tasse vor sich auf dem Tisch neu aus.

Tante Luise sah ihre Nichte einige Sekunden lang an und wartete unnachgiebig, sodass Edith sich nach einer sehr langen Pause zu einem heiseren Nein durchrang.

„Gut, dann ist doch alles in Ordnung“, gab sich die Tante zur Überraschung beider Schwestern zufrieden und wandte sich dann mit der gleichen offenen Herzlichkeit an Ursula.

„Und wie geht es dir mit deinen Zukunftswünschen? Findest du Gefallen an Hand- und Hausarbeit?"

„Ja, sehr. Ich habe meine Strickarbeit dabei. Mutter hat ein strenges Auge. Ich hoffe, dass ich wenigstens ein makelloses Paar Fingerhandschuhe zurück nach Berlin bringen werde. Wenn sie erst sieht, dass ich alle meine Pflichten ohne Probleme erfüllen kann, wird sie stolz sein und sich mit Freude um meine Aussteuer kümmern."

„Warum glaubst du, dass sie es im Moment nicht möchte?"

Ursula sah an sich herunter, schluckte und erklärte leise: „Tante Luise, du musst nicht zurückhaltend sein. Die Wahrheit ist offensichtlich und ich kann sie ertragen."

Luise runzelte die Stirn. Offenbar verstand sie nicht, was Ursula meinte, deshalb setzte diese zu einer ausführlichen Erklärung an.

„Ich weiß, dass ich keine Schönheit, ach, schlimmer noch, die hässliche Tochter bin. Aber all das, was mir an Anmut fehlt, gleiche ich durch Fleiß und Benehmen wieder aus."

Luise räusperte sich, doch bevor sie etwas sagen konnte, ergriff Edith bereits das Wort.

„Du darfst nicht alles glauben, was Mutter dir erzählt. Du wirst dich mit Sicherheit gut verheiraten. Jeder Mann, der nicht sieht, was für ein wunderbarer Mensch du bist, hat dich einfach nicht verdient. Du bist hübsch und liebenswert – genauso wie du bist."

Ursula schenkte ihrer Schwester einen warmherzigen Blick und ein dankbares Lächeln.

„Das denke ich auch, meine liebe Ursula. Nur die Ruhe, gut Ding braucht Weile", fügte Tante Luise hinzu und suchte gleich darauf Ediths Blick. „Ich denke, das gilt ebenso für dich, auch wenn du dich gerade hinter deiner rauen Schale verstecken möchtest."

Edith fühlte sich ertappt. Sie rutschte nervös auf dem hohen Sitzpolster herum und begann gleich darauf, sich zu rechtfertigen. „Ich verstecke mich keineswegs, ich mische mich unters Volk, gehe hinaus in die Welt. Ich sehe mir das Leben an und pflege Freundschaften. Da kann von Verstecken nun wirklich nicht die Rede sein."

„Auf eben diese Weise lässt sich ein schüchternes Herz am besten verbergen."

Tante Luise sprach sanft und zum zweiten Mal innerhalb kürzester Zeit fehlten Edith die Worte. Das plötzlich einsetzende, schrille Klingeln, das die Pause für die Belegschaft einläutete, kam ihr mehr als recht.

Wenige Augenblicke, nachdem das Klingeln verstummt war, wurde die Hauseingangstür geöffnet und fiel krachend wieder ins Schloss. Zunächst war ein Räuspern zu vernehmen, dann ein Rascheln an der Garderobe. Schließlich stand Onkel Leopold im Türrahmen. Er trug eine feine Anzughose, ein weißes Hemd, das über seinem Bauch spannte. Die dunkle Fliege saß etwas schief an seinem Hals und wurde von ebenfalls dunklen Hosenträgern eingerahmt. Trotzdem sah er sehr fein und vornehm, um nicht zu sagen stattlich aus.

„Dann wollen wir mal, meine Damen. Arbeit macht hungrig und für mich gab es heute schon viel Arbeit zu erledigen." Er grinste und nahm seinen Platz am freien

Kopfende des Tisches ein. Nur Sekunden später kam Marie aus der Küche geeilt und brachte die Karaffe mit dem frisch gebrühten Kaffee.

Nach dem Frühstück nahm Leopold die Damen auf einen Rundgang mit in die Fabrik. „Ihr seid schließlich hier, um etwas zu lernen. Das habe ich eurem Vater versprochen", erklärte er. Das Funkeln in seinen Augen verriet jedoch, dass er sich selbst am meisten darüber freute, den Mädchen die Fabrik zu zeigen. Sie war offensichtlich sein ganzer Stolz.

Als die drei aus dem Wohnhaus traten, hatten die Männer und Frauen ihre Arbeit längst wieder aufgenommen. Rhythmisches Aufeinanderschlagen von Holz und dumpfes Rattern verschmolzen mit den lauten Stimmen der Belegschaft und drangen durch die geöffneten Fenster ins Freie. Die Sonne wärmte angenehm. Auf die dünnen Strickjacken hätten die Schwestern getrost verzichten können. Eine milde Brise trug den Geruch von Farbe und Öl über den Hof. Ob die Vögel in den üppigen grünen Kronen der umstehenden Bäume mit einem Frühlingslied gegen die Maschinen ansangen, blieb ein Geheimnis. Vor den Bäumen ragte ein großer, schlanker, aus roten Ziegeln gemauerter Fabrikschlot in den Himmel. Unablässig quollen dunkle Rauchwolken aus ihm empor und zogen wie ein langer Teppich über die Felder davon.

Leopold führte seine Nichten am Kontor vorbei über den Hof und nahm Kurs auf den aus ebenfalls roten Ziegeln gemauerten Gebäudeteil nahe der Einfahrt zum Fabrikgelände. In diesem befand sich das Wolllager. So stand es zumindest auf dem angerosteten Metallschild.

„Wir beginnen mit der Anlieferung. Gerade wurde Rohwolle aus Kapstadt gebracht", erklärte er und zeigte auf einen Lastwagen, der vor dem offenen Holztor stand. Ein Mann, wohl der Fahrer, trat gerade in diesem Moment aus dem Gebäude und machte sich eilig daran, eine Plane über der leeren Ladefläche auszubreiten und zu befestigen.

„Du meinst Kapstadt in Südafrika?" Das Erstaunen in Ediths Frage war nicht zu überhören. Abrupt blieb Leopold stehen, musterte sie einen Augenblick, nickte dann und warf ihr ein zufriedenes Lächeln zu. Dann setzte er seinen Weg zum Lastwagen fort. Der Fahrer war gerade hinter der Ladefläche verschwunden. Edith hielt Schritt mit ihrem Onkel, während Ursula etwas zurückfiel.

„Die Wolle legt einen langen Weg zurück, bis sie bei uns verarbeitet wird."

„Hier gibt es doch auch Schafe. Warum kaufst du nicht die einheimische Wolle der Bauern?"

Wieder blieb Leopold stehen und musterte Edith etwas eindringlicher als zuvor, sodass diese bereits befürchtete, er könne sie für ihre dummen Fragen schelten. Doch nichts dergleichen geschah. Leopold setzte in würdevollem Ton und nicht ohne Stolz zu seiner Erklärung an. „Weil wir bestes Tuch herstellen. Die Wolle der hiesigen Schafe kann mit der Qualität der Kapstadt-Wolle nicht mithalten. Das fängt schon mit der Wolle selbst an. Es ist von besonderer Wichtigkeit, dass von Anbeginn sorgfältig, ach was sage ich, akribisch gearbeitet wird. Ich selbst werde am Nachmittag die Lieferung genau unter die Lupe nehmen und alles Weitere vorbereiten."

„Darf ich mitkommen?" Mindestens genauso überrascht wie Edith selbst über ihre vorlaute Bitte, sah Leopold sie an und zog die Augenbrauen nach oben.

„Also gut, wenn du möchtest, nehme ich dich gern mit und zeige dir alles. Es ist jedoch eine ernste Angelegenheit. Das Mischbett für unsere Produktion erfordert absolute Genauigkeit. Raum für Albernheiten oder Schabernack gibt es da nicht. Wenn du es ernst meinst, darfst du mich gern begleiten und mir zur Hand gehen."

„Ich habe keine Ahnung, wovon du sprichst, Onkel, aber ich meine es sehr ernst und begleite dich ausgesprochen gern."

Die Freude stand Edith ins Gesicht geschrieben. In die Prozesse der Fabrik einzutauchen, praktische Erfahrungen zu sammeln, war der erste Schritt.

„Was sagst du, Ursula? Wirst du uns nachher ebenfalls begleiten?"

„Nein, danke." Sie hob die Hand und lehnte das Angebot höflich ab. „Ich habe bereits meine feine Strickwolle, die mir exaktes Arbeiten abverlangt. Damit bin ich ausgesprochen gut beschäftigt und werde mir auf angenehme Weise den Nachmittag vertreiben."

„Dann eben nur wir zwei", stellte Leopold voller Tatendrang fest. Er klatschte in die Hände und rieb sie kurz ineinander, dann setze sich das Trio wieder in Bewegung.

Als sie nur noch wenige Schritte vom Eingang des Gebäudes entfernt waren, trat ein weiterer Mann ins Freie. Die Ärmel seines Hemds waren bis zu den Ellenbogen hochgekrempelt. Mit einer schnellen Bewegung lockerte er seine Krawatte. Er lehnte sich selbstgefällig gegen die Mauer, schob seine Mütze in den Nacken und blätterte oberflächlich einige Papiere durch, die auf einem Klemmbrett befestigt waren. Edith schätzte ihn auf Mitte dreißig. Als er die Herannahenden erblickte, drückte er sich lässig von der Wand ab, warf das Klemmbrett durch die geöffnete Seitenscheibe des Lastwagens auf den Beifahrersitz und trat ihnen entgegen.

„Ist alles in Ordnung?", wollte Leopold wissen.

Der Mann nickte und antwortete mit tiefer Stimme. „Wie man's nimmt. Die haben schon wieder was draufgeschlagen." Dann tippte er sich mit dem Zeigefinger gegen die Mütze und begrüßte die jungen Frauen.

„Tag, die Damen."

Leopold schnalzte mit der Zunge, dann entgegnete er nüchtern: „Wen wundert's. Wir können froh sein, dass sie noch geliefert haben. Nächste Woche wird es nicht besser aussehen. Da ist jeder Warenbestand Gold wert."

Der Mann nickte und gab ein griesgrämiges Brummen von sich.

„Nun denn, kommen wir zu den erfreulichen Angelegenheiten des Tages. Ich mache euch mal miteinander bekannt. Das sind Ursula und Edith, meine Nichten aus Berlin und das ist Hubert Dietrich. Vorarbeiter und meine rechte Hand."

„Guten Tag!" Hubert musterte sie ungeniert, nahm mit den Augen äußerst genau Maß, sodass zumindest Ursula die Schamesröte ins Gesicht stieg.

Doch Leopold schien davon nichts mitzubekommen. „Ich führe die Mädchen jetzt durch die Fabrik. Du hältst weiterhin die Stellung."

„Natürlich." Hubert zog eine Zigarette hinter dem Ohr hervor und steckte sie sich an. Er war groß gewachsen, von kräftiger Statur und strahlte eine unangenehme Kälte aus. Unbewusst starrte Edith auf seine entblößten Unterarme und beobachtete, wie die Muskulatur sich deutlich unter seiner Haut abzeichnete. Sie zweifelte keinen Augenblick an der Kraft dieses Mannes. Das Klicken von Huberts Feuerzeugs ließ Edith zu ihm aufblicken. Auch er starrte sie an, allerdings auf eine weniger neugierige Art und Weise, sondern noch eine Spur anzüglicher als zuvor. Er hielt inne und fixierte die Stelle an ihrem Oberkörper, wo sich die glänzenden Perlen zwischen ihrem wohlgeformten Busen aneinanderreihten. Ohne den Blick abzuwenden, sog er an seiner Zigarette und blies den Rauch in feinen Kringeln aus. Dieser Kerl hatte ausgesprochen schlechte Manieren.

Edith verschränkte demonstrativ die Arme vor der Brust und räusperte sich, woraufhin Hubert aufsah. In seinen grauen Augen entdeckte Edith ein lüsternes Funkeln, aber auch kühle Berechnung. Er war mit Sicherheit kein angenehmer Zeitgenosse, der gewiss hin und wieder Händel suchte und diesen höchstwahrscheinlich auch noch für sich entschied.

Sie starrten sich einige Sekunden fest in die Augen, ein Kräftemessen. Edith sah nicht ein, den Blick zu senken und diesem Kerl nachzugeben.

„Wo bleibst du, Edith?", hörte sie die Stimme ihres Onkels aus einiger Entfernung. Ursula und er waren bereits ins Gebäude gegangen.

Sie warf Hubert einen letzten kühlen Blick zu und folgte in die Lagerhalle.

Das Dröhnen der Maschinen war hier drin um einiges lauter zu hören. Vor einer Wand aus dicken Glasbausteinen, befanden sich ein schwerer aufgeräumter Schreibtisch und drei Holzstühle ohne Polsterung. Rechts davon stand eine beeindruckende Materialwaage. Dahinter entdeckte Edith ein imposantes Tor, das an seinem oberen Ende mit Rollen in eine dicke Metallführung eingehängt worden war, um den Durchgang auf- und wieder zuschieben zu können. Auf der anderen Seite des Lagerraumes waren große, in Stoff gewickelte und zusammengeschnürte Würfel aufgetürmt. Edith schätzte auf den ersten Blick vierzig Ballen. Einer von ihnen war aufgerissen und gab den Blick auf seinen grauen zerzausten Inhalt frei. Leopold ging hinüber und befühlte die Fasern.

„Das ist sie. Rohwolle aus Kapstadt, die beste Grundlage." Edith trat zügig neben ihn. „Darf ich auch mal?" Sie gab sich keine Mühe, ihre Neugier und Aufregung zu verbergen.

„Bitte, nur zu", munterte Leopold sie auf.

Edith rieb die Wolle zwischen Daumen und Zeigefinger. „Ich hatte sie weicher erwartet", gestand sie nach einer Weile.

„Nur die Ruhe, du wirst überrascht sein, auf welche Reisen die Wolle hier geht und wie weich das Resultat ist."

Die sanfte und liebevolle Art, wie Leopold über die Arbeit in der Fabrik sprach, gefiel Edith. Er zeigte sich als Kenner und Praktiker. Seine tägliche Arbeit erfüllte ihn sichtlich mit Stolz und Freude. Der Gedanke, ihm dabei über die Schulter schauen zu dürfen und vielleicht sogar einmal unterstützen zu können, erfüllte

Edith für den Bruchteil einer Sekunde mit Glück, doch dann mischte sich dieser Hubert in ihre Gedanken. Onkel Leopold hatte bereits eine rechte Hand, eine sehr unangenehme noch dazu. Der würde ihr mit Sicherheit nicht den Schmutz unter ihren Schuhen gönnen, wenn sie ihm das Revier streitig machte.

„Ursula, möchtest du auch mal fühlen?" Leopolds Worte holten Edith aus ihren Gedanken. Sie sah zu ihrer Schwester hinüber, aber Ursula stand mit verschränkten Armen in sicherem Abstand da und schüttelte den Kopf.

„Ich bevorzuge die fertige Strickwolle oder ein zartes Tuch für Stickarbeiten."

„Dann kommt, ich zeige euch den Rest der Fabrik. Dort geht es hoch her und Ursula wird auch auf ihre Kosten kommen."

Eine knappe Stunde später hatten die Schwestern unter Leopolds Führung bereits die Färberei, die Krempelei und die Spinnerei erkundet. Letztere hatte, in bescheidenem Maße, auch Ursulas Interesse geweckt.

Schließlich waren sie in der Weberei, die sich unter dem Dach befand, angekommen. Hier oben war es besonders heiß, stickig und nochmals lauter. Ursula musste für einen Moment verschnaufen, doch dann beobachteten alle drei mit heller Freude das exakte und wahnsinnig schnelle Treiben an den Webstühlen.

Insgesamt standen vier Weber an vier Webstühlen. Sie arbeiteten hochkonzentriert an ihren Maschinen und blickten nicht einmal auf, als ihr Arbeitgeber den Raum betrat. Auf wundersame Weise fertigte ein hagerer kleiner weißbärtiger Mann mit Mütze aus blauen und weißen Webfäden ein kariertes Muster. An einem anderen Webstuhl entstand ein hübsches Streifenmuster in Beige und Rosa. Die beiden hinteren Maschinen arbeiteten sogar doppelt. An ihnen produzierten die Weber dunkelgrünen und weißen Stoff. Edith hätte noch ewig zuschauen können, wie sich die verschiedenen Teile der Webstühle und die unzähligen Fäden schnell und präzise bewegten. Allein die bestückten Webstühle mit abertausenden dünnen Fäden sahen bereits aus wie Kunstwerke. Der Entstehung der Stoffbahnen Millimeter für Millimeter mit den Augen zu folgen, war vor allem Edith eine reine Freude. Sie hätte trotz des Lärms gern weiter zugesehen. Doch Leopold drängte darauf, weiterzugehen. Er musste ordentlich schreien, damit die Mädchen ihn verstanden.

„Kommt mit, die letzte Station ist das Tuchlager. Dort sind wir ungestört. Ihr könnt dort die fertigen Stoffe in aller Ruhe bestaunen und anfassen."

Er ging wieder voran, führte die Frauen über eine schmale ausgetretene Holztreppe zurück ins Obergeschoss und von dort aus über eine kleine Außentreppe zurück in den Hof. Sie waren einmal durch das Fabrikgebäude gelaufen und nun am anderen Ende des Innenhofs wieder angekommen. Bis auf den Heizer, der schon wieder Kohle in seinen Karren schippte, war nun jedoch niemand mehr zu sehen.

Schnurstracks ging es über den Hof ins Kontor. Dort fanden sie Hubert lässig am Schreibtisch sitzend. Über eine Zeitung gebeugt, markierte er einzelne Textstellen, indem er sie einkreiste. Ihm gegenüber saß eine Frau in einem schlichten Kostüm, die Haare zu einem grauen Dutt hochgesteckt und tippte auf einer Schreibmaschine.

„Dies ist unsere Verwaltungszentrale. Hubert Dietrich kennt ihr ja schon. Hier drüben sitzt Fräulein Dahmen. Sie hat einen hervorragenden Sinn für Ordnung. Ohne sie wäre ich manchmal heillos verloren."

Fräulein Dahmen lächelte dankbar und ein wenig beschämt, was nicht so recht zu ihrem Alter passte, wie Edith befand, und tippte mit überraschend flinken Fingern ein Schriftstück auf ihrer Schreibmaschine. Überraschend deshalb, da das liebe Fräulein Dahmen, um es einmal höflich auszudrücken, schon recht betagt war.

„Seht euch ruhig um. Wenn ihr in ein paar Wochen nach Berlin zurückkehrt, könnt ihr von euren Eindrücken berichten."

„Wo werden wir arbeiten?", fragte Edith geradeheraus. Das Büro des Kontors war nicht sehr groß. Platz für einen weiteren Tisch gab es darin nicht. Leopold runzelte verständnislos die Stirn.

„Es gibt doch bestimmt jede Menge zu erledigen, wobei wir dir behilflich sein können. Ich freue mich schon, mehr über das Fabrikleben zu erfahren", fuhr Edith munter fort.

„Wenn ich euren Vater richtig verstanden habe, wollt ihr euch doch nur etwas umsehen und Eindrücke sammeln. Ich denke, den größten Teil haben wir erledigt."

Edith entfuhr ein unangemessenes Schnauben.

Leopold sah sie irritiert an. „Habe ich ihn missverstanden?"

„Nein", brachte sich Ursula, die bisher zurückhaltend danebengestanden hatte, ins Gespräch ein. „Nichts anderes ist vorgesehen."

„Aha." Leopold nickte wissend.

„Ja, Vater wollte uns einen ruhigen Sommer bescheren, aber ich hatte gehofft, dass wir uns trotzdem einbringen und mehr über dein Geschäft lernen dürfen.
Gerade jetzt kannst du doch bestimmt jede Hilfe gebrauchen, oder nicht?" Edith unterstrich ihr Anliegen
mit einem atemberaubenden Augenaufschlag.

Hubert schnaubte amüsiert und Fräulein Dahmen
unterbrach ihr emsiges Tippen auf der Schreibmaschine.

Bis auf das entfernte, gleichmäßige Brummen der
Maschinen war es für einen Augenblick still im Kontor.
Doch gleich darauf richtete Leopold seine Hosenträger
mit den Daumen und erklärte: „Von mir aus. Da wird
sich wohl was machen lassen, Mädchen. Aber Eile mit
Weile und eins nach dem anderen. Zunächst zeige ich
euch das Stofflager. Darauf wartet ihr zwei doch schon
sehnsüchtig, nicht wahr?" Er wartete keine Antwort ab,
sondern setzte sich umgehend in Bewegung.

Hubert räusperte sich, widmete sich wieder der Zeitung und Fräulein Dahmen tippte unbeirrt weiter, als
das Trio das Büro durchquerte. Leopold immer voraus, die Schwestern folgten ihm auf dem Fuße.

Zunächst durchquerten sie einen Flur, dessen rechte
Seite bis unter die Decke mit Regalbrettern gefüllt war,
auf denen sich Aktenordner befanden. Einige davon
bogen sich unter der Last. Zu ihrer Linken passierten
sie eine geschlossene Tür, die Edith beinahe übersehen
hätte, wäre ihr nicht die Aufschrift PRIVAT ins Auge
gefallen.

So weckte diese unscheinbare Tür restlos ihre Neugierde, doch sie musste sich gedulden. Sie folgte Ursula und Leopold, bis sie gleich darauf im Lagerraum ankamen. Das kleine Fenster neben einer weiteren Tür, die wieder hinaus zum Fabrikhof führte, ließ nur wenig Tageslicht hinein. Leopold betätigte den Schalter für die elektrische Deckenbeleuchtung und nun ließ sich der Inhalt des Raums begutachten.

In der Mitte stand ein seltsames Tischchen aus Metall mit einem langen, nach oben gerichteten Hebel. Von der Decke bis zum Boden verliefen massive Regale aus Holz, an den Wänden und mitten im Raum. Ein jedes von ihnen hatte vier Böden, auf denen die fertigen Stoffpakete, zum Teil in Papier eingeschlagen, aufbewahrt wurden. An jedem von diesen hing ein Etikett, auf welchem unter anderem die Zusammensetzung, das Gewicht und die Farbe des jeweiligen Stoffs geschrieben standen. Staunend gingen die Schwestern von einem Regal zum nächsten und befühlten die vielen verschiedenen Stoffe.

„Diese Farbe hier ist sehr schön", fand Ursula und zeigte auf einen feinen Stoff in Taubenblau.

„Stimmt, das ist unser aktueller Verkaufsschlager. Ich habe sehr lange experimentiert, bis ich die richtige Mischung dafür gefunden habe. Du hast ein gutes Auge", lobte Leopold.

„Zeigst du es uns? Wie man färbt, meine ich." Edith zeigte sich erneut sehr interessiert und ließ die Perlen ihrer Kette durch die Finger gleiten.

„Beim besten Willen, Kinder, das geht zu weit. Die Farben gehören zum wohlgehüteten Betriebsgeheimnis. Nicht einmal eure Tante weiß darüber Bescheid. Sicherlich gibt es einige interessante Dinge, in die ihr eure Nasen stecken dürft. Die Betriebsabläufe und -geheimnisse werden euch jedoch verborgen bleiben. Das versteht ihr doch sicher. Was wollt ihr denn auch damit anfangen?"

Während Ursula darüber nur mit den Schultern zuckte und sich weiter den Stoffen widmete, gab Edith sich große Mühe, ihre Enttäuschung zu verbergen. Sie ging zu dem kleinen Metalltischchen und fragte mit weitaus mehr Zurückhaltung als ihr üblicherweise zu eigen war: „Und was ist das hier? Kannst du uns davon berichten oder handelt es sich hierbei um ein geheimes Instrument?"

„Das ist die Zackenmaschine." Falls Leopold Ediths Unmut nicht entgangen war, so ließ er es sich nicht anmerken.

„Und wozu wird sie benutzt? Dürfen wir sie ausprobieren?" Edith sah ihren Onkel mit großen, bittenden und wissbegierigen Augen an.

„Also, Mädchen ...", Leopold suchte nach den richten Worten, „... ich hätte nicht gedacht, dass ihr so interessiert seid. Da habe ich mich wohl geirrt."

„Was dachtest du denn, was wir hier den Sommer über machen wollen würden?"

„Lesen, Handarbeit und Spazierengehen. Vielleicht auch mit eurer Tante zur Schneiderin oder ins Café gehen."

„Das sind wunderbare Vorschläge, Onkel Leopold. Das machen wir bestimmt", warf Ursula zurückhaltend ein.

„Ja, bestimmt. Trotzdem hatte ich gehofft, du würdest uns mehr von der Fabrik zeigen. Diese Zackenmaschine hier würde ich nur zu gern einmal ausprobieren." Dabei strich Edith liebevoll über den Metallhebel, der wie eine Antenne nach oben gerichtet war.

„Wisst ihr was, wenn ihr wollt, probieren wir sie aus. Jetzt gleich. Und wenn ihr möchtet, dürft ihr mir in den nächsten Wochen ein bisschen über die Schulter schauen."

„Liebend gern", erwiderte Edith, deren Laune sich sofort besserte und sogar Ursula kam zu dem Tischchen.

„Ich bin weniger ehrgeizig als Edith, Onkel. Mir reicht zunächst die Bekanntschaft mit dieser seltsamen Maschine. Mache dir bitte keine Umstände." Mit zusammengefalteten Händen und kerzengeradem Rücken stand sie neben ihrer Schwester und wartete darauf, dass Leopold in seiner Erklärung fortfahren würde.

„Also, die Zackenmaschine ... mit diesem guten Stück schneiden wir Stoffmusterproben, die unsere Vertreter zu den Kunden mitnehmen. Wenn ihr mögt, probieren wir sie jetzt aus und ihr dürft eure eigenen Musterstücke mitnehmen. Welche hättet ihr denn gern?"

Ursula blieb bei dem blauen Stoff und Leopold nickte wohlwollend. Edith entschied sich für einen gemusterten in Schwarz und Weiß.

„Pepita, eine ebenso hervorragende Wahl", kommentierte Leopold. Er zog zwei kleinere Bahnen der gewählten Stoffe aus dem Regal. Dann überreichte er Edith den Stoff ihrer Wahl und begann zuerst den blauen für Ursula auf dem kleinen Tischchen zurechtzulegen. Nach ein paar sauberen Schnitten war gleich darauf ein akkurates Stoffquadrat mit einer Seitenlänge von je zehn Zentimetern entstanden. Die Seitenränder waren jedoch nicht glattgeschnitten, sondern rundum feinsäuberlich gezackt.

„Nun ich“, forderte Edith ungeduldig und stellte unter den aufmerksamen Augen ihres Onkels ebenfalls ein Stoffmuster her.

„Vielen Dank, Onkel“, wandte sich Edith an ihn, während ihr Blick zwischen Musterstück und Maschine hin und her wanderte. Zu gern hätte sie noch weitere Muster geschnitten, doch sie ahnte, dass sie seine Geduld für heute schon ausgiebig genug beansprucht hatten.

4

Ursula hatte sich nach dem Mittagessen auf die Veranda begeben, um weiter an ihrem Handschuh zu stricken. Edith dagegen hatte in ihrem Zimmer den Schmuck abgelegt und war in ein einfaches Kleid geschlüpft. Nun führte Leopold sie den bereits bekannten Weg über den Hof zum Tor für die Anlieferung.

„Die erste Station in der Tuchindustrie ist die Wolferei."

„Das ist ein seltsamer Name, es klingt gefährlich. Nach Raubtieren", sprach Edith ihre Gedanken laut aus, während sie versuchte, mit ihm Schritt zu halten.

Leopold Geldermann hatte eine sonderbare, eigene Gangart. Im Vergleich zu seinem Oberkörper waren die Beine zu kurz geraten. Wenn er ging und dabei mit den Armen ruderte, um noch zügiger voranzukommen, erinnerte er Edith immer an einen nervösen Erpel. Sie lächelte über diesen Gedanken. Nie würde sie ihn laut aussprechen. Sie käme im Traum nicht auf die Idee, ihren Onkel durch derlei Äußerungen zu verletzen, aber innerlich amüsierte sie die Beobachtung sehr.

„Du wirst gleich feststellen, woher der Begriff kommt. Unsere Maschine hat in der Tat sehr scharfe und gefährliche Reißzähne, ebenso wie die eines Wolfes. Die brauchen wir auch, damit wir die Wolle vorbereiten können."

Edith nahm jedes Wort auf wie ein Schwamm. Vergessen waren die Fliegerei und die Politik. Sie hatte binnen kürzester Zeit Feuer gefangen und wollte mehr über die Tuchmacherei erfahren. Diesen wichtigen Entschluss hatte sie auf dem Weg vom Wohnhaus zum Warenlager gefasst. Es gefiel ihr, dass ihr Onkel sie nach einigem Zögern einbezog und ihrem Wunsch, mehr über seine Arbeit zu erfahren, entsprach. Dass sie aufmerksam und gelehrig sein musste, damit ihm die Lust nicht verging, stand außer Frage. An den andauernden Arbeitslärm hatte sie sich im Laufe des Tages bereits gewöhnt. Ein sehr gutes Zeichen, wie sie fand.

Edith folgte Leopold in den Lagerraum, wo er ihnen am Vormittag bereits die großen Ballen mit Rohwolle gezeigt hatte. Nun stand in der Mitte des Raumes, nahe der Materialwaage, eine seltsame Karre. Sie bestand aus vier Rädern und einer großen Ladefläche, aber es gab keine Umrandung, welche diese, bestimmt drei Meter lang und zwei breit, begrenzten und ein Hinabfallen der Ladung verhindern konnten.

Das Rolltor war nun bis zur Hälfte aufgeschoben worden und gab den Blick in einen weiteren Arbeitsraum frei.

„Bevor wir anfangen, müssen wir uns vorbereiten. So wie wir jetzt aussehen, können wir da nicht hineingehen.“

„Was stimmt denn mit unserer Kleidung nicht?“

„Sie ist schon in Ordnung. Sie ist nur unpassend für die Arbeit. Ich erlaube nicht, dass Schmutz in die Wolferei getragen wird.“

„Ich habe eben erst ein frisches Kleid angezogen. Es ist sauber.“

„Wir riskieren trotzdem Verunreinigungen und du willst es gewiss nicht ruinieren, wenn…" Leopold unterbrach seine Rede und wandte sich einem jungen Mann zu, der soeben aus dem anliegenden Raum in den Durchgang getreten war.

„Ah, da sind Sie ja, Bergemann." Er deutete auf ihn. „Das ist unser Maschineningenieur Franz Bergemann."

Der Mann war kaum älter als Edith, von schlankem Wuchs, hatte kurzes, leicht gewelltes braunes Haar, das zu einem Seitenscheitel frisiert war. Seine Oberlippe zierte ein schmales Bärtchen und er trug eine dunkle Arbeitsschürze. Bergemann hielt Leopold ebenfalls eine Schürze hin und warf Edith einen schüchternen Blick zu.

„Herr Bergemann, darf ich vorstellen, das ist meine Nichte Edith. Sie wird uns heute Gesellschaft leisten und sich die Arbeit genau ansehen. Seien Sie so nett und holen Sie noch eine Schürze." Leopold nahm seine entgegen, reichte sie an Edith weiter und der Ingenieur lief sofort zurück, um eine weitere zu holen.

„Du kannst es dir selbstverständlich noch anders überlegen", bot Leopold an, doch Edith schüttelte überzeugt den Kopf und faltete den schweren Stoff auseinander.

„Auf keinen Fall", gab sie gut gelaunt zurück. Ihre Augen leuchteten vor Vergnügen und sie beeilte sich, die Schürze umzubinden.

„Zuerst muss die Wolle gewogen werden. Dabei ist es wichtig, dass wir mit höchster Genauigkeit vorgehen, denn das macht später die Qualität aus."

Neben der großen Waage befanden sich Säcke auf einer Schubkarre. Diese nahm Leopold nun, befühlte den

Inhalt sorgfältig, indem er die Fasern zwischen Daumen und Zeigefinger rieb und auch daran roch. Dann wog er jeden Sack mit penibler Genauigkeit, machte sich Notizen in einem kleinen Arbeitsbuch, das seinen Platz in seiner Hosentasche hatte. Leopold fügte von der einen Wolle etwas hinzu und nahm von der anderen etwas heraus, bis er zufrieden mit dem Ergebnis war. Dann stellte er die Säcke auf die Schubkarre und fuhr selbst alles mit besonderer Vorsicht hinüber zum Rolltor, dem Eingang der Wolferei, wo Herr Bergemann die Wolle in Empfang nahm. Leopold und er waren offensichtlich ein eingespieltes Team. Sie arbeiten harmonisch miteinander. Jeder Handgriff saß, obgleich sie kaum ein Wort miteinander wechselten.

Edith übte sich in gleichermaßen aufmerksamer wie ehrfürchtiger Beobachtung. Hin und wieder warf sie einen bewundernden Blick zur riesigen Waage, die es ihrem Onkel mit den vielen unterschiedlichen und teils sehr kleinen Gewichten aus Metall erlaubte, die benötigten Wollmengen exakt abzumessen.

„Nun wird es ernst. Säubere deine Schuhe“, forderte Leopold.

Edith beobachtete ihren Onkel, wie er seine Schnürschuhe ausgiebig an zwei Abtretern reinigte. Sie tat sie es ihm gleich, obwohl sie davon überzeugt war, dass sich ihre Spangenschuhe mit den glatten Sohlen und den kleinen Absätzen in einem tadellosen und sehr sauberen Zustand befanden.

Gemeinsam betraten sie den Raum hinter dem Rolltor, die Wolferei. Dort nahm Edith diesen sonderbaren Geruch, der ihr bereits am Vormittag in der Anlieferung aufgefallen war, sehr intensiv wahr. Sie schnupperte neugierig, während Herr Bergemann und Onkel Leopold damit begannen, die abgewogene Wolle vom Wagen zu holen und gleichmäßig auf dem Zementfußboden zu verteilen. Auf einem Boden wohlgemerkt, der vor Fettflecken nur so glänzte. Hieß es nicht gerade Schuhe säubern und Schürzen anlegen? Sie hoffte, dass sich all die Fragen schon bald beantworten ließen.

„Komm hier rüber, Edith, und verteile die Wolle mit uns. Wir legen ein Mischbett an."

Das ließ sie sich nicht zweimal sagen, obwohl ihr noch nicht klar war, was so ein Mischbett sein sollte und wie es anzulegen war. Sie beobachtete und verteilte die Wolle ebenfalls auf dem Fußboden. Die Arbeit musste schnell und vorrangig in gebückter Haltung verrichtet werden. Ihr wurde warm von der ungewohnten Tätigkeit, doch sie ließ sich nichts anmerken. Erst als alle Wolle gleichmäßig auf dem Boden verteilt war, richtete Edith sich auf. Überrascht fing sie Bergemanns Blick auf. Er nickte ihr anerkennend zu und das gefiel ihr sehr. Auch wenn sie noch nicht viel miteinander gesprochen hatten, gestaltete sich Bergemanns Gegenwart angenehm und sie war froh, dass er ihre Arbeit für gut befand.

„Und wie geht es nun weiter?" Edith hatte rufen müssen, um den Fabriklärm zu übertönen. Sie sah zu ihrem Onkel hinüber, dem die Anstrengung ebenfalls ins Gesicht geschrieben stand. Sein Gesicht war stark gerötet und unter seinem Haaransatz über der Stirn glänzten Schweißperlen.

„Jetzt bekommt die Wolle eine Behandlung mit Schmälzöl, damit sie geschmeidig wird. Das macht Bergemann. Anschließend sind wir wieder gefragt. Wir laden alles in den Krempelwolf und da bekommst du endlich richtig was zu sehen." Leopold wischte sich mit dem Handrücken über die Stirn, als er auf sie zukam. „Na komm schon, ich zeige ihn dir."

Edith folgte ihrem Onkel und warf Bergemann noch einen neugierigen Blick zu, als er begann, der Wolle auf dem Boden an verschiedenen Stellen Öl aus einer kleinen Metallkanne zuzusetzen.

Beim Krempelwolf handelte es sich um eine sichtbar schwere, gusseiserne Maschine. Sie war in eine beeindruckende Apparatur von Metallstangen, Riemen, Antriebsscheiben und großen Rohren integriert. Die meisten Teile der Konstruktion verliefen hoch über den Köpfen an der Decke der Halle. Einige der Stangen, die zur Maschine verliefen, drehten sich schnell und gleichmäßig surrend, ohne dass sie arbeitete.

„Der Wolf befindet sich im Leerlauf. Warte ab, gleich ist er viel lauter."

Wissensdurstig begutachtete Edith die Maschine, die fast so hoch war wie sie selbst und gewiss dreimal so lang. Sie versuchte alles genau anzuschauen und warf auch einen Blick ins Innere des Wolfs. Tatsächlich entdeckte sie darin große und mit Sicherheit sehr scharfe Reißzähne aus Metall. Sie flößten ihr einen gehörigen Respekt ein.

„Wir beginnen immer mit einem Probelauf. Tritt einen Schritt zurück", rief Leopold.

Edith gehorchte und im nächsten Moment verschob er eine der Antriebsscheiben, sodass sich der vordere

Teil des Wolfs, ein Förderband, in Bewegung setzte. Edith verstand, dass alles, was sich darauf befand, unweigerlich in den großen Schlund befördert und darin von den Zähnen malträtiert werden würde. Sie schauten eine Weile zu, dann schob Leopold die Antriebsscheibe zufrieden zurück. Sofort stoppte das Förderband und mit ihm die gefährlichen Zähne.

Bergemann kam und brachte den ersten Sack von dem nun bearbeiteten Mischbett und sie verteilten die spröde Wolle auf dem Förderband. Leopold brachte die Maschine mit einer einzigen Bewegung wieder in Gang. Nun konnte Edith beobachten, wie das mechanische Raubtier die Wolle unermüdlich verschlang und auseinanderriss.

„Ist es nicht fantastisch?", jubelte Leopold stolz und zeigte gut gelaunt an die Decke. Nur wenig später fielen aus einem der dicken Rohre, die über der Maschine befestigt waren, feine Wollflocken herab.

„Wie Schnee", flüsterte Edith und zeigte sich entzückt über dieses Wunder der Technik.

Während Bergemann fortfuhr, den Wolf mit genau der richtigen Menge Rohwolle zu füttern, begann Leopold die Flocken zusammenzuraufen. Eine Handvoll reichte er an Edith weiter, der Rest wurde in den bereitliegenden Säcken verstaut.

„Und? Was hältst du davon?"

Als Edith die frisch produzierten Flocken in die Finger nahm, überraschte sie die zarte und weiche Konsistenz. Nichts erinnerte mehr an die kratzigen Fasern, die sie zuvor zusammengebracht hatten. Sie warf ihrem Onkel einen erstaunten und zugleich faszinierten Blick zu. Leopold Geldermann erwiderte ihn mit einem breiten Lächeln und mit stolz geschwellter Brust. Erst als er die Maschine stoppte, das Getöse verstummte und das monotone Surren der Antriebsstangen übrigblieb, wies er Bergemann an, die Wolle auf den bereitstehenden Plateauwagen zu laden und sich um alles Weitere zu kümmern.

Edith und Leopold legten die Schürzen ab, verließen die Halle und kehrten zurück ins Wohnhaus, wo Luise bereits ungeduldig mit dem Kaffee auf sie wartete. Glücklich lief Edith ins Badezimmer und wusch sich die Hände. Als sie zurückkehrte, lächelte sie noch immer zufrieden.

„Ich gehe wohl recht in der Annahme, dass dir euer kleiner Ausflug Freude bereitet hat", stellte Luise fest und warf ihrem Mann, der bereits seinen Platz am Kopf des Tisches eingenommen hatte, einen interessierten Blick zu.

„Du liegst goldrichtig, Tante Luise. Es war unbeschreiblich. Es war laut, faszinierend und so unglaublich lehrreich. Ursula, auch für dich wäre es eine interessante Erfahrung gewesen." Während Maria Limonade und Kaffee eingoss, griff Edith nach einem Plätzchen. „Ich möchte noch viel mehr über die Fabrik und ihre Maschinen erfahren. Bitte, Onkel Leopold, nimm mich mit und zeige mir alles."

Doch dieser wirkte nun reservierter, als noch vor wenigen Minuten. Er räusperte sich.

„Ich freue mich, dass du Gefallen daran findest. Es wird wohl aber nicht im Sinne deines Vaters sein, wenn seine Tochter ihren Sommer als Fabrikarbeiterin verbringt. Ich denke, das kann ich nicht verantworten.

Was ist, wenn dir bei der Arbeit etwas zustößt? Die Gefahr einer Verletzung ist groß. Er wird es mir nicht verzeihen, wenn ich dich nicht bei guter Gesundheit zurückschicke."

„Ich werde schon auf mich aufpassen, Onkel Leopold. Ich verspreche es", bat Edith, während Ursula wie immer die Lippen zu einem schmalen Strich zusammenpresste und den Kopf senkte. Doch Leopold ließ sich nicht erweichen. „Außerdem fehlt es mir an der Zeit, dich überall hin mitzunehmen. Die Fabrik hat Produktionstermine einzuhalten und ich muss mich um andere Dinge kümmern. Ich denke, wir bleiben bei dem, was wir bereits vereinbart hatten: Ihr helft unserem Fräulein Dahmen etwas bei der Büroarbeit im Kontor und schaut euch ein wenig um. Sucht euch einen guten Stoff aus, geht zur Schneiderin und lasst euch ein paar neue Kleider anfertigen. Es wird sich mit Sicherheit die Gelegenheit bieten, die neue Garderobe auszuführen. Vielleicht sogar bei einem Tanzcafé. Du stimmst mir doch zu, nicht wahr?" Leopold sah seine Frau über den Tisch an.

Doch diese hatte ihre Kaffeetasse zum Mund geführt und trank seelenruhig. Leopold wartete geduldig. Er schien dieses Verhalten von seiner Frau gewohnt zu sein.

„Ich finde, die Mädchen sind alt genug, selbst zu entscheiden. Es wird wohl ihr letzter Sommer vor der Ehe sein. Meiner Meinung nach haben sie sich ein kleines Abenteuer verdient." Leopold starrte seine Frau mit offenem Mund an.

„Ich möchte anmerken", warf Ursula nun zaghaft ein, „dass ich keineswegs vorhabe, meine Zeit in der Fabrik zu verbringen. Ich entscheide mich für Handarbeit, Schneiderin und Tanzcafé. Das ist mir Abenteuer genug."

„Ich habe doch nicht vor, den Betriebsablauf zu stören. Ich möchte mehr über die Abläufe erfahren, die Prozesse verstehen. Vorhin schienst du noch begeistert davon, dass ich mich für alles interessiert habe."

„Meine liebe Edith, das bin ich nach wie vor." Leopold konnte sich ein wohlwollendes Lächeln nicht verkneifen. „Aber ich habe auch eine Verantwortung, dir und eurem Vater gegenüber und nicht zuletzt für die Fabrik. So verlockend der Gedanke auch ist, es fehlt mir die Zeit dafür." Leopold griff sich ein Plätzchen, biss ab und kaute fester als nötig darauf herum.

„Und was ist mit deinem Maschineningenieur? Vielleicht kann ich Herrn Bergemann bei seiner Arbeit begleiten und ihm über die Schulter schauen. Ich verspreche, dass ich nicht stören werde. Ich ließe mich sogar überreden, zur Schneiderin zu fahren und mit euch auszugehen." Edith war nicht gewillt, ohne Widerstand aufzugeben.

Ein Husten, oder vielmehr ein Lachen, das Luise vergeblich versuchte als Husten zu tarnen, brachte ihr die Aufmerksamkeit der Anwesenden ein.

„Nun, du scheinst bereit zu sein, große Opfer zu bringen. Das Tanzcafé scheint wohl eine Zumutung für dich zu sein." Sie schmunzelte.

Edith zuckte gleichmütig mit den Achseln. „Ich meine ja nur, dass das eine das andere nicht ausschließen muss. Und Papa wird bestimmt nichts dagegen haben."

Leopold nahm sich noch ein Plätzchen. Edith hob zu weiteren Ausführungen an, doch sie wurde von dem langgezogenen, schrillen Klingeln unterbrochen, das den Feierabend für das Fabrikpersonal verkündete.

„Lasst uns das Thema vertagen. Ich muss in Ruhe darüber nachdenken“, gab Leopold dann in mildem, aber bestimmtem Ton bekannt und alle am Tisch akzeptierten seine Entscheidung.

Als die drei Frauen allein zurückblieben, griff Luise den Vorschlag ihres Gatten gleich auf. „Lasst uns doch morgen zur Schneiderin fahren. Wir nehmen ein paar Meter von den Stoffen mit, die ihr euch schon ausgesucht habt, und lassen etwas Schönes zaubern.“ Sie sah fragend in die Runde.

Als alle nickten, war die Angelegenheit beschlossen und sie wechselte unvermittelt das Thema. „Ursula, wie kommst du mit deinem Strickwerk voran?“

„Hervorragend. Die Maschen sind fein und gleichmäßig. Die Finger lassen sich hervorragend ausarbeiten. Mutter wird begeistert sein.“ Auf ihrem schmalen Gesicht zeichnete sich eine leichte Rosafärbung ab und Edith erkannte, dass ihre Schwester, auch wenn ihr Tagwerk ein vollkommen anderes gewesen war, stolz und glücklich über ihre Leistung war. Sie gönnte es Ursula und brachte dies auch zum Ausdruck.

„Das freut mich für dich. Du bist eine Perfektionistin und wirst einmal die besten Strickereien weit und breit anfertigen.“

Ursula lächelte dankbar.

Als Leopold sich am späten Abend, erschöpft vom Tagesgeschehen, zu seiner Frau ins Bett legte, glaubte er, sie schliefe schon. Einige Minuten lag er ruhig atmend neben ihr, doch dann begannen seine Gedanken sich in Sorgen um Fabrik und Zukunft zu formieren. Er seufzte und fürchtete schon um seinen Schlaf, als Luise sich zu ihm umdrehte.

„Was hältst du von den beiden?", flüsterte sie und legte ihren Kopf zärtlich auf seine Brust.

Leopold legte den Arm um ihre Schulter und dachte einige Zeit über ihre Frage nach. Dann brummte er zufrieden seine Antwort.

„Sie scheinen mir zwei freundliche und wohlerzogene junge Damen zu sein, klug und hübsch anzusehen obendrein." Er streichelte zärtlich über Luises Schulter und drückte sie dann sanft an sich. „Wie denkst du über die zwei ... so als Frau?"

Er kannte seine Gattin gut genug und wusste, dass sie ihn zwar gefragt hatte, um seine Meinung in Erfahrung zu bringen, dass sie selbst aber darauf brannte, ihm ihre Antwort auf diese Frage zu geben. Und so brauchte Luise auch nicht lange, um sich zu sammeln.

„Ich stimme dir zunächst zu. Ihre Eltern dürfen zu Recht stolz sein. Allerdings möchte ich anfügen, dass die gute Ursula ihr Licht viel zu sehr unter den Scheffel stellt. Edith dagegen ... nun ja ... sie hat weit mehr Temperament als nötig, vielleicht sogar mehr noch, als gut für sie ist. Mir scheint, es ist ein wenig unausgeglichen zwischen den beiden."

Leopold nickte sanft. „Bruno hatte geschrieben, dass sie sich bei uns erholen sollen, nicht, dass du mangelnde Erziehung ausbügeln sollst."

„Du zweifelst an seiner Aufrichtigkeit und beleidigst gleichzeitig die Mädchen? Schäm dich, Leopold."

Doch Leopold tat nichts dergleichen und fühlte sich auch nicht zurechtgewiesen, denn Luise hatte ihren Einwand eher neckisch als tadelnd hervorgebracht.

Das liebte er an den Gesprächen mit seiner Frau: Sie konnten beieinander liegen, ihre Gedanken ungehindert und ungestraft aussprechen. Er vertraute ihr und sie ihm.

„Er will gewiss nur das Beste für seine Töchter", fuhr Luise sanft fort. „Sie sind beide noch unerfahren, sollen bald heiraten und ihre Eltern wünschen sich, dass sie einen letzten gemeinsamen, unbeschwerten Sommer genießen können. Berlin ist ein trauriges Pflaster, wenn wir den Nachrichten glauben dürfen. Ich bin mir sicher, wären wir an Brunos und Henriettes Stelle, täten wir dasselbe."

„Ach, Luise. Du wärst eine bezaubernde Mutter geworden. Ursula und Edith werden sich in deiner Obhut mit Sicherheit hervorragend machen. Aber ob der Sommer bei uns unbeschwert wird, wage ich zu bezweifeln."

„Ach, Leopold", flüsterte Luise und ließ ihm Zeit, die richtigen Worte zu finden.

„Du weißt, dass ich keine Geheimnisse vor dir habe und dass uns das Geld gerade wie Sand durch die Finger rinnt. Kerchheim ist ein ebenso trauriges Pflaster wie Berlin oder eine beliebige andere Stadt. Erst heute haben wir eine Lieferung bekommen. Die Halsabschneider haben die Rohwolle weit über dem vereinbarten Preis abgerechnet und ich muss noch glücklich darüber sein. Wenigstens haben wir überhaupt noch Ware im Lager. In der nächsten Woche wird uns die gleiche Menge weitaus mehr kosten."

Die Hand seiner Frau strich ihm sanft über die Brust, zupfte die Falten an seinem Schlafhemd zurecht und blieb angenehm warm darauf liegen. „Sag mir die

Wahrheit. Wie schlimm ist es?" Ihre Worte waren wieder nur ein Flüstern.

„Es ist ernst. Noch produzieren und verkaufen wir. So schnell lass ich mich nicht aus dem Spiel drängen", erklärte Leopold und dachte an die unzähligen Stunden, die er mit Reichenshagen, seinem Buchhalter, bereits in dessen Büro verbracht und die Bücher geprüft hatte. Auf Geld war im Moment kein Verlass, auf seine Fabrik aber sehr wohl und er würde alles tun, sie durch diese schweren Zeiten zu bringen. Bisher konnte er sich auf Hubert und die Belegschaft verlassen, denn noch zahlte Reichenshagen pünktlich. Die Summen, mit denen er rechnen musste, waren mittlerweile jedoch utopisch. Der Krieg war längst vorüber, aber die Last auf Deutschlands Rücken viel zu schwer.

„Was stellst du nun mit den Mädchen an?" Luise hatte ihm Zeit für seine Gedanken gegeben, aber nun kam er ohne Umschweife auf das ursprüngliche Thema zurück.

„Ich denke, dass ich ihnen mit Fürsorge, Rat und Tat zur Seite stehen möchte. Nicht zu viel und nicht zu wenig, sie sind schließlich erwachsen. Das bedeutet zum einen, dass ich Ursula zu etwas mehr Selbstvertrauen verhelfen möchte und zum anderen ...", sie brach mitten im Satz ab und trommelte sanft mit den Fingerkuppen auf Leopolds Brust. Ein sehr angenehmes Gefühl, wie er fand. Das tat Luise immer, wenn sie diese Art von Gesprächen zu zweit in der Dunkelheit führten und sie intensiv darüber nachdachte, wie sie ihre Ideen formulieren wollte.

„Edith braucht eine Aufgabe, eine Beschäftigung, die sie erfüllt und fordert. Sie hat eine starke, vermutlich eine zu starke Persönlichkeit und ich fürchte, sie schadet sich am Ende nur selbst mit ihrer Starrköpfigkeit und dem Übermut, wenn wir sie nicht angemessen bremsen. Es gibt bestimmt einige Tätigkeiten im Büro, die sie erlernen kann. Sie wird sich mit Sicherheit nicht dagegen sträuben. So weit habe ich sie heute wohl richtig verstanden. Wenn wir ihr keine Beschäftigung zukommen lassen, sucht sie sich sehr wahrscheinlich selbst eine und ich möchte mir nicht ausmalen, wo das endet. Wir müssen sie müde spielen. Hat sie erst einmal begriffen, wie anstrengend und anspruchsvoll das Leben ist, kommt sie vielleicht zur Ruhe. Anderenfalls müssen wir damit rechnen, dass sie uns Scherereien macht und das kann niemand gebrauchen."

Ein sanftes Lächeln umspielte Leopolds Lippen. Es war ein großes Glück, eine kluge, verständnisvolle Frau an seiner Seite zu wissen und das tröstete ihn über viele Entbehrungen hinweg.

„Du bist ein Teufelsweib in bestem Sinne." Er zog sie noch näher zu sich, begann an ihrem Nachtkleid zu zupfen und suchte ihre warmen, zarten Lippen in der Dunkelheit.

5

Es wurde Juni und der Sommer machte seinem Namen alle Ehre. In den letzten Tagen stieg die Quecksilbersäule konsequent auf siebenundzwanzig Grad und höher. Davon unbeeindruckt rauchte und rumorte es in der Fabrik. Jeden Morgen öffneten sich die Tore für die Frauen und Männer. Unermüdlich wuschen, spannen, krempelten und färbten sie. Die Produktion durfte nicht stillstehen. Trotz der fortschreitenden Geldentwertung war die Konkurrenz groß. Es gab insgesamt sechs Tuchfabriken im Umkreis von nur zwanzig Kilometern.

Als Leopold an einem Dienstagmorgen aus dem Haus trat, stand sein Vorarbeiter Hubert bereits vor dem sichtbar geschrumpften Kohlehaufen auf dem Hof und wartete auf ihn. Stramm ging er auf seinen Chef zu, griff sich flüchtig zur Begrüßung an die Mütze und platzte mit den Neuigkeiten heraus.

„Bei Litz hat es gebrannt!"

Nachdem die Schlagzeile präsentiert war, ließ Hubert sich Zeit. Er sog kräftig an der Zigarette und wartete auf Leopolds Reaktion.

„Verdammt, auch das noch!", stieß dieser aus. „Weißt du schon Einzelheiten? Gibt es Verletzte?"

Hubert wartete, bis sie gemeinsam den Weg ins Kontor zurückgelegt hatten. Dort erzählte er selbstgefällig, was er von den Arbeitern bei Litz in Erfahrung gebracht hatte.

„Nein, verletzt wurde niemand. Es ist gestern Abend passiert. Die Brandursache ist aber noch nicht geklärt. Der große Holzanbau ist komplett niedergebrannt. Die Leute sind vollkommen durch den Wind. Dabei haben sie noch Glück gehabt. Wenn das Feuer auf die Chemikalien übergesprungen wäre, hätten wir den Knall bis hier gehört und die Feuerwehr hätte nichts mehr ausrichten können."

Leopold hatte sich gar nicht erst hingesetzt. Er stand gegen den Schreibtisch gelehnt, die Hände in den Hosentaschen, als er den Ausführungen seines Vorarbeiters zuhörte. Hin und wieder rieb er sich mit den Fingern über die Stirn, um nachzudenken.

Der alte Litz und er kannten sich schon viele Jahre. Sie waren zwar Konkurrenten, aber auch alte Skatbrüder. In letzter Zeit war Litz das Glück tatsächlich nicht besonders zugetan gewesen. Er stand schon länger bei Leopold in der Kreide und steckte nach dem nächtlichen Vorfall nur noch tiefer in der Misere.

„Wie geht es Litz? Kann er den Betrieb weiterlaufen lassen?"

„Soweit ich weiß nicht." Hubert zog geräuschvoll die Nase hoch und zuckte mit den Schultern. „Kann uns doch nur recht sein, oder?"

Leopold brummte und ließ weder Zustimmung noch Ablehnung verlauten. Stattdessen warf er einen Blick auf seine goldene Taschenuhr. Es war vier Minuten vor acht und er hatte in diesem Moment einen Entschluss gefasst. Reichenshagen und Fräulein Dahmen würden jeden Augenblick auftauchen. Dann würde er seinem

Vorarbeiter, wie immer häufiger in letzter Zeit, die Leitung übertragen und sich auf den Weg zu Litz machen.

Leopold machte sich nicht die Mühe, auf Emil, den Fahrer, zu warten. Er musste schnell handeln und den guten Litz beim Genick packen, bevor er selbst leer ausging. Eilig stieg er in seinen Wagen und verließ den Hof.

Vor der Fabrik kam ihm der Ingenieur Bergemann auf seinem Fahrrad entgegen. Einem schnellen Schlenker des jungen Mannes und einem anschließenden Sturz ins Gras war es zu verdanken, dass Leopold ihn nicht überfuhr. Erschrocken fuhr Leopold sich mit der rechten Hand durchs Haar. „Das hätte mir gerade noch gefehlt", knirschte er.

Er fuhr eine Spur langsamer, warf einen kurzen Blick über die Schulter, machte jedoch keine Anstalten, sich um den Verunfallten zu kümmern. Als der Ingenieur zügig wieder auf den Beinen stand und sich den Schmutz aus der Kleidung klopfte, gab Geldermann Gas.

Die Angelegenheit war glimpflich ausgegangen, aber Bergemann spukte Leopold noch geraume Zeit durch den Kopf. Der Mann war fachkundig und intelligent, ein Denker. Leider fehlte es ihm in hohem Maße an Durchsetzungsfähigkeit, Kraft und Führungspersönlichkeit. Hätte er gedient, sähe die Sache vielleicht anders aus. Dann besäße er vermutlich den gleichen, wenn nicht sogar noch mehr Schneid als Hubert. Aber Bergemann war neben aller technischen Versiertheit eine zu weiche Persönlichkeit. Er ging jeder Konfrontation aus dem Weg, sprach nicht viel und ließ sich von Hubert über den Mund fahren.

„Man muss das Leben eben nehmen, wie es kommt", brummte Leopold vor sich hin.

Auch wenn Bergemann der klügere der beiden Männer war, ließ sich nicht viel mehr in der Fabrik mit ihm anfangen. Er zeigte im Gegensatz zu seinem Vorarbeiter keine Ambitionen, Karriere machen zu wollen. Leopold würde wohl weiter auf Hubert setzen müssen, wenn er sich, wie er es Luise versprochen hatte, künftig etwas zurücknehmen wollte.

Der Litz'sche Schornstein stand lang und schmal nach oben gerichtet, reckte sich gen Himmel und blies nicht ein Wölkchen Rauch aus, als Geldermann den Betrieb seines Freundes und Konkurrenten erreichte. Die Produktion stand still. Leopold parkte vor der Mauer zum Betriebsgelände. In der Luft hing der Geruch nach Verbranntem. Leopold verzog das Gesicht, als er sich durch das Tor begab und sich einen kurzen Überblick verschaffte.

Es war, wie Hubert gesagt hatte. Der hölzerne Anbau war fast vollständig niedergebrannt. An einigen Stellen stieg Rauch aus den übrigen Trümmern. Die anliegenden Häuser wiesen auf den ersten Blick nur leichte Schäden auf, die Produktionsmaschinen dürften also noch intakt sein. Dennoch wurde nicht gearbeitet, stattdessen gingen Polizisten und der örtliche Brandmeister mit finsteren Mienen und prüfenden Blicken umher. Eine Gruppe von Arbeitern, vielleicht zehn oder zwölf, stand abseits und beobachtete mit argwöhnischen Blicken das Geschehen. Leopold schritt zügig an ihnen vorbei.

Litz hatte sein Büro im Erdgeschoss seines Wohnhauses auf dem benachbarten Grundstück. Nachdem die

Tür jedoch abgeschlossen war, stieg Leopold die Treppe zur Veranda hinauf und klopfte kräftig an die Wohnungstür.

Litz' sehr junge Ehefrau Jenny selbst öffnete die Tür. Sie war blasser als sonst, grüßte mit einem Kopfnicken und bat Leopold herein.

„Danke, dass du gekommen bist", flüsterte sie, als wäre Geldermann einer Einladung gefolgt und zeigte die Treppe hinauf. „Er steht schon seit Stunden dort oben am Fenster und starrt das Elend an. Kein Wort bekomme ich aus ihm heraus. Rede du mit ihm."

„Das habe ich vor", erwiderte Leopold und ging entschlossenen Schrittes die knarzenden Stufen hinauf.

Aus einem der unteren Zimmer drangen plötzlich die grellen Schreie von Litz' Kindern. Er hatte drei Jungen im Alter von vier, sechs und sieben Jahren, die den lieben langen Tag miteinander rauften. Jenny lief sofort los, um nach ihnen zu sehen. Es gab kein Kindermädchen und so hatte sie mit den Jungen alle Hände voll zu tun.

Noch bevor Leopold am oberen Treppenabsatz angekommen war, entdeckte er den Unglücklichen. Rudolf Litz stand am Fenster und starrte regungslos hinaus. Er sah alt aus. Keine Frage, er war sowieso zehn Jahre älter als Leopold und die Krisenjahre hatten ihm schwer zugesetzt. Aber nun präsentierte sich dort ein Greis am Fenster, ein verknöcherter alter Mann, der ins Leere starrte, sich in seinen Gedanken verlor.

„Grüß dich, Rudolf", begann Leopold und stellte sich neben ihn ans Fenster.

„Tag, Leo", erwiderte Litz. Ein kräftiger Geruch nach Branntwein wehte von ihm hinüber.

„Schlimme Sache da draußen. Das tut mir ausgesprochen leid." Leopold deutete mit einem leichten Kopfnicken hinaus auf die verkohlten Reste des Anbaus. Der Brandmeister kritzelte emsig Notizen in ein kleines Büchlein.

„Ja, mir auch."

„Wurde jemand von deinen Leuten verletzt?"

„Nein, die Idioten hatten mehr Glück als Verstand", raunzte Litz heiser.

Leopold wartete geduldig, bis der Alte weitersprach.

„Willst du etwas trinken?"

„Sehr gern. Ein Glas Brandy macht mein Kommen gleich angenehmer."

„Du warst schon immer ein Spaßvogel." Litz lächelte müde und gab für einen Moment den Blick auf seine vergilbten Vorderzähne frei.

„Setzen wir uns in mein Arbeitszimmer." Er ging langsam und ächzend voraus, bot Leopold den Sessel vor seinem Schreibtisch an und nahm dann selbst auf seinem Stuhl Platz. Er knallte sein leeres Glas auf die Tischplatte und zog eine der Schubladen auf, um ein weiteres Glas und die Branntweinflasche hervorzuholen.

Eine knappe Stunde später verabschiedete sich Leopold mit einem Stapel wertvoller Dokumente unter dem Arm und dem Versprechen, dass er Litz' Weber noch für eine Weile in seiner eigenen Fabrik beschäftigen würde. Er wusste noch nicht wie, aber es war Leopold nicht schwergefallen, dies als Entgegenkommen einzuräumen.

Es stand noch schlimmer um Litz' Unternehmen, als er befürchtet hatte. Der Unternehmer war hochverschuldet, nicht nur bei Geldermann. Den Wiederaufbau würde er nicht leisten können und da er nicht weiter produzieren konnte, drohte er die Verträge mit der Post zu verlieren.

Leopold hatte einem gebrochenen Mann gegenübergesessen. Rudolf Litz, Inhaber der gleichnamigen Tuchfabrik, die er von seinem Vater, übernommen hatte, war ruiniert. Bei allem Mitleid, das er für ihn und seine Situation, Frau und Kinder empfand, blieb Leopold nichts anderes übrig, als das Geschäftliche zu regeln. Er selbst musste an die Zukunft denken, wenn er Litz nicht nacheifern wollte. Also hatte er Rudolf einen Vorschlag unterbreitet und sich mit dem aktuellen Material- und Rohstoffbestand der Fabrik einen Teil der Schulden zurückzahlen lassen. Da Litz ohnehin nicht mehr produzieren konnte, hatte Leopold zudem zwei Großaufträge der Reichspost übernommen. Litz blieben aber immerhin noch seine Maschinen. Er sollte später wieder ins Geschäft einsteigen können.

Leopold verabschiedete sich und schloss lautlos die Tür des Arbeitszimmers. Rudolf Litz hatte sich nicht die Mühe gemacht, seinen Gast zu verabschieden.

Als er die Treppe hinunterging, war es geisterhaft still im Haus. Jenny stand im Türrahmen, die Arme verschränkt, und blickte Leopold hoffnungsvoll aus ihren müden blauen Augen an.

Sie war so kindlich, so naiv, und hatte keinen Schimmer, was in der Fabrik vor sich ging. Selbst wenn sie es ahnte, ihr Gatte bestand darauf, dass die geschäftlichen und finanziellen Interessen nicht von einer Frau vertreten werden konnten. Rudolf war der Mann im Haus und nur er war verantwortlich.

Litz und Jenny führten eine andere Ehe als Leopold und Luise. Gewiss liebten sie einander und Jenny war den Kindern eine gute Mutter. Aber ob Rudolf bei aller Liebe auch ein guter Ehemann war, bezweifelte Leopold manchmal. Jenny wusste rein gar nichts über die prekären Finanzen, aber es war nicht Leopolds Aufgabe, ihr zu sagen, dass die Zeiten noch schlimmer wurden. Viel konnte er sowieso nicht tun, also nahm er sie zum Abschied väterlich in den Arm und flüsterte: „Es wird schon werden."

Im nächsten Moment durchdrang ein markerschütternder Knall die Luft und ließ beide für Sekunden erzittern. Unverkennbar handelte es sich um einen Schuss. Seine Ursache fand sich im oberen Stockwerk.

Jenny stand reglos, beinahe wie aus Stein, starrte mit vor Entsetzen geweiteten Augen an die Decke und hielt den Atem an. Sekunden später sackte sie wimmernd in Leopolds Armen zusammen. Mit dem linken hielt er die wichtigen Dokumente, mit dem rechten Jennys ausgemergelten Körper. Sie wussten beide, was sich gerade ereignet hatte. Leopold schluckte schwer und kämpfte gegen aufwallende Schuldgefühle an. Er hatte so etwas befürchtet, aber wie hätte er es verhindern sollen?

Die Nachricht vom tragischen Schicksal des Fabrikanten verbreitete sich in Windeseile. Das Leben ging jedoch weiter und die Betroffenheit verlor sich in den Herausforderungen des Alltags. Noch in den folgenden Tagen kümmerte sich Leopold darum, die fertigen Bestände, Garne, Rohwolle und auch die Kohlen abholen zu lassen. Es herrschte Aufregung bei Geldermanns. Die Maschinen mussten justiert und die Arbeitsabläufe neu organisiert werden. Die übernommenen Aufträge für die Reichspost mussten in den nächsten Wochen fertiggestellt sein. Leopolds Scharfsinn und sein Verstand waren gefordert. Es ging nicht nur darum, die Produktion hochzufahren, weil bei Geldermanns nun für zwei Fabriken gefertigt wurde. Es war notwendig geworden, grundlegend umzustellen. Bei den Stoffen von Litz handelte es sich um sehr festes und strapazierfähiges Gewebe, das zur Herstellung von Postsäcken und Uniformen diente.

Schließlich kam Geldermann nicht darum herum, die Produktionszeiten auszuweiten. Das bedeutete, seine Beschäftigten in zwei Schichten früh und spät arbeiten zu lassen. Er war in einen Wettlauf mit der Zeit geraten, aber solange er noch nicht tot war und Tuchwaren herstellte, schien ihm noch alles einen Sinn zu ergeben.

Zwei volle Tage hatte er die Mädchen nicht mehr zu Gesicht bekommen. Als er ihnen dann endlich zwischen Kaffee und Frühstückswecken einige Minuten seiner Zeit schenkte, drückte er ihnen sein aufrichtiges Bedauern darüber aus.

„Ihr seht heute besonders hübsch aus. Ich muss mich bei euch entschuldigen. Ich bin ein schlechter Gastgeber. So haben wir uns eure Zeit hier alle nicht vorgestellt. Oder, Luise?" Er sah seine Frau an. „Ihr solltet euch etwas überlegen, damit die Zeit nicht lang wird. Vielleicht könnt ihr mit Emil ausfahren und die Gegend kennenlernen."

„Eine hervorragende Idee, Leopold", bestätigte Luise.

„Das würde uns gewiss gefallen und für Zerstreuung sorgen." Ursula lächelte zurückhaltend.

„Wie wäre es, wenn wir zum See fahren? Wir könnten dort ein Picknick machen und uns die Füße im Wasser kühlen", schlug Luise vor.

„Das klingt ausgezeichnet und dürfte dir auch gefallen, Edith." Leopold zeigte sich beim Gedanken daran gleich etwas gelöster.

„Ja. Mir würde aber auch gefallen, wenn ich dir ein wenig zur Hand gehen dürfte. Es gibt gewiss Dinge, bei denen ich dich unterstützen kann." Edith warf ihrem Onkel einen bittenden Blick zu.

„Da gibt es leider nicht viel, was du tun kannst. Ich muss die Abläufe genau beobachten und akribisch anpassen, damit das Ergebnis dem entspricht, was die Kunden bestellt haben." Leopold schüttelte den Kopf, dann verabschiedete er sich wieder und ging hinaus.

Auf dem Weg zum Kontor dachte er über die neuen Weber nach. Sie waren von anderem Schlag als seine und trotz drohender Arbeitslosigkeit sehr widerspenstig. Wenn er einwandfreie Qualität abliefern wollte, durfte Leopold sie nicht aus den Augen lassen. Er erinnerte sich an die vergangenen Gespräche mit Bergemann, der ein ums andere Mal mit besonderem technischen Verstand, Erfindungsreichtum und unermüdlichen Arbeitseifer geglänzt und Lösungen gefunden hatte. Wenn er sich nur zusammenreißen würde und mehr Schneid hätte, wäre mit ihm einiges mehr anzufangen.

„Hätte er doch bloß gedient", murmelte Leopold, bevor er die Tür zum Kontor öffnete.

6

Ediths Worte waren schließlich doch erhört worden. Seit mehr als einem Monat half sie nun schon im Kontor aus. Geschickt übernahm sie einfache Bürotätigkeiten wie die Dokumentenablage. Gerade fertigte sie mit der gusseisernen Briefkopierpresse ausgezeichnete Abdrücke ins Kopierbuch, als Leopold, müde von der Nacht, den Raum betrat.

„Guten Morgen, Onkel", begrüßte sie ihn und rang sich ein Lächeln ab.

Die letzten Wochen hatten bei Leopold sichtbare Spuren hinterlassen. Er hatte an Gewicht verloren und tiefe Augenringe zeichneten sich in seinem übernächtigten Gesicht ab. Er kämpfte hart – um die Fabrik und die Menschen, die dort arbeiteten. Er führte sein Unternehmen mit Leib und Seele.

„Grüß dich, Edith."

Sie beobachtete ihn, wie er mit schweren Schritten zu seinem Schreibtisch ging.

„Reichenshagen ist noch nicht hier". Sie sagte es leise, fast entschuldigend. Die Löhne mussten gezahlt werden. Sie wusste, dass Leopold auf seinen Buchhalter wartete, der mit den Unmengen an Banknoten jeden Moment eintreffen musste. Mit jeder Woche wurden es mehr Scheine und in jeder Woche konnten die Menschen weniger dafür kaufen. Das Geld hatte ein seltsames und beängstigendes Eigenleben entwickelt. Frauen, Männer und ihre Kinder hungerten, sogar das Fräulein Dahmen war noch hagerer geworden. Sie hatte immer häufiger Mühe, die langen Arbeitstage zu überstehen.

Ich muss ihr irgendwie helfen, noch anders als durch diese Arbeit hier, dachte Edith, während sie an der Presse drehte. Vielleicht gab es eine Möglichkeit, sie mit Lebensmitteln zu unterstützen. Sie wurde gebraucht. Ein Ausfall brächte katastrophale Folgen mit sich.

„Schauen Sie mal, Fräulein Ziegler, was ich für Sie habe." Fräulein Dahmen riss Edith aus den Gedanken, als sie eine zweite Schreibmaschine auf Leopolds Schreibtisch stellte. Der lehnte sich zurück und verschanzte sich hinter seiner Zeitung.

„Versuchen Sie es einmal damit. Wir sollten längst alle Korrespondenz mit der Maschine tippen. Wenn Sie sich jeden Tag dransetzen und etwas üben, haben Sie es bald gelernt. Glauben Sie mir und die Arbeit ..." Fräulein Dahmen ließ ihren Satz unvollendet und zeigte stattdessen auf die Fülle an Papieren auf ihrem Tisch. „Na ja, Sie wissen schon." Sie zählte einige Papierbögen ab und legte auch diese auf den Tisch neben die Schreibmaschine.

„Wissen Sie, Herr Geldermann hat sich schon vor zwanzig Jahren diese Reiseschreibmaschine zugelegt. Für damalige Verhältnisse hat sie ein halbes Vermögen gekostet. Er hatte vorgehabt, moderner zu werden, wollte mit den anderen Unternehmen mithalten, dann hat ihn aber irgendwie die Geduld verlassen. Ähnlich ging es mit Herrn Reichenshagen. Er hat Mittel und Wege gefunden, nicht damit arbeiten zu müssen. Er schwört auf Feder und Tinte in seinen Büchern."

Leopold Geldermann räusperte sich hinter seiner Zeitung und blätterte geräuschvoll um. Fräulein Dahmen lächelte verschmitzt, lief dann in gebückter Haltung zurück zu ihrem Arbeitsplatz und begann gleich darauf, wieder zu tippen.

Edith stand eine Weile unschlüssig da.

Dann senkte Leopold die Zeitung und ermunterte sie. „Probiere es, dann hat sich diese teure Anschaffung wenigstens gelohnt. Ich werde es in meinem Leben nicht mehr schaffen, meine Briefe abzutippen, bevor sie verschickt werden." Er stand auf und überließ Edith seinen Platz. Auch Fräulein Dahmen unterbrach ihre Arbeit noch einmal, um ihr aufmunternd zuzusprechen.

„Fangen Sie in Ruhe mit einem der kurzen Schriftstücke an. Jeden Tag ein bisschen und arbeiten Sie sich durch. Sie werden sehen, es wird schon in wenigen Tagen schneller und leichter vonstattengehen. Versprochen."

Edith rückte sich Leopolds Stuhl zurecht und betrachtete die feine Mechanik der *Blickensderfer Nr.7*, so war die Bezeichnung auf dem kleinen Typenschild zu lesen. Behutsam spannte sie einen Bogen des dünnen Papiers ein, so, wie sie es bereits bei Fräulein Dahmen beobachtet hatte.

In diesem Augenblick kehrte Herr Reichenshagen zurück. Er wuchtete drei große Taschen aus dem Wagen und trug sie, ohne mit der Wimper zu zucken, durch die Tür, die Onkel Leopold ihm aufhielt. Zügig verschwanden die beiden Männer über die Treppe hinauf ins

Buchhaltungsbüro. Edith sah an die Deckendielen, wo die Schritte der beiden zu vernehmen waren, dann wurden Stühle einige Male hin- und hergerückt. Wenig später war es still. Sie brüteten wohl wieder über den Büchern.

„Wie groß war denn damals das halbe Vermögen für die Schreibmaschine?" Edith befühlte mit der Fingerkuppe ihres rechten Zeigefingers zaghaft die runde schwarze Taste mit dem weißen T. Eine kleine Mulde sorgte dafür, dass sich das Plättchen wie ein edler Knopf angenehm an ihren Finger schmiegte. Zaghaft drückte sie darauf und beobachtete, wie sich das T aus dem Buchstabenrädchen über der Rolle löste.

Fräulein Dahmen unterbrach ihre Tätigkeit abermals und sah Edith prüfend über ihre Brille an. Für einige Sekunden schien sie abzuwägen, ob diese mittlerweile ausreichend qualifiziert für solche Interna war, dann flüsterte sie: „Zweihundertdreißig Mark. Heute undenkbar, aber damals war ein Geldschein noch richtig was wert. Schauen Sie nur jetzt ..." Sie hob einen der Briefumschläge hoch, der mit Briefmarken nur so übersät war.

Edith nickte. Sie hatte erst gestern die Post frankiert und dabei Briefmarken im Wert von mehreren Millionen verklebt.

„Ja ...", fuhr Fräulein Dahmen nachdenklich fort. „... die ist fast so alt wie Sie. Da hatten wir noch unseren Wilhelm." Sie seufzte sehnsüchtig.

„Beginnen Sie Stück für Stück, eins nach dem anderen. Sonst verlieren Sie genauso schnell die Lust daran wie Ihr Onkel und das wäre zu schade. Probieren Sie es aus, es wird schon gutgehen. Benutzen Sie auch die Mittelfinger, dann werden Sie bald schneller."

Edith nahm sich die Ratschläge zu Herzen. Sie schrieb bis zum Mittagessen und hatte bis dahin schon zwei Schreiben unterschriftsfertig aufgesetzt. Pünktlich erschien sie zu Tisch.

„Es gibt schon wieder Suppe und für jeden nur zwei Scheiben Brot", erklärte Luise betrübt und fügte erklärend hinzu: „Marie ist krank. Zwei von den Gartenfrauen auch. Ich fürchte, es hat sie schlimm erwischt und dabei müssen die ersten Kartoffeln aus dem Boden geholt werden."

Luise setzte sich, Leopold sprach ein kurzes Tischgebet und dann aßen sie einige Minuten schweigend. Eine seltsam bedrückte Stimmung breitete sich aus.

„Wie geht es mit deiner Strickkunst vorwärts, Ursula? Bist du zufrieden?", richtete Edith das Wort mit einem unverfänglichen Thema an ihre Schwester. Sie wusste mittlerweile, dass Leopold es gern unterhaltsam am Tisch mochte.

„Ja, ausgezeichnet. Ich habe heute Vormittag das zweite Paar Fingerhandschuhe in herausragender Qualität fertiggestellt. Wenn es danach ginge, dürfte der Winter kommen. Mutter wird sicher zufrieden sein."

„Das sind ausgezeichnete Nachrichten. Was wirst du nun stricken?"

„Ich weiß nicht so recht ..." Ursula ließ für einen Moment den silbernen Löffel auf dem Rand des Suppentellers ruhen und dachte nach. „Wenn ich ehrlich bin, so habe ich in letzter Zeit ausreichend gestrickt. Es klingt beinahe unheimlich, aber mir steht der Sinn, denke ich, nach einer etwas aufregenderen Beschäftigung.“

„Ha!“, rief Edith überrascht aus und hätte ihren eigenen Löffel beinahe in die Suppe fallen lassen. Mit gespieltem Entsetzen rief sie: „Ursi, hast du Fieber?“ Dabei freute sie sich über das zarte Lächeln, das den schmalen Mund ihrer Schwester umspielte.

„Nein, sicher nicht“, antwortete diese in der ihr eigenen höflichen Zurückhaltung.

„Dann komm mit mir ins Büro. Es gibt so viel dort zu tun. Ich zeige dir, wie du Kopien anfertigst und dich um die Post kümmerst. Heute habe ich sogar begonnen, Briefe mit der Schreibmaschine zu schreiben.“ Die Worte sprudelten nur so aus Edith heraus. Dass ihre große Schwester sich nach einer aufregenden Beschäftigung sehnte, war wie ein Geschenk des Himmels.

„Ach, Edith. Das wäre dann doch zu kurios, findest du nicht? Ich hatte eher daran gedacht, Tante Luise zu unterstützen.“ Sie warf dieser einen fragenden Blick zu. Luise erwiderte ihn mit einem strahlenden Lächeln.

„Es wird mir eine außerordentliche Freude sein, liebe Ursula.“ Nun beteiligte sich auch Leopold am Tischgespräch und zog ein Stück Papier aus der Hemdtasche. „Wenn wir gerade bei kuriosen Angelegenheiten sind, so möchte ich euch zeigen, womit unsere Politiker uns nun wieder verhöhnen.“

Teils belustigt, teils verächtlich reichte er das Papier, das Edith recht schnell als Geldschein erkannte, an seine Frau weiter.

Edith bemühte sich, ihre Ungeduld zu zügeln, bis die Banknote bei ihr angekommen war. Es handelte sich um einen Eintausend-Reichsmark-Schein, der mittels

Stempel auf eine Milliarde Reichsmark aufgewertet wurde. Edith betrachtete ihn eine Weile und gab ihn dann ihrem Onkel zurück, der ihn schnell verschwinden ließ.

„Demnächst dürfen wir die Nullen noch selbst auf die Scheine kritzeln", murrte er abschließend und aß seine Suppe weiter.

„Edith, was ist los? Du rührst dein Brot gar nicht an", stellte Tante Luise mit besorgtem Blick fest. „Du wirst mir doch nicht krank werden?"

„Es ist alles in Ordnung, Tante Luise. Ich dachte nur ..." Edith begann herumzudrucksen und wich dem Blick ihrer Tante aus. „Ich weiß, dass es sich nicht gehört, aber das Fräulein Dahmen ..." Wieder suchte Edith nach den richtigen Worten. „Ich glaube, dass sie es nötiger braucht als ich. Ich vermute, dass sie schon einige Zeit nichts mehr gegessen hat und es wäre ein unfassbarer Verlust für die Fabrik, wenn sie ..." Es folgte noch eine Pause. „Nun, wenn sie krank würde und nicht mehr bei uns wäre."

„Du liebe Zeit", entfuhr es Luise und Edith blickte in drei irritierte Gesichter.

„Du isst jetzt dein Brot. Ich dulde keine Widerrede!", legte Tante Luise mit erstaunlich energischem Ton fest.

Das Tischgespräch war auf der Stelle zum Erliegen gekommen. Alle vier löffelten ihre Suppe, doch während Tante Luise, Ursula und Onkel Leopold ihre Brotscheiben dazu aßen, rührte Edith ihre nicht an. Stattdessen zog sich ihr Hals mehr und mehr zusammen. In ihrem Magen breitete sich ein Unwohlsein aus, das ihr gänzlich den Appetit verdarb und sie kaum mehr die Suppe hinunterbrachte. Sie verstand nicht, was in ihre Tante gefahren war, konnte nicht glauben, dass sie sich so sehr in ihr und Onkel Leopold getäuscht haben sollte. Schließlich stand Tante Luise auf, warf ihre Serviette auf den Tisch und verließ energisch das Zimmer. Niemand sprach während ihrer Abwesenheit ein Wort. Edith vermutete, dass sie eine Grenze überschritten hatte. Sie würde dies aber jederzeit wieder tun. Gerade Onkel Leopold musste ihre Beweggründe doch bestens nachvollziehen können.

Tante Luise kam zurück, stellte einen weiteren Teller mit zwei dicken Scheiben Brot auf den Tisch und legte ein dünnes Küchentuch daneben. „Das nimmst du ihr mit, wenn du zurück zum Kontor gehst. Herrje, ich wünschte, du hättest eher etwas gesagt und mich nicht die Mahlzeit unterbrechen lassen. Wirst du jetzt dein Mittag aufessen?" Sie nahm Platz und sah Edith eindringlich an, bis diese nickte und sich ein Stück Brot vom Teller nahm.

„Na Gott sei Dank! Verstehe mich nicht falsch, Edith. Ich bin beeindruckt, wie sehr du dich um Fräulein Dahmen und nicht zuletzt um das Wohlergehen der Fabrik bemühst. Das ist unerwartet weitsichtig von dir. Mich verärgert, dass du lieber verzichtest, als offen mit mir darüber zu sprechen. Diese Art von Heimlichtuerei kann ich nicht ausstehen und sie ist dir hiermit offiziell untersagt, nicht wahr, Leopold?"

„Ganz deiner Meinung, Luise", pflichtete er seiner Frau bei.

„Dann können wir unsere Mahlzeit jetzt endlich beenden?", fragte sie abschließend und warf Edith einen versöhnlichen Blick zu.

Diese nickte mit dankbarer Miene. Der Knoten in ihrem Magen löste sich und ließ ein Stück Zufriedenheit zurück.

Noch am Abend desselben Tages bat Ursula ihre Schwester um einen gemeinsamen Spaziergang. Sie schlenderten am nahe gelegenen Bach entlang und beobachteten aus der Ferne das Treiben vor dem Tor und die Rauchsäule, die sich wie immer in den Himmel erhob.

„Weißt du, Edith, du hast mich heute beim Mittagessen sehr überrascht. Es war mir in den vergangenen Tagen schon aufgefallen, wie sehr dich die Arbeit erfüllt."

„So?", Edith zog die Augenbrauen nach oben.

„Ja, du bist viel umgänglicher geworden. Doch dass du auf dein Essen verzichtest, um es an die Mitarbeiterin zu geben, hat mich beeindruckt. Du wirktest bisher gar nicht, als würden dich die Sorgen anderer Menschen rühren."

„Nun mach aber mal halblang, Ursi!" Edith blieb stehen und stemmte entrüstet die Hände in die Hüften. „Ich bin doch kein Ungeheuer und habe Augen im Kopf. Wie sollen wir produzieren, wenn uns die Belegschaft ausfällt, weil sie krank und halb verhungert ist?"

„Ja, genau das habe ich mich auch gefragt."

Einige Schritte brauchte Ursula noch, um die in sich reifende Idee, diesen so unfassbaren Plan, mit ihrer Schwester zu teilen, der sich im Laufe des Nachmittags in ihrem Kopf eingenistet hatte.

„In den letzten Wochen hat sich etwas in mir verändert. Vielleicht ist es, weil wir weit fort von zu Hause sind, vielleicht, weil hier alles anders funktioniert. Vielleicht ist es aber auch dein Einfluss, Edith, der mitunter nicht immer so schlecht ist, wie er mir vorkam."

„Danke für die Blumen, Ursula, aber du sprichst in Rätseln." Edith hakte sich wieder bei ihrer Schwester ein und sie spazierten weiter den Weg am Bach entlang.

„Versprich mir, dass du mich nicht auslachen wirst, bei dem, was ich dir jetzt erzähle."

„Versprochen, Schwesternehrenwort." Edith legte beschwörend die rechte Hand aufs Herz.

„Ach, du. Schwesternehrenwort zählt nicht. Das ist der Freifahrschein zur Lüge", beschwerte Ursula sich und Edith merkte augenblicklich, dass es ihrer Schwester sehr ernst war. Also ließ sie sich darauf ein.

„Meine Liebe, egal was es ist: Du kannst mir alles sagen und ich werde dich nicht auslachen. Großes Ehrenwort." Ursulas vorausgeschicktes Lob und ihre seltsame Stimmung regten ihre Neugier übermäßig an.

„Ich habe noch immer vor, mich gut zu verheiraten, wenn wir nach Hause kommen. Auf das Leben als Gattin und später Mutter in angesehenen Kreisen freue ich mich. Ich möchte meinen Platz einnehmen. Es ist genau das, was Mutter uns bisher gelehrt hat und worauf sie uns all die Jahre vorbereitet hat. Das muss doch gut sein, denn wir hatten eine wunderbare Kindheit, findest du nicht auch?"

Edith nickte zögerlich und unterließ es, ihrer Schwester ins Wort zu fallen, obwohl es sie eine gehörige Portion Kraft kostete.

„Du strebst immer so nach vorn, bist so wild und denkst, die Welt gehört dir. Du sagst und tust immer, wonach dir ist und kommst so oft ohne Strafe davon."

Edith presste die Lippen fester zusammen. Wenn ihre Schwester nicht bald zum Punkt kam, dann würde sie die Worte aus ihr herausschütteln müssen.

Sie verließen den Sandweg und betraten nun die Straße, die von der Fabrik in die Stadt führte. Kein Fuhrwerk, kein Automobil weit und breit. Zwischen den Frauen und der Fabrik, unter einem der Kirschbäume in einiger Entfernung, stand ein Fahrrad. Sie schritten langsam darauf zu und Ursula erzählte weiter.

„Ich habe gehört, dass es in Kerchheim eine Armenküche gibt, die von der Wohlfahrt betrieben wird. Was denkst du, ob ich es wagen könnte, dort vorstellig zu werden und meine Hilfe anzubieten?"

Nun blieb Edith stehen, starrte ihre Schwester an und rang nach den richtigen Worten. „Ursula, bist du es wirklich? Was für ein unfassbarer Plan!"

„Findest du also, ich sollte es lieber lassen?" Kerzengerade, wie immer Haltung bewahrend, stand sie neben Edith. Nur das leichte Vibrieren in ihrer Stimme verriet, dass sie in hohem Maße aufgewühlt war.

„Lass mich doch erst einmal begreifen, was du vorschlägst. Ich hatte angenommen, du fragst mich, ob du ein Tischtuch oder ein Kopfkissen besticken solltest." Edith schüttelte überrascht den Kopf. Ursulas Idee hatte sie wie ein Schlag getroffen – in positivem Sinne. Sie tätschelte ihrer Schwester den Arm, als sie langsam weitergingen. Nach einigen Minuten ergriff sie wieder das Wort.

„Ich finde es großartig, dass du helfen möchtest. Das zeigt mir eine völlig neue, wunderbare Seite an dir. Ich frage mich nur, wie du es anstellen möchtest. Du kannst unmöglich jeden Tag allein zu Fuß dorthin gehen. Du bräuchtest jemanden, der dich fährt, aber in der Fabrik wird jede Hand gebraucht."

Sie näherten sich dem Fahrrad. Ein Mann saß auf der Wiese. Als sie nur noch wenige Schritte entfernt waren, erkannte Edith den Ingenieur Franz Bergemann. Er aß Kirschen, die er wohl auf dem Heimweg gepflückt hatte. Hastig stand er auf und begrüßte die Schwestern höflich.

„Guten Abend, die Damen." Er nahm die Mütze ab. Seine hübschen braunen Augen blickten müde aus seinem schmalen Gesicht. Die hohen Wangenknochen traten noch kräftiger hervor als damals, als Edith ihm das erste Mal begegnet war. Sie dachte noch oft und gern an den Nachmittag in der Wolferei zurück und fragte sich, wann sie wieder einmal dabei sein durfte.

„Einen angenehmen Feierabend, Herr Bergemann. Bis morgen!", grüßte sie höflich.

Bergemann lächelte und stopfte etwas nervös die restlichen Kirschen in seine Jackentasche. Dann stieg er auf und radelte davon.

„Du kannst doch nicht so mit ihm reden!", zischte Ursula, als Bergemann außer Hörweite war.

„Warum denn nicht?"

Ursula schien einen Moment lang nachzudenken, legte den Kopf schief und zuckte dann plötzlich mit den Schultern, als wüsste sie es auch nicht so recht.

Edith lächelte triumphierend und legte ihre Hand besänftigend auf die ihrer Schwester. Sie drehte sich noch einmal um und sah dem Ingenieur nach, der sich erstaunlich schnell entfernte. Wie sollten die Männer und Frauen in der Pause zur Suppenküche kommen und sich danach pünktlich wieder in der Fabrik einfinden? Gleich darauf traf sie die Idee wie ein Blitz.

„Ursula, ich weiß, was wir machen! Was *du* machst." Sie löste sich und gestikulierte wild mit den Armen. „Deine Idee ist fabelhaft! Du hast recht, die Menschen brauchen etwas zu essen und wir brauchen jeden Einzelnen in der Produktion. Es ist nicht genug Zeit dafür, alle von ihnen in die Stadt zu schicken. Deshalb machen wir einfach unsere eigene Armenküche auf. In der Fabrik! Jeder bekommt eine warme Mahlzeit und sie können nach dem Essen direkt weiter arbeiten. Ursula, das ist grandios!"

„Edith, du kannst hier nicht tun und lassen, was du willst. Bedenke, wir sind hier zu Gast und Onkel Leopold weiß sehr wohl, wie er seine Fabrik leiten muss."

„Wir müssen es natürlich klug angehen und Überzeugungsarbeit leisten. Lass uns zuerst mit Tante Luise sprechen."

Noch am gleichen Abend saßen die drei Frauen des Hauses auf der Veranda, tranken Zitronenwasser und plauderten. Im Moment führte jedoch Edith das Wort. Sie erzählte, nachdem Ursula von der Armenküche und ihrem Plan, dort auszuhelfen, gesprochen hatte, von ihrer eigenen weiterführenden Idee.

„Denke nur, Tante Luise, niemand würde dieses Angebot ablehnen. Sie kämen unter allen Umständen zur Arbeit und blieben bei Kräften, weil sie wenigstens eine anständige Mahlzeit in den Bauch bekämen. Sicherlich hätte dies auch Auswirkung auf die Arbeitsmoral."

Tante Luise hörte sich alles in Ruhe an. Sie nickte hin und wieder bedächtig. Dann äußerte sie ihre eigenen Gedanken dazu.

„Die Menschen brauchen ihre Arbeit und die Fabrik benötigt jeden Einzelnen mehr als zuvor." Sie machte eine Pause, ließ ihren Blick über die grau-blauen Erhebungen der Eifel, die sich bei klarem Wetter matt in der Ferne abzeichneten, schweifen und fuhr resigniert fort. „Aber wer soll sich darum kümmern? Ihr zwei etwa? Marie, das arme Ding, bringt doch keine Suppenküche fertig."

„Das weiß ich, Tante Luise. Deswegen möchte ich sehr gern helfen. Ich habe genug gestrickt. Ich kann auch andere Arbeiten verrichten", brachte Ursula hervor. „Und wie ich meine Schwester kenne, wird sie es sich nicht nehmen lassen, mich zu unterstützen."

Edith nickte, auch wenn sie fürchtete, dass Ursulas Vorstellung von Unterstützung eine andere als die eigene war. Die Überraschung ob so viel Selbstvertrauen stand Luise ins Gesicht geschrieben.

„Mädchen, eure Idee und euer Tatendrang in allen Ehren, aber wie stellt ihr euch das nur vor? In ein paar Wochen reist ihr wieder ab. Dann ist der Sommer vorüber und Kerchheim, so realistisch müssen wir nun einmal sein, für euch nur noch eine Erinnerung. Eine hoffentlich schöne." Tante Luise neigte den Kopf.

„Aber bis dahin können wir es doch versuchen. Wenn du glaubst, dass es eine gute Idee ist, unterstütze uns dabei, Onkel Leopold zu überzeugen", ergänzte Edith.

„Wir können zwar nicht klagen, aber die Wohlfahrt sind wir auch nicht, vergesst das nicht. Außerdem muss es fleißige und geschickte Hände geben, die sich um alles kümmern. Ursula, du willst doch nicht allen Ernstes für vierzig oder fünfzig Leute kochen?"

„Nein, natürlich nicht“, gab Ursula klein bei, was Edith enttäuschte. Sie hatte gehofft, die Veränderung ihrer Schwester hätte sich weitreichender vollzogen.

„Es sind siebenundvierzig, mit denen von Litz“, erklärte Edith leise. „Siebenundvierzig, die verlässlich hier ankommen und den besten Stoff für die Reichspost fertigen. Siebenundvierzig und die meisten von ihnen leiden Hungersnot.“

„Lassen wir das Thema für heute gut sein. Ich werde bei Gelegenheit mit Leopold darüber sprechen. Geht jetzt schlafen, gute Nacht.“ Luise beendete das Gespräch milde, aber deutlich.

„Gute Nacht“, wünschte Ursula.

„Bis morgen“, flüsterte Edith, bevor sie ihrer Schwester mit einiger Verzögerung folgte und die Veranda verließ.

Nach anfänglicher Skepsis hatte sich Leopold von den drei Damen überzeugen lassen und nun nahm der Plan einer Suppenküche zur Versorgung der Belegschaft Fahrt auf. Er hatte seinen Segen für einen zweiwöchigen Versuch gegeben. Ursula sollte sich darum kümmern. Luise hatte ihr für einige Stunden vormittags drei der Gartenfrauen zugeteilt.

Edith sah ihre Schwester in den folgenden Tagen nur kurz bei Tisch. Morgens stand sie zeitig auf und abends ging sie spät ins Bett. Sie schlief wie ein Stein, weil ihr die neue Aufgabe viel Kraft abverlangte.

Nur drei Tage später war es schon so weit. Auf Leopolds Geheiß hin trommelte Hubert die Männer und Frauen in der Mittagspause auf dem Innenhof zusammen und verkündete die Neuigkeit in seiner üblichen rauen Art und Weise.

„Alle mal zuhören! Ab morgen bringt jeder von euch einen Löffel und einen Suppenteller mit. Die Fabrikleitung, der von uns allen sehr geschätzte Herr Geldermann, hat bis auf Weiteres beschlossen, dass jeder von euch …“, Hubert machte eine lange, bedeutungsschwangere Pause, „… mittags kostenlos einen Teller Suppe erhält. Ich möchte meinerseits hinzufügen, dass dies selbstverständlich nicht für Faulenzer und Drückeberger gilt. Ihr werdet noch härter und fleißiger arbeiten als bisher.“

Ein aufgeregtes Raunen ging durch die Menge und Hubert Dietrich genoss es sichtlich, im Mittelpunkt zu stehen. Mit seinem kalten, durchdringenden Blick taxierte er jeden einzelnen. Selbst wenn Hubert Dietrich gute Nachrichten überbrachte, jagte er seinem Gegenüber meist einen Schauer über den Rücken.

„Ist das auch wirklich wahr?“, rief jemand aus der zweiten Reihe.

„Was soll das bedeuten? Etwa, dass Hubert Dietrich lügt? Dass ihr Geldermann nicht trauen könnt? Natürlich ist es wahr! Ihr werdet es sehen.“ Dietrich spuckte auf den Boden.

Einige der Männer schüttelten immer noch ungläubig die Köpfe, eine der Frauen wischte sich die Tränen aus dem Gesicht.

Hubert drehte er sich um und marschierte davon.

Das Gemurmel hinter ihm schwoll an. Zufrieden begab er sich ins Kontor, setzte sich an den Schreibtisch und schob die *Blickensderfer* zur Seite. Schwungvoll legte er die Füße auf den Tisch und zog die Zeitung hervor. Mal sehen, wie arbeitsfähig die Belegschaft nach zwei Wochen Mast noch sein würde. Wurde Zeit, dass die Berliner Weibsbilder endlich wieder verschwanden.

„Du hast es geschafft", flüsterte Edith ihrer Schwester zu, nachdem diese den beiden Frauen, die ihr Tante Luise zur Unterstützung zugeteilt hatte, die letzten Anweisungen gegeben hatte und nun vom Küchenfenster aus das Geschehen beobachtete.

„Danke", gab diese mit einem nervösen Lächeln zurück und drückte Ediths Hand.

Als die schrille Klingel zur Pause läutete und die Belegschaft etwas befangen aus dem Gebäude trat, stand ein alter Tisch auf dem Hof. Darauf hatten die Gartenfrauen einen überdimensionalen Kochtopf gestellt, den Tante Luise über eine gute Bekannte in ihrem Handarbeitskreis erstanden hatte. Hinter dem Tisch standen die Frauen nun und warteten darauf, Brotstückchen und Gemüsesuppe zu verteilen. Sie wurden zurückhaltend beäugt. Erst als eine der Jüngeren, das Fräulein Krings, sich mit ihrem Teller herantraute, taten es ihr die anderen nach. Hungrig schlangen sie ihre Mahlzeit hinunter. Einige getrauten sich sogar um mehr zu bitten, doch es gab für jeden nur einen Teller.

„Ursula, das ist großartig", stellte Edith von ihrem Platz im Verborgenen fest.

„Ja, finde ich auch. Ich hoffe nur, es reicht auch noch für die Nachtschicht. Ich habe die Größe der Portionen genau festgelegt und die Menge der Zutaten exakt eingeteilt. Die Suppe ist auch nicht besonders dick geworden."

„Liebste Ursi, nun beginne bloß nicht zu klagen. Du hast erreicht, dass alle Frauen und Männer dort draußen ein warmes Mittagessen bekommen. Das ist großartig und ich bin mir sicher, dass sie jetzt noch fleißiger arbeiten werden.“

„Du sprichst gerade so, als hättest du die Verantwortung für dieses Unternehmen. Vergiss nicht, was Tante Luise gesagt hat: In ein paar Wochen sind wir wieder fort. Was dann hier geschieht, geht uns nichts mehr an. Wir haben uns schon viel zu sehr eingemischt.“

„Aber das war es doch, was wir hier wollten.“ Edith verschränkte die Arme vor der Brust.

„Uns einmischen? Meine liebe Edith, im Leben nicht! Vater wollte uns aus der Hauptstadt schaffen. Er ahnte, dass es Ärger geben würde. Er hat vorausgesehen, dass die Krise noch längst nicht vorbei ist und wollte uns beide auf sicherem Boden wissen.“

„Du magst vielleicht recht haben, Ursula. Aber er wollte auch, dass wir etwas lernen. Dass wir uns im Leben behaupten und im Ernstfall auf eigenen Füßen stehen können. So oder ähnlich habe ich Onkel Leopold und Tante Luise sprechen hören.“

„Du hast gelauscht?“ Entsetzt starrte Ursula ihre Schwester an.

„Selbstverständlich nicht. Es war mehr ein Versehen. Aber wie es scheint, sinkt die Zahl der gut situierten Bräutigame täglich. Vielleicht bleiben wir einfach hier und sehen, was uns die Zukunft in der Fabrik bringt.“

„Mach dir keine Hoffnungen. Wir werden im September abreisen und früher oder später heiraten.“

„Tss …“ Edith drückte die Zungenspitze gegen ihren Gaumen und ließ ein abfälliges Zischen verlauten. „Das werden wir ja noch sehen.“ Dann ließ sie ihren Blick

wieder über den Hof gleiten. Seltsam. Bergemann war
nicht zu sehen.

7

Zwei Wochen später produzierte die Fabrik Geldermann wieder ausschließlich im Ein-Schicht-Betrieb. Für Leopold war es eine sichtbare Erleichterung, da er nachts nun wieder schlafen konnte. Auch Edith war froh, denn die Zusammenarbeit mit Hubert gestaltete sich mehr als unangenehm. Er hatte viel Zeit im Kontor verbracht und es war ihr nicht immer möglich gewesen, seine Gegenwart zu vermeiden. Seit ihrer ersten Begegnung hatten sie kaum drei Worte miteinander gewechselt, auch im Kontor nicht, wenn sie gleichzeitig dort arbeiteten. Aber die Blicke, die er den Arbeiterinnen und auch Edith zuwarf, waren eine unangenehme Mischung aus Geringschätzung und Lüsternheit. Sie wollte diesen Mann mehr als alles andere mit Missachtung strafen. Das ein oder andere Mal hatte sie mitbekommen, wie die Gespräche zwischen den Frauen verstummten, sobald Dietrich auf der Bildfläche erschien. Sie flohen dann regelrecht zurück an die Arbeit und waren, soweit Edith es mitbekam, immer darauf bedacht, keine Fehler zu machen. Keine wollte ihm Grund zur Beanstandung geben und Edith wusste genau, warum. Dietrich genoss seine Macht über sie.

Eine der Arbeiterinnen, Wilhelmine Krings, eine sehr junge Frau mit zarter Figur und dünnem hellblondem Haar, hatte er in den letzten Tagen auffällig oft zu sich

zitiert. Was genau Hubert zu bemängeln hatte, wusste
Edith nicht. Es wirkte, als hätte er es besonders
schlimm auf sie abgesehen. Edith wusste, dass Wilhelmine erst zweiundzwanzig Jahre alt war und sie mit ihrer bettlägerigen Mutter zusammenwohnte. Ihr Vater
war bei einem Zugunglück ums Leben gekommen, aber
die Familie bekam keine Entschädigung. Das alles hatte
ihr Fräulein Dahmen erzählt, als die beiden Frauen
nach einem dieser unangenehmen Zwischenfälle mit
Hubert und Wilhelmine allein an den Schreibtischen
saßen.

Noch am gleichen Tag, schon einige Zeit nach der Fei-
erabendklingel, war Edith ein weiteres Mal auf Fräulein Krings getroffen. Die junge Frau war allein aus der
Spinnerei gekommen. Da ihr Haar zerzaust und die
Wangen gerötet waren, ging Edith hinüber, um sie anzusprechen. Nach allem, was sie nun wusste, hatte sie
großes Mitleid mit ihr und war besorgt. Hinzu kam,
dass Edith nur unwesentlich älter war. Als sie sich nun
gegenübergestanden hatten, hatte Edith keine Zweifel
mehr gehegt. Fräulein Krings hatte geweint. Dietrichs
Standpauke hatte wohl ordentlich nachgewirkt.

„Ist Ihnen etwa nicht wohl? Wollen Sie sich einen Moment setzen oder kann ich Ihnen sonst irgendwie helfen?“ Fürsorglich hatte Edith auf eine der dicken Holzbohlen gezeigt, die auf dem Gelände als Sitzgelegenhei-
ten dienten.

„Warten Sie, ich hole Ihnen etwas Wasser.“
Edith hatte sich schon abgewandt und wollte zum
Kontor laufen, an dessen äußerer Wand ein Wasser-

hahn mit Waschbecken angebracht war, da war Hubert Dietrich mit einem gefälligen Grinsen im Gesicht aus der Spinnerei gekommen.

„Nein, vielen Dank, Fräulein Ziegler. Das ist sehr nett von Ihnen, aber ich brauche nichts. Ich muss mich nur schleunigst auf den Heimweg machen. Es ist ja schon so spät." Die Stimme der jungen Frau hatte gezittert. Sie hatte sich nervös die Haare glattgestrichen und umgehend auf den Weg gemacht.

„Stecken Sie schon wieder Ihre Nase in Dinge, die Sie nichts angehen?" Hubert war herangetreten und hatte es sich nicht nehmen lassen, Edith zu ermahnen.

„Wenn es der Belegschaft nicht gutgeht, ist das für mich durchaus von Interesse. Wissen Sie vielleicht mehr?"

Edith hatte die Arme verschränkt und den Vorarbeiter herausfordernd angesehen. Sie war sich sicher gewesen, dass er dahintersteckte. Hubert hatte sich am Kinn gekratzt und über sie hinweggesehen, dem Fräulein Krings nach, das gerade durch das große Tor gelaufen war.

„Sie dürfen beruhigt sein. Das Fräulein Krings ist bei mir in guten Händen." Dann hatte er gegrinst, sich mit den Fingern zum Abschied an die Mütze getippt und war pfeifend davongegangen.

Beruhigt hatte Edith sein Verhalten damals nicht, das Gegenteil war der Fall gewesen. Sie hatte sich vorgenommen, noch einmal in Ruhe mit Wilhelmine Krings zu sprechen, aber da sich die Abläufe bald darauf endlich wieder in ihre gewohnten Bahnen sortierten, war ihr dieses Vorhaben entglitten.

Hubert Dietrich verbrachte mehr Zeit drüben im Fabrikgebäude und Edith verschwendete kaum einen Gedanken an ihn. Leopold war dagegen wieder im Kontor und ein, zwei freie Abende hatte er sich auch schon gegönnt.

Er und Edith gingen nun einige der von ihr auf der *Blickensderfer* getippten Dokumente für die Unterschriften durch, da hielt Leopold seine Nichte unvermittelt am Arm und blickte sie ernst an. Edith hielt in der Bewegung inne, sah erst auf seine Hand, dann in die grau-grünen Augen, die sein Alter nicht verheimlichen konnten.

„Meine liebe Edith, ich möchte dir etwas Wichtiges sagen." Er machte eine Pause und Edith wartete ruhig, bis er weitersprach. Er schien sich sammeln zu müssen.

„Ich hatte keine Ahnung, was mich erwarten würde, als Bruno mit mir euren Besuch vereinbarte. Womöglich, dachte ich, sind die Mädchen verzogen und verwöhnt. Was sollen wir hier auf dem Land mit ihnen anstellen? Hier gibt es keine Zerstreuung oder Müßiggang. Ehrlicherweise plagte mich die Sorge, eure Anwesenheit könnte für Luise und mich sogar zur Belastung werden." Er räusperte sich verlegen.

„So lieb ich euch habe, ich bin davon ausgegangen, dass ich euch kaum zu Gesicht bekommen werde."

Überrascht von so viel Offenheit brachte Edith kein Wort heraus. Sie starrte Leopold ungläubig an. Das nervöse Zittern ihrer Hand übertrug sich auf den Papierbogen, den sie festhielt. Leopold bemerkte es und zog das Blatt vorsichtig aus ihren Fingern.

„Was ich damit sagen will ...", brummte er zufrieden „... ist, dass ihr zwei euch als Glücksfall entpuppt habt.

Der Sommer ist zur Hälfte vorbei und ihr hinterlasst bereits sichtbare Spuren in Kerchheim. Du bist sehr fleißig und verständig und mir hier im Kontor eine unerwartet große Hilfe. Ich mag mir nicht vorstellen, wie sich alles ohne dich und deine Schwester hier abgespielt hätte. Für euren Beistand möchte ich mich gern erkenntlich zeigen. Ich möchte euch beiden einen Wunsch erfüllen. Sag mir, wie kann ich dir eine Freude bereiten? Möchtest du dir einen neuen Stoff aussuchen und etwas nähen oder in die Stadt ausgehen? Keine Scheu, ich werde mein Möglichstes tun, um dir deinen Wunsch zu erfüllen."

Edith sog erfreut die Luft ein. Sie lächelte und Tränen der Rührung glitzerten vorwitzig in ihren Augen.

„Lieber Onkel Leopold, es erfüllt mich mit Glück und Stolz, dass du so zu mir sprichst. Es gibt in der Tat etwas, das ich mir von Herzen wünsche und ich habe mich bisher nicht getraut, diesen Wunsch zu äußern."

„Dann ist jetzt der Zeitpunkt gekommen. Ich bin ganz Ohr." Leopold nahm die Hand seiner Nichte zwischen die seine und schaute sie erwartungsvoll an.

„Ich möchte gern mehr über die Maschinen und die Arbeitsabläufe erfahren. Ich habe von dir schon einiges über die Tuchfertigung gelernt, aber ich möchte es genau wissen. Als du mich kurz nach unserer Ankunft in die Halle mitgenommen hast und ich bei der Aufbereitung der Rohwolle mithelfen durfte, war ich sehr glücklich. Darf ich in der Fabrik arbeiten?"

Leopold verlor für einen Moment die Fassung. Seine Lippen bewegten sich, aber es gelang ihm nicht, etwas Geeignetes zu erwidern. Er wusste schlichtweg nicht, was er sagen sollte. Schließlich fand er doch noch Worte für seine Antwort.

„Kind, wie stellst du dir das vor? Du willst körperliche, schweißtreibende Arbeit verrichten? Die Maschinen sind Wunderwerke der Technik, gleichermaßen sensibel wie unnachgiebig. Wie soll ich sicherstellen, dass du nicht verletzt wirst oder Schlimmeres geschieht? Und erst der Umgang.“

Leopold lehnte sich zurück und strich entsetzt über seine linke Brust. Der Schweiß stand ihm plötzlich auf der Stirn.

„Dein Vater erschlägt mich, wenn ich dich allein zu den Arbeitern in die Fabrik lasse. Nicht nur dein Vater, ach ... bei aller Liebe, Edith. Du bist eine Frau und dafür nicht geschaffen. Außerdem ist deine Arbeit hier im Kontor viel mehr, als du je erwarten konntest und auch noch so wertvoll für die Fabrik. Ich möchte dich ungern hier verlieren.“ Er deutete matt auf die getippten Dokumente.

„Wenn du dich nach handwerklicher Beanspruchung sehnst, dann schneide uns doch heute zur Abwechslung ein paar neue Stoffmuster aus. Die Lieferung für Litz geht morgen raus.“

Er zückte ein Taschentuch, tupfte sich übers Gesicht und sah nicht, wie die Enttäuschung über diese derbe Zurückweisung sich in Ediths Gesicht ausbreitete. Sie schluckte stumm und biss sich auf die Unterlippe. Ihr war klar, dass ein Hinweis auf die Frauen, die in der Kettweberei arbeiteten, ihr an diesem Punkt nicht weiterhelfen würde.

„Nun …“, Leopold widmete sich wieder den Dokumenten, „… denke in Ruhe über mein Angebot nach und besprich dich auch mit deiner Schwester. Für sie gilt das Gleiche. Ich werde auch persönlich mit ihr sprechen. Wenn ihr euch einig geworden seid, gebt ihr mir Bescheid.“

Das Thema war für ihn beendet. Edith lauschte, wie die Feder mit der schwarzen Tinte über das Papier kratzte, als er das nächste Schriftstück unterschrieb.

Gleich darauf wurde die Tür geöffnet und das Fräulein Dahmen betrat in Begleitung einer vollkommen verschüchterten jungen Frau den Raum.

„Guten Morgen“, grüßten beide betreten.

Edith zauberte ein freundliches Lächeln in ihr Gesicht und nickte.

„Fräulein Dahmen, Sie haben jemanden mitgebracht“, stellte Leopold fest und vergaß dabei, die Frauen zu grüßen.

„Ja, Herr Geldermann, wir hatten gehofft, Sie hier anzutreffen. Ich möchte Ihnen meine Großnichte Bettina vorstellen. Bettina und ich haben ein Anliegen. Hätten Sie wohl einen Augenblick Zeit für uns?“

Bettina hatte raspelkurzes Haar und war höchstens zwei oder drei Jahre älter als Edith. Sie nickte höflich und hielt die Finger fest ineinander verschränkt vor dem Körper. Sie war von ausgesprochen schmalem Wuchs, selbst neben Fräulein Dahmen wirkte sie so fragil wie ein Strohhalm.

„Guten Tag“, holte Leopold nun nach. Sein Blick ruhte auf seiner langjährigen Büroangestellten, dann musterte er Bettina.

Edith konnte sich nicht daran erinnern, dass das stets gefasste Fräulein Dahmen jemals in Begleitung zur Arbeit erschienen war oder von Familienangehörigen gesprochen hatte. Heute war sie sichtlich nervös.

„In Ordnung, einen Moment bitte." Leopold widmete sich den ausstehenden Unterschriften, dann übergab er die Bögen Edith. Diese begann sogleich damit, die Dokumente zu falten und in Briefumschläge zu stecken. Dann machte sie sich an das anschließende Beschriften und Frankieren. Währenddessen verfolgte sie interessiert das weitere Geschehen.

„Ich habe Bettina mitgebracht, weil sie Büroerfahrung hat und Arbeit braucht."

„Fräulein Dahmen ..." Leopold seufzte, senkte den Kopf und rieb sich mit Daumen und Zeigefinger über die Nasenwurzel. „Sie können doch nicht einfach so eine fremde Frau mitbringen, die ich einstellen soll."

„Herr Geldermann, ich verbürge mich für Bettina und sie möchte auch gar nicht bezahlt werden." Fräulein Dahmen druckste ein wenig herum, bevor sie sich zu den nächsten Worten durchrang. „Eine warme Mahlzeit würde ihr reichen."

„Wie kommen Sie nur auf so etwas, Fräulein Dahmen? Wir sind doch hier nicht bei der Wohlfahrt. Schauen Sie sich um. Wo soll hier noch eine weitere Person arbeiten?"

Gleichzeitig traten nun auch noch Franz Bergemann und der Buchhalter Arthur Reichenshagen ins Büro.

Reichenshagen war ein wortkarger Mann und die Genauigkeit in Person. Das Haar war makellos frisiert, genauso wie sein Backenbart tadellos geschnitten war. Seine Nadelstreifenanzüge saßen wie angegossen.

Auch seine Aussprache war, wenn er denn etwas verlauten ließ, von einer faszinierenden Klarheit. Der robuste rheinische Dialekt schien ihm nichts anhaben zu können. Edith hatte bereits einige kokette Versuche unternommen, ihn um den Finger zu wickeln. Es war ihr nicht gelungen, auch nur die kleinste Information aus ihm herauszulocken. Reichenshagen sprach ausschließlich mit Leopold, leise und hinter verschlossenen Türen.

„Reichenshagen, guten Morgen. Ich wusste nicht, dass Sie bereits hier sind."

„Wir haben einen Termin um neun Uhr und müssen die Zahlen durchgehen", stellte dieser fest.

Leopold zog die Stirn kraus. Edith hatte bemerkt, dass er das häufiger tat, wenn ihm etwas unangenehm war. Er zog seine Uhr aus der Hosentasche, klappte sie auf und schließlich wieder zu. Dann erhob er sich von seinem Schreibtisch und bemerkte verbissen: „Sie sind zehn Minuten zu spät."

Reichenshagen nickte.

„Und Sie, Bergemann?" Leopold war bereits von seinem Stuhl aufgestanden und wartete auf das Anliegen seines Ingenieurs. Edith schaute ebenfalls neugierig zu dem jungen Mann hinüber.

„Die Wasseraufbereitung macht mir wieder Sorgen. Ständig sind die Ventile zerfressen und die Dampfleitungen müssen auch schon wieder nachgestellt werden. Ich denke mittlerweile, dass der Brunnen keine gute Idee war. Das Brunnenwasser verursacht uns eine Menge Wartungsarbeiten."

„Dann kümmern Sie sich darum. Sie sind schließlich der Ingenieur."

Edith schluckte. Onkel Leopold zeigte sich seit einigen Minuten besonders angespannt und übellaunig.

„Dafür muss ich in die Stadt fahren und zwei neue Ventile besorgen. Ich kenne da jemanden, der mir die Teile schnell besorgt, aber ich brauche Bargeld. Einiges an Bargeld."

„Das geht doch hoffentlich alles mit rechten Dingen zu? Nicht dass Sie uns noch Ärger einhandeln, Bergemann." Leopold fächelte sich mit der Hand Luft zu. Die Temperatur in dem kleinen Raum schien plötzlich in die Höhe geschnellt zu sein. Sechs Personen waren im Hochsommer einfach zu viel.

„Selbstverständlich", versicherte der Ingenieur erschrocken und warf Edith einen flüchtigen Blick zu. Er dauerte nicht länger als ein Wimpernschlag und doch empfand Edith ein besonderes Wohlbehagen, dass er sie in dieser Situation bemerkt hatte.

„Wie heißt der Händler? Wo befindet er sich?", wollte Leopold wissen.

„Stampf in Kerchheim", antwortete Bergemann wie aus der Pistole geschossen.

„Also gut. Reichenshagen, übernehmen Sie das bitte." Leopold setzte sich wieder auf seinen Stuhl.

Fräulein Dahmen und Bettina standen immer noch wie festgewachsen im Raum.

„Können Sie denn kopieren und mit der Schreibmaschine schreiben? Wissen Sie, wie der Postausgang bearbeitet und wie Dokumente abgelegt werden?"

„Natürlich." Bettina antwortete mit ruhiger und fester Stimme.

„Woher?"

„Ich habe eineinhalb Jahre in einem Anwaltsbüro gearbeitet." Edith konnte Bettinas lange, dünne Arme sehen und beobachten, wie sie nervös die Handfläche der
linken öffnete und wieder schloss.

„Aha." Leopold zeigte sich skeptisch. „Und warum arbeiten Sie dort nicht mehr? Sind Sie entlassen worden?"

Im nächsten Moment begann Bettina zu schluchzen.
Fräulein Dahmen legte schützend den Arm um ihre
Nichte und übernahm die Antwort.

„Er hat sich umgebracht und die Kanzlei niedergebrannt. Sie ist danach sofort zu mir gekommen. Ich
hatte gehofft ... weil Sie doch die Leute von Litz ..." Fräulein Dahmen gab auf und legte den Arm um Bettina.
„Entschuldigen Sie, Herr Geldermann. Ich wollte
selbstverständlich nicht anmaßend sein."

Edith sah betroffen von Fräulein Dahmen zu Bettina
und dann zu ihrem Onkel. Sofort erinnerte sie sich daran, wie Leopold nach Hause gekommen war, nachdem
die Sache mit dem alten Litz geschehen war. Wenn seither das Gespräch auf ihn kam, dann nur in Zusammenhang mit der Arbeit, der Produktion für die Post oder
den furchtbar aufsässigen Webern aus seiner Fabrik.
Nie wurde über ihn oder das Schicksal seiner Familie
gesprochen. Wenigstens nicht in Ediths Gegenwart.

„Himmel noch mal, ich gebe Ihnen einen Tag. Beweisen Sie sich und ich überlege es mir. Und Fräulein Dahmen ...", Leopold kniff die Augen zusammen und blitzte
seine langjährige Angestellte durch eng zusammengekniffene Augen an, „... Sie haben sich verbürgt und stehen für alles gerade. Wenn ich sage für alles, dann
meine ich auch für alles. Ist das klar?"

„Sonnenklar, Herr Geldermann“, gab Fräulein Dahmen von sich und drückte die zarte Bettina, die immer noch schniefte, erleichtert an sich.

„Und was mache ich jetzt mit dir, wenn das zweite Fräulein Dahmen heute hier arbeitet?“ Er blickte fragend zu Edith hinüber, um sich zu vergewissern, dass er den richtigen Nachnahmen verwendete.

Der Ingenieur Bergemann war zurückgekehrt und stand, auf Anweisung wartend, vor der Eingangstür. Leopold sah einige Male zwischen ihm und Edith hin und her. Dann teilte er, nun wieder ruhig und gefasst, seinen Entschluss mit.

„Du könntest Herrn Bergemann bei der Beschaffung der Ventile begleiten. Dann soll er dir auch gleich erklären, wofür die Dinger gut sind. Wenn du dann immer noch mehr wissen willst, lasse ich mir deinen Wunsch vielleicht noch mal durch den Kopf gehen.“

„Danke, vielen Dank!“ Noch bevor Edith darüber nachdenken konnte, eilte sie zu ihrem Onkel hinüber und schmiegte sich dankbar an ihn.

„Gut, gut“, wiegelte er ab. „Ab an die Arbeit, es gibt genug zu tun.“

„Ich brauche nur einen Moment. Bin gleich wieder da!“, rief Edith und ließ alles stehen und liegen. In Windeseile war sie durch die Tür geschlüpft. Sie lief eilig zum Wohneingang und stürmte von dort aus in die Küche, wo Ursula mit den Arbeiterinnen bereits die Suppe fürs Mittagessen vorbereitete. Sie hatten nicht viel Zeit, denn sie durften die Küche nicht ewig in Beschlag nehmen und Maries Ablauf auch nicht mehr als unbedingt notwendig stören.

Ursula trug eine Rüschenschürze über ihrem Sommerkleid und stand mit dem Rücken zur Tür.

„Es riecht phänomenal. Was gibt es heute?" Edith eilte durch die Küche.

„Phänomenale Frühkartoffelsuppe mit Brot, wie immer." Ursula drehte sich um, legte ein Leinentuch über die Schulter und wischte sich mit dem Handrücken über die Stirn. Die Hitze in der Küche trieb ihr den Schweiß ins Gesicht.

Edith kümmerte sich nicht darum. Sie trat dichter, schlang die Arme um ihre Schwester und legte für einen Augenblick ihre Wange an deren Schulter ab.

„Ach herrjeh, ist etwas passiert?" Ursula löste Ediths Griff sanft und schob sie sanft von sich, um ihr in die Augen zu sehen.

„Komm, ich muss dir was erzählen." Edith kicherte ausgelassen und wollte Ursula davonziehen, aber die hielt sie zurück.

„Nun spuck schon aus. Ich habe zu tun."

„Ja, ich auch, das ist es ja. Ich fahre jetzt Ersatzteile für die Fabrik kaufen."

„Du tust bitte was?" Ursula zog das Tuch von ihrer Schulter und wischte sich erneut die Hände daran ab.

„Ersatzteile für die Maschinen kaufen. Natürlich nicht allein. Der Ingenieur fährt mich."

„Der Ingenieur chauffiert dich?" Ursula zog skeptisch eine Augenbraue nach oben.

Edith gab klein bei. „Also, genau genommen darf ich den Ingenieur begleiten, wenn er die Ersatzteile kauft."

„Den Ingenieur?" Ursula zog auch die andere Braue hoch.

„Ja klar und Onkel Leopold hat gesagt, dass ich ihn zu allen technischen Dingen ausfragen darf."

„Warum sollte Onkel Leopold so etwas sagen?"

„Weil er sehr zufrieden mit uns beiden ist. Das hat er mir vorhin gesagt. Mit dir und mit mir. Wir sind eine Bereicherung für die Fabrik. Heute Abend erzähle ich dir alles ganz genau. Onkel Leopold wird auch noch mit dir sprechen. Jetzt muss ich schnell hoch und mein Notizbuch holen. Alles, was mir Herr Bergemann erzählt, könnte von höchster Wichtigkeit sein."

Ursula schüttelte amüsiert und verständnislos zugleich den Kopf. Dass Onkel Leopold auch sie gelobt hat und nicht nur Edith, erfüllte sie mit Freude und ließ sie mit Leichtigkeit zurück an die Arbeit gehen.

Kurz danach fiel die Haustür krachend ins Schloss und Edith hüpfte, ohne sich um ihre fehlenden Manieren zu scheren, über den Innenhof, hin zum Automobil, in das Franz Bergemann soeben zwei große Taschen, prallgefüllt mit Bargeld, bugsierte. Er blieb neben dem Wagen und der geöffneten Beifahrertür stehen und wollte ihr galant beim Einsteigen helfen.

Seine höflich dargebotene Hand und die Ansprache „Fräulein Ziegler", ignorierte sie und setzte sich stattdessen einfach auf den Sitz. Seine Hand berührte ihren Arm, nur flüchtig, dennoch war die Berührung ausreichend, dass Edith sie angenehm in Erinnerung behielt.

Als Bergemann hinter dem Steuer saß, startete er den Motor. Behutsam lenkte er das Automobil vom Fabrikgelände. Als sie das Tor passiert hatten, wandte Edith ihm das Gesicht zu, zückte ihren Bleistift und hielt die graue Spitze schreibbereit über die leere Seite ihres Notizbuchs.

„Dann wollen wir mal, Herr Bergemann. Was hat es mit diesen Ersatzteilen auf sich und warum brauchen wir sie so dringend? Ich muss alles wissen. Erklären Sie es mir. Auftrag vom Chef höchstpersönlich." Sie grinste und sah ihn mit wissensdurstigen Augen an.

Der Ingenieur schmunzelte kurz, rieb sich übers Kinn und nahm einige Male den Blick von der Straße, um kurz zu ihr hinüberzusehen. Neugierig, freundschaftlich und nicht so widerwärtig wie Hubert. Er benahm sich genauso wie bei ihrem ersten Treffen in der Wolferei. Er strahlte Kompetenz aus und unterstrich diese mit einer angenehmen Zurückhaltung.

„Also gut, aber ich stelle eine Bedingung." Er rieb sich noch einige Male über das glatte Kinn. „Nennen Sie mich Franz. Wenn Sie Herr Bergemann zu mir sagen, dann befürchte ich immer, mein Vater steht hinter mir."

„Franz? Also gut. Dann nennen Sie mich bitte Edith. Fräulein Ziegler ist auch eher meine Schwester."

Er nickte zustimmend. Seine Mundwinkel zuckten amüsiert, aber keineswegs spöttisch.

„Was genau möchten Sie denn wissen, Edith?"

„Alles! Fangen wir mit den Ersatzteilen an und warum sie benötigt werden."

„In Ordnung." Franz lenkte den Wagen ruhig die Straße entlang. Mit sorgfältig gewählten Worten begann er ausführlich vom erst kürzlich gebohrten Brunnen, der veränderten Wasserqualität und dem Verschleiß der Ventile zu erzählen.

Eine Weile notierte Edith sich seine Worte, doch es war mühsam, während der Fahrt alles niederzuschreiben. Zudem reichte die Zeit bei Weitem nicht aus, um all ihre Fragen zu beantworten. Sie beschloss, aufmerksam zuzuhören und alles im Nachhinein zu notieren.

In der Stadt, eine winzige Kleinstadt wohlgemerkt, die dem Vergleich mit Berlin nicht standhalten konnte, hielt Franz vor einem Gebäude mit roten Ziegeln. Eine große Uhr mit glänzenden Zeigern hing über dem Eingang und erinnerte an einen Bahnhof.

Stampf Eisenwaren stand auf dem Schild daneben. Vor dem Geschäft selbst und auch auf der Straße fand sich Unrat, durch den sich zwei Greisinnen mit einem Stock arbeiteten. Edith schnürte es den Hals zu, als sie begriff, dass die beiden auf der Suche nach Essbarem waren. Erschüttert starrte sie auf die Frauen und vergaß, selbst die Tür zu öffnen. Dankbar nahm sie Franz' Hand an, als er sie ihr anbot, um beim Aussteigen zu helfen.

„Ich nehme an, dass Sie mit hineinkommen und sich alles genau anschauen wollen?"

Edith sammelte sich schnell wieder und nickte. Mit dem neugierigen Blick eines Kindes, das zum ersten Mal das Wunderland betrat, sah Edith sich um und nahm alle Eindrücke auf. Im Geschäft roch es nach Öl und Metall. Es war schummerig. An einem langgezogenen Verkaufstisch stand ein wohlgekleideter Herr. Als Edith seinen Blick einfing, entging ihr das Misstrauen darin nicht. Sein kurzer Blick fragte still:

Was will so eine wie die hier drin? Kann es mit rechten Dingen zugehen, wenn so eine Person hier auftaucht?

„Guten Tag", grüßte Franz mit unerwartet kräftiger Stimme und lenkte die Aufmerksamkeit des Herrn hinter der Theke auf sich. Er stellte die Geldtaschen auf den Verkaufstisch, dann zog er einen Lappen aus der Hosentasche und wickelte den Stoff auseinander. Zum

Vorschein kam ein glänzend braunes Stück aus Metall. Es war nicht viel länger als Ediths Finger und erinnerte sie vom Aufbau her an eine Garnrolle, nur dass sich das Metall zur einen Seite verjüngte. Das war also das Ventil.

„Vier", orderte Franz.

Der Mann hinter dem Verkaufstisch nahm das Metallstück in die Hand, begutachtete es und nickte. Er zog die Lippen zu einem unechten Lächeln auseinander und ließ zwei goldene Zähne aufblitzen. Dann ging er durch eine Tür in den hinten angrenzenden Raum, kam jedoch nicht mit der bestellten Ware zurück, sondern brachte einen zweiten Mann, älter, mit grauem Vollbart, in ähnlicher Kleidung mit. Nun begannen die beiden, die mitgebrachten Papierbündel aus der Tasche zu holen und das Geld mit absoluter Genauigkeit zu zählen.

Edith beobachtete das Treiben mit besonderer Neugier. Schließlich brachten die Herren das Geld nach hinten, ohne ein Wort zu verlieren.

Edith stand mit zusammengepressten Lippen und angehaltenem Atem angespannt im Geschäft. Franz stand dicht neben ihr, aber sie wagte es nicht, ihn anzusehen. Sie lauschte, spitzte ihre Ohren in dem stickigen Sommermief und versuchte, seinen Atem zu hören. Doch da war nichts. Nur die gedämpften Geräusche der Straße drangen durch die geschlossene Tür ins Eisenwarengeschäft. Hielt Franz auch den Atem an, bis einer der beiden zurückkam? Was, wenn sie sich auf und davon machten? Edith umklammerte ihr Notizbuch, holte kaum hörbar Atem und lauschte weiter. Endlich. Es näherten sich Schritte. Der jüngere Mann, der Verkäufer, legte Franz' Tuch und das alte Ventil auf den Tisch. Daneben legte er ein zweites sauberes Tuch und darauf vier weitere Stücke, die dem mitgebrachten zum Verwechseln ähnlich sahen. Franz nahm eins nach dem anderen in die Hand, drehte und begutachtete jedes einzelne, dann nickte er wohlwollend, wickelte die Ventile sorgfältig wieder ein und legte sie vorsichtig in eine der nun leeren Geldtaschen. Dann nahm er alle Taschen vom Tisch.

„Danke und auf Wiedersehen", verabschiedete er sich höflich. Er warf Edith einen auffordernden Blick zu und die beiden verließen das Geschäft.

Zurück im Auto, als sie endlich wieder frei atmen konnte und die Anspannung, von der sie gar nicht wusste, woher sie gekommen war, endlich von ihr abfiel, verfiel Edith in lautes Lachen. Es war ein erleichtertes Lachen, das sich hemmungslos den Weg aus ihrem Bauch durch den Hals hinaus in die heiße Mittagsluft bahnte. Hätte sie es versucht, sie hätte es nicht eine Sekunde in sich behalten können.

„Meine Güte, was war da drinnen nur los?" Sie japste. „Für einen Moment habe ich gedacht, wir sind das Geld los und müssten ohne diese Ventile wieder nach Hause fahren. Ist das zu glauben? Die beiden Männer machten einen unfassbar gruseligen Eindruck auf mich." Edith versuchte sich zu beruhigen, aber die Aufregung über das soeben Erlebte kitzelte unter ihrer Haut. Als sie sich die Tränen aus den Augen wischte, sah Franz um die Nase seltsam blass aus.

„Was schauen Sie denn so ernst drein, Franz? Ist Ihnen nicht gut?"

„Wie man es nimmt. Ich habe das Gleiche befürchtet wie Sie.“ Edith verstummte sofort und riss erschrocken die Augen auf. „Das können Sie unmöglich ernst meinen!“

„Doch. Ich war schon einige Male hier, aber heute hatte ich für einen Moment Zweifel, ob das Geschäft gelingen würde. Ich hatte nicht erwähnt, dass die beiden keinen besonders guten Ruf haben.“

„Was für ein Abenteuer!“, rief Edith begeistert aus. „Sagen Sie es bloß nicht meinem Onkel. Ich flehe Sie an. Er lässt mich sonst nie wieder mit Ihnen fort.“

„Ich bin doch nicht verrückt. Es darf gern für immer unser Geheimnis bleiben.“ Franz schüttelte fassungslos den Kopf und lächelte. Sein sonst so glatt frisiertes Haar litt an einer gewissen Unordnung und seine Wangen waren nun wieder rosig. Er startete den Motor und sie machten sich umgehend auf den Rückweg nach Kerchheim.

Einige Minuten dachte Edith über das Wort Geheimnis nach. Es bewegte sich angenehm warm durch ihren Kopf. Doch dann erinnerte sie sich daran, dass die Zeit mit Franz begrenzt und ihr Wissendurst außerordentlich groß war.

„Nun erzählen Sie mir aber ganz genau, wofür wir uns dieser Aufregung ausgesetzt haben. Was können diese kleinen Dinger, dass sie wertvoll für uns, also ich meine für die Fabrik sind?“

„Das ist nicht in drei Worten erklärt. Am besten zeige ich es Ihnen.“

„Dazu müssen Sie aber ein gutes Wort für mich einlegen. Ich möchte schon so lange mehr über die Fabrik wissen, aber bisher war es mir nicht vergönnt.“

„Sie mögen die Fabrik also?"

„Selbstverständlich und ich möchte, so viel es nur geht über die Herstellung von Tüchern aller Art und die Maschinen, die dafür nötig sind, lernen. Ich möchte wissen, was Sie wissen, Franz."

Franz überraschte sie angenehm, denn er zog weder skeptisch die Augenbrauen hoch, noch machte er sich die Mühe, sie darauf hinzuweisen, dass sie eine Frau war. Im Gegenteil: Er bestärkte Edith in ihrem Wunsch. „Dann sollten wir sofort damit anfangen, denn da haben Sie sich eine Menge vorgenommen."

Während der restlichen Fahrtzeit begann Franz zu erklären, was es genau mit den Ventilen auf sich hatte. Edith beschränkte sich darauf, seinen Worten zu folgen und gezielte Fragen zu stellen, die er ihr geduldig beantwortete.

„Vielen Dank, Franz. Ich hoffe, es findet sich bald Gelegenheit für eine weitere Unterrichtsstunde." Sie klappte das Notizbuch zu, als sie die Einfahrt zur Tuchfabrik passierten.

„Das Vergnügen war auf meiner Seite." Franz hielt den Wagen vor dem Kontor an und stieg aus, um ihr die Autotür zu öffnen. Doch Edith war schneller als er und lief bereits zum Wohnhaus, als er auf ihrer Seite angelangt war.

„Wo wollen Sie denn so schnell hin?", rief er ihr verwirrt und auch entzückt hinterher. Sie hielt nur kurz an, wandte sich um und hob das Notizbuch hoch. „Alles aufschreiben, bevor ich es vergesse."

8

Am gleichen Abend saß das Ehepaar Geldermann gemeinsam in den Korbschaukelstühlen auf der Veranda des Wohnhauses. Sie blickten über den anliegenden großen Garten in den von der untergehenden Sonne rot gefärbten Abendhimmel. Ursula und Edith hatten sich bereits früh in ihr Zimmer zurückgezogen.

Luise hatte Marie Limonade und Branntwein bringen lassen, bevor auch sie zu Bett gegangen war.

Dass Leopold etwas auf dem Herzen hatte, war ihr schon während des Abendessens aufgefallen. Er war noch einmal weggefahren, zum Skat, wie er behauptet hatte, und würde sich nun mit ihr aussprechen oder zumindest seine Gedanken mit ihr teilen wollen. Also wartete Luise, bis ihr Gatte das Wort ergriff.

„Reichenshagen hat mir heute die Zahlen vorgelegt." Er trank einen Schluck des Hochprozentigen und starrte in den Himmel. Edith wartete geduldig darauf, dass er weitersprach.

„Die Preise steigen täglich. Wenn wir heute einkaufen und produzieren, verkaufen wir unsere fertige Ware binnen kürzester Zeit mit Verlust. Sämtliche Anleihen sind wertlos. Allein während wir hier sitzen, verlieren wir ein Vermögen und es hört einfach nicht auf." Er seufzte.

Nachdem Luise sicher war, dass ihr Gatte nicht weitersprechen wollte, stellte sie die Frage, vor deren Antwort sie sich fürchtete. „Was schlägt Reichenshagen vor?"

„Ha, du wirst es nicht glauben." Leopold setzte sein Glas an und nahm einen weiteren Schluck, ließ ihn aber nicht sofort die Kehle hinunterrinnen. Stattdessen behielt er das brennende Zeug eine Weile auf der Zunge, solange, bis sie ihm taub werden wollte, dann schluckte er die Flüssigkeit mit angewidertem Gesicht hinunter.

„Reichenshagen meint, wir sollten zunächst einmal aufhören, Geld für Suppe aus dem Fenster zu schmeißen. Dann empfiehlt er, so lange zu produzieren, bis alle Rohstoffe aufgebraucht sind. Dann, unsere Waren einzulagern und die Fabrik vorerst dichtzumachen."

Luise riss erschrocken die Augen auf. „Das ist doch nicht sein Ernst", flüsterte sie. „Wie kann er nur so etwas vorschlagen?"

„Er hat es mir ein ums andere Mal vorgerechnet. Von den Instandhaltungskosten brauchen wir gar nicht erst zu reden. Er hat recht und ich wäre ein Narr, wenn ich nicht auf meinen Buchhalter hörte. Wir stürzen uns sehenden Auges in den Abgrund, wenn wir so weitermachen und das Privatvermögen ... na, du weißt es ja selbst."

„Ich hatte gehofft, dass uns dieser Tag erspart bleibt. Dieses Elend muss doch ein Ende finden. Der Krieg ist vorüber und es ergeht uns schlimmer als währenddessen. Noch immer werde ich nachts wach, weil ich an Rudolf, Jenny und die Kinder denke." Luise hielt die

Armlehnen des Schaukelstuhls fest umklammert. Bitterkeit lag in ihrer Stimme. „In der letzten Zeit habe ich mir ein ums andere Mal gesagt, dass es das Schicksal vielleicht doch gut mit uns gemeint hat, indem es uns keine Kinder beschert hat." Sie sah Leopold nicht an, als sie ihm ihre Gedanken mitteilte, sondern starrte in die Sträucher vor sich, über die sich allmählich der Schatten der Nacht legte.

„Hm", knurrte Leopold.

„Die letzten Wochen mit den Mädchen habe ich allerdings genossen." Ein winziges Lächeln huschte über Luises eingefallene Wangen und ihr Ton wurde wieder sanft. „Du musst zugeben, sie haben viel Leben ins Haus gebracht und sich noch dazu prächtig entwickelt. Ein Jammer, dass wir sie wieder fortschicken müssen."

Luise füllte ihr Glas mit Limonade auf. In der Dunkelheit war das nun etwas deutlichere Lächeln auf ihrem Gesicht nicht zu sehen. Daran, wie sie die nächsten Worte sprach, erkannte Leopold es aber trotzdem.

„Ich bin gespannt, was Henriette dazu sagt, wenn sie feststellt, dass Ursula sich behaupten kann."

„Wahrscheinlich legt sich das schnell wieder. Spätestens, wenn du ihr erklärst, dass wir die Suppenküche einstellen müssen."

„Du denkst doch nicht wirklich daran?"

„Luise, was soll ich tun? Wir können nicht alle armen Seelen durchfüttern. Ich muss auf meinen Buchhalter hören. Er hat recht."

„Kannst du nicht wenigstens noch bis September warten, bis die Mädchen abreisen? Bis dahin kann sich viel ändern und wenn nicht, fällst du die Entscheidung mit Reichenshagen eben dann."

„Luise, wo nimmst du nur diese Zuversicht her?“

„Hoffnung, Leo. Hoffnung. Dabei fällt mir noch etwas ein …“ Luise machte eine Pause, als müsste sie ihre Worte sorgfältig abwägen. „Erinnerst du dich noch an Ediths Zukunftspläne?“

„Du meinst, diesen Nonsens über Politik und Fliegerei, den sie uns bei ihrer Ankunft aufgetischt hat?“

„Genau.“

„Wie könnte ich diese Albernheit vergessen? Sie hat uns für einen Moment an der Nase herumgeführt, nicht wahr?“

„Wenn ich Ursula richtig verstanden habe, hat sie nun die Hoffnung, in deine Fußstapfen zu treten. Sie möchte Tuchfabrikantin zu werden. Sie führt sogar Buch über ihre Erkenntnisse.“

„Sie will meine Fabrik übernehmen? Ist sie von allen guten Geistern verlassen? Herrschaftszeiten, mir scheint, ich bin im Theater. Was denkt sich dieses Frauenzimmer!“ Leopold riss es von seinem Stuhl. Luise sah seine Silhouette vor dem dunkelblauen Nachthimmel.

„Beruhige dich. Ich glaube nicht, dass sie deine Fabrik übernehmen möchte. Sie sucht nach Möglichkeiten. Ich glaube, sie ist verzweifelt, weil sie ihren Platz im Leben noch nicht gefunden hat und sie sträubt sich noch immer gegen die Ehe.“

„Na, jetzt wird mir einiges klar.“ Leopold setzte sich wieder. Gereizt nahm er sein Glas und stürzte den restlichen Inhalt hinunter.

„Was möchtest du damit sagen?“

„Sie ist seit Neuestem versessen darauf, mehr über das Geschäft zu erfahren. Stell dir vor, sie hat mich heute gefragt, ob ich sie an den Maschinen arbeiten lasse. Sie könnte neue Kleider haben, ausgehen, aber stattdessen fuhr sie heute mit Bergemann Ersatzteile kaufen. Das ist doch nicht zu fassen! Sie vergisst völlig, dass sie eine Frau ist." Leopold redete sich regelrecht in Rage.

„Ich glaube nicht, dass sie es vergisst. Ich glaube vielmehr, dass sie jeden Tag daran erinnert wird. Sie hat Träume und befürchtet, dass sie sich niemals erfüllen werden."

„Frauen heiraten nun einmal und arbeiten nicht in der Spinnerei."

„Ach nein? Mir ist, als kämen jeden Morgen welche in die Fabrik." Sie goss ihm noch einmal nach.

„Jetzt verteidige doch nicht noch diese unvernünftigen Ansichten! Wo kommen wir denn da hin? Ich meine Frauen von gesellschaftlichem Stand."

Leopolds Puls hatte sich während der letzten Minuten stetig beschleunigt und seine Stimme war noch rauer geworden.

„Setz ihr doch nicht solche Flausen in den Kopf", fuhr er nun etwas milder fort.

„Sie ist eine kluge und strebsame Frau. Ehrgeizig und entschlossen. Ich würde mich nicht wundern, wenn sie uns in ein paar Jahren eines Besseren belehrt."

Leopold schnaufte nur. Eine Weile saßen sie schweigend in der Dunkelheit. Sogar das Zirpen der Grillen war verstummt. Irgendwo raschelte es und es knackten Zweige.

„Mein lieber Leo, könnte es wohl sein, dass dir diese Flausen gefallen würden? Dass dir der Gedanke, die

Fabrik könnte doch noch innerhalb der Familie weiter-
geführt werden, gefällt?" Luise hatte ihre Fragen sorg-
sam formuliert in die Nacht geraunt.

„Mach dich doch nicht lächerlich. Höre auf, Branntwein zu trinken und geh schlafen. Du redest nur noch
Unfug daher."

Luise kannte Leopold zu gut, als dass sie ihn noch weiter reizte. Sie verzichtete wohlweislich darauf, ihm mit-
zuteilen, dass sie ausschließlich Limonade getrunken
hatte. Ohne ein weiteres Wort stand sie auf und ließ
ihn allein in der Dunkelheit auf der Veranda.

Leopold aber konnte ihre Worte nicht vergessen.
Hatte sie recht? Wäre es möglich, dass eine Frau die Leitung einer Fabrik übernahm? Seiner Fabrik? Edith
zeigte nicht nur Ehrgeiz und ein gewissen Talent, sie interessierte sich vom kleinsten Detail bis ins große
Ganze. Ob es ... aber nein! Er stand auf und schüttete
den Inhalt seines Glases in die Finsternis. Dieses Gebräu verleitete ihn zu widersinnigen, absurden Gedanken.

Am nächsten Morgen gab Leopold sich müde und
schweigsam. Die Flausen des Abends hatten ihn um
den Schlaf gebracht. Sinn und Unsinn hatten sich in
seinem Kopf wild gestikulierend gegenübergestanden.
Dass er als rationaler Mensch nicht in der Lage war,
diese winzige Idee, die ihm seine Frau in den Kopf ge-
pflanzt hatte, ad acta zu legen und als das, was sie war,
nämlich Unfug, anzusehen, brachte ihn vollkommen
durcheinander. Die Unruhe trieb ihn so sehr an, dass
er, entgegen seiner Gewohnheit, während des Früh-

stücks aufstand, wortlos das Haus verließ und sich unter den argwöhnischen Blicken aller allein auf einen Spaziergang um die Fabrik begab.

Als er zurückkehrte, zeigt er sich ruhig und entschlossen. Es war ihm auch etwas leichter ums Herz. Leopold hatte eine Entscheidung getroffen, aus dem Bauch heraus, und er würde sie nicht zurücknehmen. Wenn Reichenshagen auf Entlassungen drängte, würde er ihm nachgeben. Wenn er der Meinung war, dass sie die Fabrik über den Winter schließen mussten, würde er es tun. Und wenn das ersehnte Wunder geschah, dann würden sie im Frühjahr die Bestände mit Gewinn verkaufen und neu beginnen. Und wenn es der letzte Sommer in der Fabrik war, so wollte er sich seinem Schicksal fügen. Aber er hatte Bruno versprochen, dass die Mädchen eine unbeschwerte Zeit bei ihm verbringen und im Ernstfall berufliche Erfahrung würden vorweisen können.

Er hatte Luise schon lange nicht mehr so häufig lächeln sehen wie in den letzten Wochen. Die Anwesenheit der Mädchen tat ihr gut und Luise wiederum tat ihm, Leopold, gut. Ohne sie war er verloren. Sie machte ihn zu einem besseren Menschen. Sie würden die Krise gemeinsam bewältigen. Es kam nicht infrage, dass er sich davonmachte wie Litz. Nein, wenn das Unausweichliche bevorstand, dann würde er es mit Anstand und Fassung und vor allem mit Verantwortung für seine Frau ertragen.

Mit neuer Kraft öffnete Leopold die Tür zum Kontor, wo ihn Edith und beide Fräulein Dahmen zurückhaltend begrüßten.

„Sie sind wieder da?" Er wandte sich stirnrunzelnd an Bettina.

„Es war mein Vorschlag", antwortete das ältere Fräulein Dahmen stattdessen entschuldigend, „nur so lange, bis sie uns Ihre Entscheidung mitgeteilt haben." Sie streichelte tröstend Bettinas Hand.

„Klären Sie das mit Reichenshagen." Leopold winkte unwirsch ab. Er war nicht in der Stimmung, die junge Frau selbst vor die Tür zu setzen. Das überließ er seinem Buchhalter, der, wenn es ums Geld ging und Geldermann ihm Freiraum ließ, erstaunlich effektiv und rational handelte. Stattdessen ging er zu Edith hinüber, die an seinem Schreibpult stand und raunte ihr seine Frage zu. „Willst du immer noch rüber in die Fabrik?"

Edith verschlug es die Sprache. Sie nickte eilig und hätte vor Aufregung beinahe das Fässchen mit der Tinte umgeworfen, welches sie gerade aufgefüllt hatte.

„Dann komm, bevor ich es mir anders überlege", brummte Leopold. „Und nimm dir etwas zu Schreiben mit!" Er stieß seinen Spazierstock zweimal auf den Boden, um seiner Aussage Nachdruck zu verleihen, und verließ das Büro.

Eilig zog Edith ein paar Papierbögen und einen Bleistift hervor. Eine Sekunde zögerte sie, dann legte sie zwei davon wieder zurück. Sie mussten sparsam sein, denn niemand wusste, wann es Nachschub geben würde.

Vor der Tür stand Leopold, ruhig und gefestigt, wie ein Fels in der Brandung. Seine weißen Hemdsärmel hatte er sich bis zu den Ellenbogen hochgekrempelt. Er bot seiner Nichte versöhnlich den Arm, dann führte er

Edith beinahe andächtig über das Gelände und anschließend durch die Hallen. Hier und da blieb er stehen und strich mit einer Hand liebevoll über die massiven Gussteile der arbeitenden Maschinen. Es schien, als genösse er die Vibration und den gleichmäßigen Lärm, den sie erzeugten. Er sprach nicht viel.

In der Spinnerei trafen sie auf Bergemann, der den Betrieb eines der Spinnwagen kurz unterbrochen hatte, um die Spulen zu justieren. Zweihundert waren es an der Zahl und sie mussten akkurat ausgerichtet sein, das wusste Edith bereits. Sobald Bergemann von der Maschine trat, legte einer der Arbeiter die Antriebsscheibe um und der Wagen setzte sich ratternd in Bewegung. Sofort surrten die Spindeln los, drehten sich die weißen Fäden um die Spulen. Edith meinte immer, sie sprangen und drehten unzählige Pirouetten, so wie winzige Ballerinas. Als er den Fabrikanten und Edith entdeckte, lief er eilig zu ihnen hinüber. Er säuberte seine ölverschmierten Hände an einem Tuch, das er aus seiner Hosentasche gezogen hatte, und erstattete Bericht über die durchgeführte Reparatur.

„Sie laufen jetzt wieder exakt wie ein Uhrwerk, alle sechshundert." Mit stolzem Blick und einem zufriedenen Lächeln im Gesicht wandte Franz sich abermals dem Spindelwagen zu, der nun wieder genauso unermüdlich vor- und zurückfuhr wie die anderen beiden und die Garnspulen füllte.

„Prima, dann haben Sie jetzt gewiss Zeit, meine Nichte durch die Fabrik zu führen und ihr unsere Technik in aller Genauigkeit zu erklären. Ich werde das Gefühl nicht los, dass es sie besonders glücklich machen würde."

Erneut verschlug es Edith die Sprache. Geschlagene fünf Sekunden starrte sie ihn an, als hätte er den Verstand verloren, dann veränderte sich ihr Gesicht plötzlich und sie strahlte wie die Sonne.

„Onkel Leopold, ist das dein Ernst?" Sie konnte es kaum glauben.

Er nickte wohlwollend. Dann ließ er Edith und Franz im Lärm der Spinnerei stehen und empfahl sich einfach, um allein eine weitere Runde durch seine Fabrik zu gehen.

Schwermut befiel ihn. Hätte er einen Neffen mit ähnlichem Temperament und Begeisterung für sein Lebenswerk wie Edith, wäre er sicher bereit, die Fabrik zu gegebener Zeit, wenn er ein gewisses Alter erreicht hätte, an ihn zu übergeben. Aber es gab nun mal keinen Neffen, nur Ursula und Edith, und die noch nicht einmal in direkter Linie. Es blieb also alles beim Alten. Früher oder später stand der Verkauf an, wahrscheinlich früher. Wohl oder übel würde er sich mit dem Gedanken eines möglichen Abschieds von der Fabrik beschäftigen müssen.

9

Edith genoss es, Franz Bergemann über die Schulter zu schauen und mehr über die Prozesse zu lernen. Es schien ihr, als gefiele es dem zurückhaltenden Ingenieur ebenfalls, seine Kenntnisse mit ihr zu teilen.

„Guten Morgen", grüßte sie gut gelaunt. Sie stand neben der Toreinfahrt für die Anlieferung, als Franz auf seinem Fahrrad heranfuhr. Hier trafen sie sich, seit Leopold Edith die Erlaubnis erteilt hatte, immer zum täglichen Rundgang durch die Fabrik. Franz prüfte dann die Maschinen, erklärte mit Begeisterung die verschiedenen Details und Edith sog die Informationen auf wie ein Schwamm. Sie zeigte ausgesprochenes Verständnis für die technischen Zusammenhänge und sah mit Adleraugen zu, wenn kleinere Instandhaltungsmaßnahmen durchgeführt werden mussten. Eine besondere Freude bereitete Franz ihr, wenn er ihr einige Handschläge überließ. Nun hatte Edith die Hände lässig in die Hosentaschen gesteckt. Sie liebte ihre Hosen.

„Guten Morgen, Fräulein Ziegler", erwiderte er nun erfreut und lehnte sein Fahrrad gegen die rote Backsteinmauer. Er vermied es, Edith in der Öffentlichkeit mit ihrem Vornamen anzusprechen. Vor allem nicht, wenn Hubert Dietrich in der Nähe war und der trat just aus dem Lagerhaus. Der Vorarbeiter postierte sich breitbeinig zwischen Edith und Franz. Dann stemmte er die Hände in die Seiten und zwar derart, dass Franz hinter Huberts großer und kräftiger Statur fast verschwand.

„Ja guten Morgen, Fräulein Ziegler. Wenn Sie Wert auf männliche Gesellschaft legen, führe ich Sie gern herum. Es gibt hier einige ruhige Eckchen, die ich Ihnen gern einmal zeigen würde. Wir hätten unseren Spaß." Er schniefte unappetitlich, gab ein überlegenes Grunzen von sich und ließ anzüglich seine Hüften kreisen.

„Nein, vielen Dank. Ich bin mit der aktuellen Situation sehr zufrieden." Mit kühlen Worten wies sie ihn ab. Nicht einmal zu einem Blinzeln ließ sie sich hinreißen, als sie Hubert Dietrich mit geringschätzigem Blick maß. „Ich hörte außerdem, dass Sie im Kontor gebraucht würden. Sie wollen meinen Onkel doch nicht durch Nachlässigkeit verärgern?" Sie hielt seinem Blick weiterhin stand.

Einige Sekunden lang schien es, als wollte er ihr etwas Passendes entgegnen. Doch schließlich ging ein Ruck durch Huberts Körper und er wendete sich ab. „Wir sehen uns noch", warf er Edith über die Schulter hinweg zu.

Sie sah ihm mit kaltem Blick nach. „Das lässt sich wahrscheinlich nicht umgehen." Sie hatte so leise gesprochen, dass Hubert sie nicht mehr hatte hören können.

Franz waren Ediths Worte jedoch nicht entgangen. Er nahm seine Mütze ab und verstaute sie in seiner Ledertasche. Ohne die trat er den Rundgang durch den Betrieb nie an.

„Er ist ein ungehobelter Klotz. Eine Unverschämtheit, wie er sich aufführt. Ich werde nachher mit Herrn Geldermann darüber sprechen."

Franz war verärgert. Das erkannte Edith an den zwei feinen Linien, die sich dann immer zwischen seinen Augenbrauen abzeichneten. Sie bildete sich ein, den wortkargen Mann schon recht gut lesen zu können.

„Nein, bloß nicht. Dann kommt Onkel Leopold vielleicht noch auf die Idee, mich nicht mehr in die Fabrik zu lassen. So weit kommt es noch."

„Aber Dietrich ist ein ungehobelter Klotz, ein Raubein ohne Manieren. Ich kann doch nicht zulassen, dass er so mit Ihnen spricht."

„Na so etwas, Sie regen sich ja richtig auf." Ediths Gesichtszüge wurden weich. „Machen Sie sich keine Sorgen. Mit dem werde ich schon fertig."

„Seien Sie vorsichtig und provozieren Sie ihn nicht unnötig. Ich wäre untröstlich ..." Franz brach mitten im Satz ab.

„Was wollten Sie gerade sagen?" Er hatte ihre Neugier geweckt.

„Nichts, ist schon gut. Wir sollten endlich mit der Arbeit beginnen." Er kratzte sich nervös den Haaransatz über dem rechten Auge und betrat zügig die Lagerhalle.

„Warten Sie!", rief Edith und eilte ihm nach.

Er blieb stehen, bis sie zu ihm aufgeschlossen hatte.

„Geht es Ihnen gut? Sie wirken, als seien Sie nicht bei der Sache."

„Ich? Wie kommen Sie nur darauf?" Wieder griff er sich nervös an die Stirn.

„Sie haben noch immer die Fahrradklammern an den Hosenbeinen." Sie deutete mit dem Zeigefinger auf den befestigten Stoff in Höhe seiner Knöchel.

„Oh je." Schnell bückte er sich und zupfte die Holzklammern mit einer ungelenken Bewegung ab. Als er seine Aktentasche öffnete, entdeckte Edith, die immer alles genau beobachtete, darin ein kleines Päckchen. In Stoff eingewickelt und ordentlich verschnürt.

„Was haben Sie denn da drin?" Edith legte auch hier keinen Wert auf Zurückhaltung. Ihr war klar, dass sie Bergemann damit in eine gewisse Verlegenheit bringen konnte. Sie wusste nicht genau warum, aber sie amüsierte sich über diesen Umstand und forderte ihn einige Male heraus.

„Nichts Besonderes." Seine Tonlage verriet, dass es sich um das Gegenteil handelte. Franz verschloss seine Tasche wieder.

„Ich muss mit der Arbeit beginnen, wenn ich rechtzeitig fertig werden möchte. Wie sieht es aus? Kommen Sie mit mir oder haben Sie es sich anders überlegt?"

„Was für eine Frage", echauffierte sich Edith. Ein Schwall verschiedenster Gefühle erfasste sie. Neugier, Freude, Ungeduld und noch etwas anderes, das sie nicht benennen konnte, strömten durch ihren Körper. Dieser kurze Zustand verursachte ein angenehmes, aufregendes Knistern unter ihrer Haut.

„Dann weiß ich nicht, was uns noch hier hält. Auf geht's!"

Franz ging, ohne weitere Zeit zu verlieren, voraus, geradewegs in die Wolferei. Während der nächsten Stunden beobachtete Edith jeden seiner Handgriffe genau, machte sich wie immer Notizen, durfte sogar eine Mutter festziehen und Teile der Dampfmaschine ölen. Sie verlor jedoch kein Sterbenswörtchen über das Päckchen in Franz' Tasche, obwohl der Gedanke daran immer wieder in ihrem Kopf auftauchte und sie geradezu von ihrer Neugier zermürbt wurde.

Als die schrille Glocke die Mittagspause einläutete, befanden sie sich gerade auf dem Rückweg zum Kontor. Innerhalb kürzester Zeit füllte sich der Hof mit der Belegschaft, denn Ursula kümmerte sich weiterhin um die Mittagsversorgung. Gerade trugen die beiden Arbeiterinnen den großen Suppenkübel hinaus und hievten ihn auf den bereitstehenden Tisch.

„Wo ist Ihr Teller?", wollte Edith wissen. Bisher hatte sie Franz nie bei der Essenausgabe gesehen, ihn aber nicht darauf angesprochen.

„Ich esse nicht mit."

„Warum denn nicht?"

„Die anderen haben es nötiger. Ich komme schon über die Runden."

„Ja, und dann werden Sie krank und schwach und ich lerne nichts mehr. Nein, nein. Warten Sie, ich bin gleich wieder da."

Edith lief zum Wohnhaus hinüber, bahnte sich den Weg in die Küche und kam gleich darauf mit zwei Suppentellern zurück. Sie drückte Bergemann einen in die Hand.

„Und jetzt stellen wir uns an."

Unter dem entsetzten Blick ihrer Schwester reihte sich Edith in die Wartenden ein. Franz tat es ihr nach. Widerspruch schien ihm zwecklos. Mit einer Portion dünner Kartoffelsuppe und einem Stück harten Brots setzten sie sich in einigem Abstand zu den Arbeiterinnen auf die provisorisch aufgestellten Bänke aus Backsteinen und Holzbohlen.

Unter den erstaunten Blicken der Frauen setzte Edith ihren Teller an die Lippen und schlürfte ihre Suppe. Eine der Frauen, das Fräulein Krings, begann zu kichern. Edith drehte sich zu ihr um und lächelte zufrieden. Alle anderen Frauen beäugten sie skeptisch. Keine von ihnen sprach ein Wort, eine schüttelte verständnislos den Kopf.

Zuerst empfand Edith dieses Verhalten als unmöglich. Sie störte sich daran. Doch je länger sie zwischen sich und den Frauen hin- und her blickte, desto klarer wurde ihr der Ernst der sozialen Unterschiede. Die Frauen trugen zerschlissene und schmutzige Kleidung. Sie waren in aller Frühe aus dem Haus gegangen, nachdem sie sich um ihr Heim gekümmert hatten, arbeiteten den ganzen Tag in der Fabrik und wenn sie nach Hause kamen, ging es dort weiter. Wer weiß, wen sie noch alles zu versorgen hatten. Wen sie zu ernähren hatten. Sie wusste, dass einige von ihnen Kriegswitwen waren. Vielleicht war die Suppe hier das Erste, was sie überhaupt gegessen hatten. Und sie selbst, sie saß hier in ihrer hübschen neuen Hose, mit dem guten Porzellanteller aus Tante Luises Küche und kannte diese Sorgen nicht. Edith und Ursula würden heute Abend zum Tanz gehen und sich amüsieren.

Es lagen Welten zwischen den Geldermanns oder Zieglers dieser Welt und der einfachen Bevölkerung. Obwohl Edith geglaubt hatte, es sei gut, sich unter die Arbeitenden der Fabrik zu mischen, erkannte sie nun, dass es taktlos gewesen war.

Sie schämte sich nicht, aber sie dachte, dass Franz, der als Ingenieur einen besseren Stand in der Fabrik hatte als die Männer und Frauen an den Maschinen, es vielleicht aus diesem Grund vermied, mit ihnen gemeinsam hier zu essen. Sie zwang sich, ruhig sitzen zu bleiben, bis die Teller leer waren.

„Ich werde jetzt zu Tante Luise und Ursula gehen. Sie werden mich sicher für mein Verhalten tadeln wollen." Edith sprach leise und mit leichter Demut. „Es war mir dennoch ein Vergnügen. Ich habe viel gelernt und werde meine Aufzeichnungen am Nachmittag vervollständigen."

„Mich hat es ebenfalls gefreut." Franz sah sie lange und eindringlich an. Er reichte Edith seinen Teller und sie ging mit dem Wissen, dass mehrere Augenpaare sich an ihren Rücken geheftet hatten, davon.

„Nun sag schon, wie gefällt dir mein Kleid?" Ursula hatte sich in den letzten Wochen ein außergewöhnlich hübsches Exemplar aus dem blauen Stoff, den Onkel Leopold ihr überlassen hatte, genäht. Nun drehte sie sich im gemeinsamen Zimmer vor Edith einmal um sich selbst, sodass der Rock ihre Beine freigab, indem er im Kreis schwebte.

„Ursi, du siehst wunderschön aus. Die Farbe steht dir ausgezeichnet. Du hast exzellente Arbeit geleistet. Was für ein schön gearbeiteter Saum und wie fein du die Stiche gesetzt hast. Selbst Mutter könnte nichts daran aussetzen."

„Danke." Ursulas Wangen wurden durch dieses Kompliment rosig. „Ich habe mir erlaubt, auch etwas für dich zu nähen, Edith. Du wirst in der nächsten Zeit wohl kaum Zeit dafür haben." Schüchtern ging sie zum

Schrank und holte ein weiteres Kleidungsstück heraus. Edith erkannt den schwarz-weiß gemusterten Stoff, aus dem sie nach ihrer Ankunft ein Musterstück herausgeschnitten hatte. Als sie das Kleidungsstück entfaltete, kam ein langer Rock zum Vorschein. Die Taille war schmal geschnitten, der Saum um einiges kürzer als üblich und an der Seite prangten drei opulente Tellerknöpfe.

„Ursula, bist du verrückt geworden?" Mit leuchtenden Augen trat Edith dichter an ihre Schwester heran und nahm ihr vorsichtig das Kleidungsstück ab. Erst jetzt stellte sie fest, dass es sich nicht um einen Rock, sondern um eine Hose mit großzügig geschnittenen Hosenbeinen handelte.

„Ich weiß gar nicht, was ich sagen soll", flüsterte Edith und hielt den Stoff ehrfürchtig in den Händen.

„Dann sage einfach nichts und probiere sie endlich an. Die Knöpfe sind von Tante Luise. Ich habe ihr die Hose gezeigt und sie hat nichts dagegen, wenn du sie heute Abend tragen möchtest."

Edith zog die Hose über. Sie passte wie angegossen.

„Wie hast du das gemacht? Du hast nicht ein einziges Mal maßgenommen."

„Ich habe eben einen Blick dafür." Ursula schmunzelte stolz.

„Du bist großartig, Ursula, und du wirst einmal eine herausragende Ehefrau und Mutter. Ich wünsche dir sehr, dass der Mann, der dich einmal heiraten darf, dich glücklich macht und den bezaubernden Menschen in dir sieht, der du bist. So klug und warmherzig, so talentiert und so mutig. Du hast es verdient, glücklich zu sein."

„Du doch auch, meine liebe Edith. Gib dir nur Zeit. Du findest schon noch, wonach du suchst."

„Aber das habe ich doch längst. Schau." Edith zog ihr Notizbüchlein hervor, in welches sie seit ihrer Ankunft all ihre Erfahrungen und Erkenntnisse geschrieben hatte.

„Dein Tagebuch, liebste Schwester?"

„Nein, wo denkst du hin? Wirtschaft und Wissenschaft. Handel und Unternehmertum, Finanzwesen und Produktion. Ich habe mir alles aufgeschrieben, ich lerne jeden Tag dazu. Stell dir nur vor, ich werde bald in der Lage sein, eine eigene Fabrik zu leiten."

Edith hielt ihr Büchlein wie einen Schatz vor die Brust und sah ihre Schwester entschlossen an. Weil Ursula nichts zu sagen wusste, was Edith in ihrer verrückten Idee bestärken konnte, weil die Unmöglichkeit ihres Vorhabens so offensichtlich war, nahm sie sie nur in die Arme und drückte sie eine Weile liebevoll an sich.

Nur dreißig Minuten, nachdem der Feierabend eingeläutet und auch der letzte Arbeiter gegangen war, zog sich Onkel Leopold ins Kontor zurück. Mit einer Zigarre und dem Schnaps aus seiner Reserve setzte er sich an die Ordner und Bücher, die er sich von Reichenshagen vor dessen Feierabend hatte bringen lassen. Er wollte in Ruhe über die Zukunft nachdenken und vielleicht auf eine Idee stoßen, die den drohenden wirtschaftlichen Absturz seiner Fabrik aufhalten konnte.

Reichenshagen hatte sich schnell überzeugen lassen, dass die Suppenküche zumindest bis Ende September, immerhin noch einen Monat, in Betrieb bleiben musste. Die Löhne, die gezahlt wurden, wären innerhalb kürzester Zeit nichts mehr wert, aber das Mittagessen hatte Bestand. Es stärkte das Vertrauen der Männer und Frauen und sorgte dafür, dass sie an jedem einzelnen Arbeitstag motiviert erschienen und der Lagerbestand wuchs. Hoffentlich lag Reichenshagen mit seiner diesbezüglichen Prognose richtig.

Durch das geöffnete Fenster hörte er seine Frau Luise und die Mädchen lachen. Auch Leopold lächelte. Teils betrübt, teils erleichtert. Luise und er hatten sich damit arrangiert, dass sie selbst keine Kinder bekommen hatten, doch nun, mit Zieglers Töchtern zusammen, wurde ihm klar, wie viel Glück ihnen nicht vergönnt war. Er freute sich für Luise, die die Mädchen an diesem Abend zum Tanzen ausfuhr.

Er stand auf und ging zum Fenster. Gerade liefen die drei Frauen zu seinem Automobil hinüber. Wie hübsch Luise immer noch war. Das Haar hatte sie hochgesteckt, der hohe Kragen ihres Kleides betonte ihren Hals und an den schmalen Hüften fiel der Stoff gefällig an ihr herab. Niemand, der die drei zum ersten Mal sah, würde bezweifeln, einer Mutter und ihren Töchtern gegenüberzustehen.

Sie waren schon lange nicht mehr zu einem gesellschaftlichen Anlass unterwegs gewesen. Es war doch gut, dass Luise sich mit den beiden sehen ließ. Nachdem sich herumgesprochen hatte, dass er die Großaufträge von Litz sowie seinen kompletten Rohstoff- und Lagerbestand übernommen hatte, bestätigte nun der Ausflug der Frauen, dass es um das Unternehmen Geldermann, trotz der widrigen wirtschaftlichen Umstände, ausgesprochen gut bestellt war.

Die hübsch anzusehenden Damen stiegen ins Fahrzeug und Leopold musste unwillkürlich an seinen Freund Litz denken. Obwohl Luise eine hervorragende Autofahrerin war, hatte Rudolf Litz ihn immer wieder beschworen, sie nicht hinters Steuer zu lassen.

„Bedenke", hatte Litz gebetsmühlenartig wiederholt „sie ist deine Frau. Du wirst deinen Ruf ruinieren und den Respekt, den man dir zollt, einbüßen, wenn du dir so offenkundig von deinem Weib auf der Nase herumtanzen lässt. Sie ist eine Frau und es gehört sich einfach nicht."

Leopold trank einen Schluck und atmete schwer. Neulich, bei seinem Gespräch mit Edith, hatte er genauso geklungen wie Litz. Er hatte sie von oben herab behandelt und auf ihre Stellung hingewiesen. Aber er war in diesem Augenblick davon überzeugt gewesen, dass er recht hatte. Urteilte er nach zweierlei Maßstäben? Warum gestand er seiner Frau Freiheiten zu, wünschte sie sich sogar von ihr, und verwehrte sie seiner Nichte? Hätte Ziegler einen Sohn mit Ediths Interessen, er zögerte nicht, ihn in sein Unternehmen zu holen.

Er trank noch einen Schluck und sah dem Fahrzeug, das nun das Fabrikgelände verließ, nach. War es nicht ein Geschenk und eine Gabe, dass sie sich für sein Geschäft begeisterte und über so viel Verstand verfügte? Es tat ihm leid, was er ihr gesagt hatte. Er hätte seine Worte zuvor überlegen und nicht zu hart wählen sollen. Wie konnte er es wiedergutmachen? Vielleicht wollte Edith das Autofahren erlernen? Er würde sich darüber noch am selben Abend mit Luise beraten.

Es gab in der näheren Umgebung noch genau ein Tanzcafé. Die Preise waren exorbitant und es verkehrten weniger Gäste darin als erwartet. Einige junge Geschäftsleute aus Belgien und eine Gruppe Amerikaner ließen es sich gutgehen. Sie tranken ungehemmt, feierten wild und spielten ihre Spielchen mit dem Personal. Die Damen von der Bedienung verbrachten viel Zeit auf den Schößen der Herren. Diese wiederum bezahlten den Pianisten für jedes Stück, das er auf ihren Wunsch hin spielte, mit Ein-Dollar-Scheinen. Woraufhin der arme Mann unter lautem Gejohle in die Tasten schlug, als ginge es um sein Leben.

Edith und Ursula tanzten einige Male mit den Belgiern, die ganz versessen darauf waren, sich näher mit ihnen anzufreunden und sie hinterher zu Limonade und Champagner einzuladen. Es kam jedoch kein richtiges Vergnügen auf. Ursula und Luise fühlten sich deplatziert. Auch Edith, die als Einzige Champagner trank und rauchte, stellte bald fest, dass sie diese Art von Vergnügen in den letzten Wochen keineswegs vermisst hatte. Also entschieden die drei schon nach kurzer Zeit, wieder nach Hause zu fahren.

Es war noch hell, als sie aus dem Lokal traten. Vereinzelt fuhren Männer mit Fahrrädern vorüber, ein Pferdegespann passierte und dann erblickte Edith, etwas versetzt auf der gegenüberliegenden Straßenseite, einige junge Frauen. Im ersten Moment glaubte sie, bei einer von ihnen handelte es sich um Wilhelmine Krings aus der Fabrik. Die Frau trug ihr Haar jedoch offen und auch ihr Gesicht war nur kurz zu sehen gewesen. Also verwarf Edith den Gedanken wieder. Die

Frauen dort an der Gasse warteten offenbar auf jemanden, sahen sich immer wieder um, bis ein Herr in gesetztem Alter, vornehm gekleidet mit Zylinder und Gehrock, sich näherte und die Aufmerksamkeit der jungen Frauen erregte. Die mit dem offenen blonden Haar sprach einige Worte mit ihm, dann gingen sie gemeinsam in die anliegende Gasse. Waren es etwa ...? Edith hatte bereits davon gehört, aber nun, da sie sich im realen Leben damit konfrontiert sah, wusste sie nicht, was sie glauben sollte.

„Kommt, das sollte uns nicht interessieren", hörte sie Tante Luise leise neben sich sagen. Im nächsten Moment hatte sie sich auch schon bei Edith eingehakt und dirigierte sie zügig zum Fahrzeug.

Jede von ihnen hing während der Rückfahrt ihren eigenen Gedanken über diesen seltsamen, kurzen Vergnügungsabend nach. Bis zur Hälfte des Heimweges hatten sich schwere Trübsal und Stille zwischen ihnen ausgebreitet. Es war kaum auszuhalten und Luise wurde von Abschiedsschmerz heimgesucht. Sie fuhr langsam, schnupfte leicht in ein Taschentuch und wischte sich eine vorwitzige Träne aus dem Augenwinkel.

„Ich werde euch vermissen. Vielleicht kommt ihr uns im nächsten Sommer noch einmal besuchen?"

10

Überraschend gut gelaunt stand Leopold zwei Wochen später neben dem Esstisch. Die Daumen wie immer hinter die Hosenträger geklemmt, erwartete er, dass sich die drei Damen des Hauses zum Frühstück einfanden.

„Meine Damen, darf ich bitten", begann Leopold seine kleine Ansprache, als Luise, Edith und Ursula das Zimmer betreten hatten.

„Setzt euch, ich habe etwas zu verkünden." Leopold bot ihnen nacheinander Platz an, schob ihnen die Stühle zurecht und setzte sich anschließend auf seinen Platz am Kopf der Tafel.

„Nun seid ihr schon so lange zu Gast und ich habe mein erstes Versprechen noch immer nicht eingelöst. Ich wollte euch noch nach Köln ausführen. Nun denn, heute ist es so weit. Ich führe euch zum Dom, wir flanieren am Rhein und im Anschluss nehmen wir ein vortreffliches Abendessen zu uns."

Er machte eine Kunstpause und erfreute sich an den überraschten Blicken, die ihn erreichten.

„Ihr fragt euch, was mir die Laune so anhebt? Greift zu!" Er deutete auf die frischen Wecken, eines für jede, und wartete, bis Marie alle Tassen mit Kaffee gefüllt hatte. Dann bestrich er sein Frühstücksbrötchen mit etwas Butter und Erdbeermarmelade und fuhr munter fort.

„Wir übernehmen auch die restlichen Aufträge von Litz. Der Anwalt seiner Witwe hat es mir zugesagt. Ich werde noch heute die Verträge unterzeichnen lassen. Ganz in der Nähe gibt es ein Restaurant, wohin Litz seine Gattin einige Male ausgeführt hat. Dort wird herzhaft aufgetischt und ich möchte euch in Gedenken an Rudolf und mit Blick in die Zukunft dorthin ausführen.“

„Ach Leopold, das klingt wunderbar“, erwiderte Luise mit einem zufriedenen Lächeln. „Ich werde mich gleich um die Erfrischungen kümmern, damit uns die Sonne nicht allzu sehr zu schaffen macht.“

„Gut, dann ist es beschlossene Sache. Wir fahren um zwei. Ich werde Hubert entsprechend instruieren. Fräulein Dahmen und Reichenshagen schicke ich heute früher nach Hause. Das wird sie freuen.“

Edith lächelte ebenfalls, doch der Ausflug nach Köln war zweitrangig. In Gedanken war sie bereits in der Fabrik und bei Franz. Er hatte versprochen, ihr heute einen der Elektromotoren aus der Weberei zu zeigen. Es waren vor vier Jahren zwei davon angeschafft worden. Sie fielen jedoch zuverlässig abwechselnd immer wieder aus und mussten repariert werden. Sie hatte bereits so viel gelernt und war es noch lange nicht leid – im Gegenteil.

Ihr war in den vergangen Wochen aber auch klar geworden, dass es kaum möglich wäre, eine eigene Fabrik zu errichten oder zu erwerben. Auch ohne Krise würde sie bei den Banken keinen Kredit erhalten. Niemand würde mit ihr Geschäfte machen, weil sie jung, vor allem aber eine Frau war. Diese Ungerechtigkeit brachte sie regelmäßig zur Verzweiflung. Da sie mit niemandem darüber sprechen konnte, hatte sie sich in ausgedehnte Spaziergänge geflüchtet. Edith suchte mit aller Ernsthaftigkeit nach einem Weg, hier in Kerchheim zu bleiben und an Leopolds Seite in der Fabrik zu arbeiten.

Sie warf Ursula einen kurzen Blick über den Tisch zu. Sie hatte sich sehr zu ihrem Vorteil verändert. Sie war nicht mehr so steif und ernst. Ihre Haltung war selbstredend immer noch übertrieben aufrecht, sie strickte und häkelte, was das Zeug hielt, nähte seit Neuestem hübsche Schürzen und Kleider, aus dem Stoff, den ihr Leopold überließ. Zwischen alldem wirkte sie gelöst und leitete zudem die Suppenküche. Ursula war tüchtig und wie von einer schweren Last befreit. Ihre Haut hatte durch die Sommertage auf der Terrasse einen zarten Braunton angenommen. Das ließ sie lebendiger und gesünder erscheinen. Auch ergriff sie nun hin und wieder zuerst das Wort. Nicht erst, wenn jemand eine Antwort von ihr erwartete. Aber Ursula wollte wieder nach Hause, freute sich auf Berlin, Mutter und Vater und vor allem auf die geplanten Festlichkeiten und, was Edith seltsam erschien, sie fragte nicht, wie es wohl nach ihrer Abreise mit der täglichen Versorgung durch mittlerweile Runkelrübensuppe weiterging.

Sobald das Frühstück beendet war, lief Edith ins Kontor, wo sie mit Franz verabredet war. Als sie aus dem Wohnhaus in den Hof trat, liefen die Arbeiter gerade wieder eilig an ihre Plätze. Der Heizer schaufelte Nachschub aus dem zusammengeschrumpften Kohlevorrat in seine Karre. Das ihr so vertraut gewordene gleichmäßige Dröhnen der Maschinen erfüllte die Luft und Edith dachte wehmütig daran, dass sie diesen Lärm vermissen würde.

Sie lächelte in freudiger Erwartung, als sich die Tür des Kontors öffnete, doch heraus trat nicht Franz, sondern Hubert. Er blieb stehen, steckte die Hände in die Hosentaschen und musterte Edith eindringlich.

„Das hübsche Fräulein Ziegler." Er leckte sich über die Lippen.

„Guten Tag", entgegnete Edith und warf ihm einen argwöhnischen Blick zu.

Er musterte sie unverwandt, zog eine Zigarette hervor und zündete sie sich an. Er hielt den Glimmstängel zwischen Daumen und Mittelfinger fest und führt ihn lässig zum Mund. Dann sog er genüsslich den Rauch ein und blies ihn Edith ungeniert ins Gesicht.

„Wann machen Sie endlich einmal einen Rundgang mit mir, wo Sie doch so interessiert an allem sind?" Er schnalzte mit der Zunge.

„Danke, ich komme zurecht." Sie hielt den Atem an, verzog den Mund zu einem steifen Lächeln und hielt seinem Blick stand. So standen sie einige Sekunden, bis Hubert sich plötzlich die unrasierte Wange kratzte und ihr zunickte. „Fräulein Ziegler ..." Er ging eilig, überquerte den Hof und verschwand in der Spinnerei.

Edith holte tief Luft und sah ihm nach. Dabei entdeckte sie ihren Onkel und ihr wurde klar, dass er der Grund für Huberts schnellen Abgang war. Leopold Geldermann hielt große Stücke auf seinen Vorarbeiter, hielt ihm zugute, dass er streng war. Ebenso erwartete er von ihm, dass er sich keine Bummeleien erlaubte.

„Ein unangenehmer Zeitgenosse", stellte Edith flüsternd fest. Hubert war berechnend. Er wusste genau, was er tun und lassen musste, um in der Gunst ihres Onkels emporzusteigen.

Wenige Minuten später bog Franz auf seinem Fahrrad endlich in die Hofeinfahrt. Seine Aktentasche aus abgewetztem braunen Leder baumelte wie immer an seinem Lenker.

„Verzeihen Sie, dass ich zu spät bin, Fräulein Edith."

Sie schenkte ihm ein ehrliches Lächeln und wartete, bis er das Rad abgestellt, die Mütze abgenommen und sich die Tasche unter den Arm geklemmt hatte. Bergemann trug wie immer einen braunen Sommeranzug. Auf seinen Schuhen, sonst immer akkurat geputzt, hatte sich eine dünne Staubschicht niedergelassen.

„Ich hoffe, ich habe Sie nicht verärgert", äußerte er etwas verlegen, aber Edith zuckte nur mit den Schultern.

„Wie wäre es, wenn wir jetzt in die Weberei gingen und Sie mir auf dem Weg dorthin erzählten, was Sie aufgehalten hat? Dann überlege ich mir, ob es sich lohnt, darüber verstimmt zu sein." Dabei warf sie ihm einen munteren Blick zu, der besagte: *nur keine Ausflüchte*.

Schon als sie die Treppe zur Weberei erreichten, vernahm Edith das ihr so vertraute rhythmische Rattern der Webstühle und das laute Knallen der Webschützen, wenn sie mit hoher Geschwindigkeit die Schussfäden durch die Kettfäden brachten und in den Holzkästen auftrafen, die der rasanten Geschwindigkeit Einhalt geboten.

Vier Männer arbeiteten hochkonzentriert an ihren Webstühlen und sprachen kein Wort miteinander.

Selbst wenn sie gewollt hätten, wäre es mühsam gewesen, den Lärm zu übertönen. Außerdem hatten sie alle Hände voll zu tun, um die Webstühle zu justieren und die vielen Fäden im Auge zu behalten. Edith wusste bereits, dass die Weber eine Klasse für sich waren. Sie blieben immer unter sich und arbeiteten ohne Unterlass. Sie wurden im Akkord bezahlt und verdienten im Vergleich zum Färber oder den Spinnern und Wäschern ein stattliches Sümmchen, das sie vor der größten Armut bewahrte.

Der Raum unter dem Dach war in drei Bereiche aufgeteilt: Auf der einen Seite befanden sich die Webstühle, auf der anderen wurden die fertig gefärbten Garne für die weitere Verwendung gelagert. In der Mitte befand sich die Fertigappretur. Hier, so wusste Edith bereits, bekamen die Stoffe ihre Schlussbehandlung. Sie wurden veredelt, bis sie die gewünschte Glätte und Geschmeidigkeit hatten.

Sie folgte dem Ingenieur bis zu dem klobigen Elektromotor, der im restlichen Arbeitsgetöse einen unscheinbaren und vor allem leblosen Eindruck machte. Obwohl sie sehr interessiert an Bergemanns Ausführungen war, musste sie doch immer wieder über seine Schulter hinweg zu den Frauen blicken. Die Stoffe, die gerade hergestellt wurden, mussten besonders strapazierfähig sein, sie waren steif und vor allem schwer. Es sah ausgesprochen mühsam aus.

Eine der drei Frauen war Wilhelmine Krings. Die zarte Person bemühte sich, die Stoffbahnen auszumessen, zu Ballen zusammenzuwickeln und abholbereit zu machen. Wilhelmine, die jüngste der Frauen, war diejenige, die die schmale Treppe hinunterlaufen musste, um die Arbeiter zu informieren, dass die Ballen nun abgeholt werden konnten.

„Halten Sie das doch bitte mal auf", holte Bergemann sie aus ihren Gedanken und reichte Edith ein sauberes und akkurat zusammengefaltetes Taschentuch hin.

Sie nahm es, entfaltete es wie geheißen und breitete es auf ihren Handflächen aus. Dann beobachtete sie jeden von Franz' Handgriffen, als er verschiedene Schrauben aus dem Gehäuse des Motors löste und vorsichtig auf den Stoff legte. Sie besah jede seiner akribischen Bewegungen. Ohne aufzublicken, hörte Edith, wie ein paar Männer polternd die Treppe hinaufstiegen und sich schwere Stoffpakete auf die Schulter luden. Sie schimpften, das kannte Edith schon, denn sie mussten einige Male hoch und wieder hinuntergehen. Die einzelnen Ballen waren nicht nur schwer, sondern der Weg die Treppe hinunter auch steil und schmal. Es wäre gar nicht möglich gewesen, mehr Stoff mit einem Mal hinunterzutragen.

„Bravo", lobte Franz, nachdem alle Schrauben und Muttern gelöst waren, kam aber nicht weiter, denn plötzlich durchbrach ein anderes unbekanntes Geräusch den Routinelärm und es herrschte urplötzlich wilde Aufregung. Edith faltete das Stofftuch mit einem Griff zusammen, schob es in ihre Hosentasche und sprang auf.

Im nächsten Augenblick liefen sie, Franz und alle anderen Anwesenden hinüber zu den Webern. Dort lag im Durchgang neben den Webstühlen ein zusammengekrümmtes Bündel Mensch auf dem Boden. Das Gesicht war von Blut überströmt, sah seltsam entstellt aus und die Person bewegte sich nicht.

„Um Himmels willen!", riefen die Frauen durcheinander.

„Ist er tot?" rief einer der anderen Weber, die sofort ihre Webstühle angehalten hatten.

Einer kniete auf dem Boden. „Er atmet, wir müssen ihn runterschaffen!"

Gemeinsam hoben sie den Verletzten hoch und trugen ihn die steile Treppe hinunter. Das Blut des Verunfallten tropfte dabei aus dem zerstörten Gesicht auf die Holzdielen und auf die Kleidung der Helfer. Edith erkannte, dass es sich bei dem Opfer um Walter Esser, den Ältesten von ihnen, einen sehr erfahrenen Weber, handelte und fragte sich, wie es nur zu dem Unglück hatte kommen können.

Nacheinander stiegen alle die Stufen hinab. Die Maschinen waren ausgestellt, die Antriebsriemen liefen monoton weiter. Ediths Beine zitterten vor Aufregung.

„Ob er stirbt?", hörte sie eine der Frauen hinter sich raunen und eine andere antwortete: „Das sieht jedenfalls nicht gut aus."

Unten im Hof angekommen, war die Nachricht bereits zur gesamten Belegschaft durchgedrungen. Männer und Frauen standen im Kreis und starrten auf den am Boden liegenden Verletzten, der langsam wieder zu Bewusstsein kam und vor Schmerzen stöhnte. Sie murmelten aufgeregt. Wilhelmine hatte sich neben ihn gehockt, sprach ihm gut zu und versuchte das Blut mit einem Tuch aufzufangen. Das Gesicht des Webers war entsetzlich entstellt. Der Unterkiefer war stark deformiert, das Auge blutverklebt und auf furchtbare Weise zugeschwollen. Das, was Edith jedoch am schlimmsten fand, war das riesige Loch, das in Walters linker Wange klaffte und den Blick auf einige Zahnstummel im Oberkiefer freigab. Sie ging zu ihnen, um ebenfalls Beistand zu leisten. Ihre Hände zitterten, als sie die raue, von Alter und Arbeit gezeichnete schmale Hand des Webers zwischen ihre Hände nahm.

„Ruhig, Walter. Wir kümmern uns. Alles wird wieder gut", flüsterte Wilhelmine immer wieder. Doch als Edith in das entsetzte Gesicht der jungen Frau blickte, glaubte sie ihr kein Wort.

„Haut ab, macht doch mal Platz!" Huberts eindringliche Stimme ertönte und sofort traten sie auseinander, um dem Vorarbeiter Platz zu machen. Er ging mit erschreckender Nüchternheit zu dem Verletzten, stellte sich in seiner typischen Pose, die Beine breit, die Fäuste in die Seiten gestemmt, auf und betrachtete den Alten von oben herab. Für den Bruchteil einer Sekunde, das würde Edith bei ihrem Leben schwören, zuckte Huberts Mundwinkel amüsiert. Dann sah er sich um und begann in aller Ruhe Anweisungen zu geben.

„Emil, Carl und Herrmann, ihr holt den Karren und bringt Walter nach Hause. Hennes, du läufst zu Doktor Hollmann. Der kann sich die Misere anschauen und Walters Frau wird sich um den Rest kümmern."

Sofort lief ein junger Bursche davon. Dann war er wohl Hennes, dachte Edith. Die anderen drei holten den hölzernen Schubkarren heran und luden den jammernden Alten hinauf. Wilhelmine legte vorsichtig das blutige Tuch neben Walters Kopf und trat beiseite. Die Männer verloren keine Zeit. Einer von ihnen begann zu schieben, während die anderen beiden links und rechts neben dem Schubkarren hergingen.

„So, und der Rest macht sich verdammt noch mal wieder an die Arbeit!" blaffte Hubert.

Jetzt erst wendete Edith ihren Blick von ihm und entdeckte Leopold, der mit rot geflecktem Gesicht vor dem Eingang zum Kontor stand. Über ihm, aus dem Fenster des Buchhaltungsbüros im ersten Stock, schaute Reichenshagen auf das Geschehen. Nachdem der Schubkarren außer Sicht und die Männer und Frauen wieder an die Arbeit gegangen waren, verschwand dessen Kopf wieder.

„Kommt", rief Leopold Edith, Hubert und Franz zu sich, die bis dahin noch unschlüssig auf dem Hof gestanden hatten.

Sie setzten sich in Bewegung und wenig später erinnerte nur noch ein roter Fleck auf dem Beton, den die Sonne trocknete und den schon bald der Regen fortspülen würde, an das Geschehene.

„Setzt euch", forderte Leopold, zeigte auf zwei leere Stühle und wischte sich mit einem Tuch den Schweiß aus Stirn und Nacken.

Es war seltsam ruhig im Raum. Edith konzentrierte sich darauf, gleichmäßig zu atmen. Über sich vernahmen sie die Schritte von Reichenshagen. Er lief unruhig in seinem Büro auf und ab. Leopold öffnete die oberen zwei Knöpfe seines Hemds und nestelte ein Band hervor, das er um den Hals trug. Es war ein kleiner Schlüssel daran befestigt. Er lief zu einem der Schränke und schloss auf. Dann holte er eine Flasche Schnaps hervor und stellte sie auf seinen Schreibtisch. Es folgten sechs Gläser, die er in einer Reihe aufstellte und befüllte.

Beim letzten zögerte er etwas, gab dann ein undefiniertes Schnauben von sich und goss für Edith ebenfalls ein.

Mit zusammengepressten Lippen verschloss er die Flasche wieder und verstaute sie im Schrank.

Reichenshagens Schritte waren auf der Treppe zu hören. Gleich darauf fand er sich bei den anderen ein. Er hielt seinen Hut fest umklammert und blickte fragend in die Runde.

Leopold ging zurück zu seinem Schreibtisch, nahm zwei Gläser und übergab sie den Frauen. Die anderen reichte er Bergemann, Hubert und Reichenshagen, dann nahm er selbst an seinem Schreibpult Platz und hob das Glas. Er sprach wie erschlagen.

„Hoffen wir das Beste. Der Doktor wird uns benachrichtigen." Er kippte den Schnaps hinter und räusperte sich. „Wird Zeit, dass wir ein Telefon bekommen." Er blickte erwartungsvoll in die Runde und wartete, bis alle Gläser geleert waren, aber niemand ging auf seine Bemerkung ein.

„War jemand dabei?", wollte er schließlich wissen.

„Ja, ich." Franz nickte.

„Ich auch", meldete sich Edith zu Wort.

„Dann erzählen Sie mal, obwohl ich es mir schon fast denken kann." Leopold legte beide Handflächen auf dem Pult ab und lehnte sich nach hinten.

„Es ist wohl wieder einmal einer der Schützen aus dem Webstuhl geflogen und hat Walter Esser unglücklich im Gesicht getroffen."

„Ja. Genau so habe ich es mir gedacht. Ausgerechnet Walter. Der ist so erfahren, wie kann er sich nur in die Schusslinie stellen? Er muss doch wissen, dass so ein

Stück Holz zum Geschoss werden kann, herrjeh." Leopold begann mit den Fingern auf der Schreibplatte zu trommeln.

Edith beobachtete alle Anwesenden, wie sie nach und nach ihre Gläser leerten und sie wieder auf dem Tisch abstellten. Eine merkwürdige Runde. Sie spendeten sich Trost, munterten sich mit Schnaps auf und taten sich leid, dabei war doch der Weber hier derjenige, der ihnen leidtun sollte.

„Schlimme Sache", erklärte ihr Onkel schließlich. „Warten wir ab, ob er es übersteht und was der Arzt sagt. Bis dahin machen wir hier erst einmal weiter." Er zog einen Stapel Papiere hervor und begann ohne Umschweife eifrig darin zu lesen. Nach und nach löste sich die Gruppe auf.

Reichenshagen stieg behäbig die Treppenstufen hinauf. Frau Dahmen begann einzelne Buchstaben zu tippen und Franz warf Edith einen traurigen Blick zu, bevor er den Raum verließ. Durch das Fenster beobachtete sie ihn, wie er zurück in die Fabrik lief. Warum hatte er sie zurückgelassen? War die Arbeit am Motor passé?

„Ich gehe zu Ursi und Tante Luise", erklärte Edith. Sie hatte ihr Glas ebenfalls ausgetrunken. Es hatte scheußlich geschmeckt. Jetzt, nachdem die erste Aufregung vorbei und Franz ohne sie gegangen war, wollte sie sich nur noch hinlegen und für ein paar Minuten die Augen schließen. Das entstellte Gesicht des Webers wollte nicht aus ihrem Kopf.

Leopold erwiderte nichts und so verließ sie das Kontor ebenfalls. Als sie in die gleißende Mittagssonne trat, ließ die Kraft in ihren Beinen nach. Sie versuchte sich an der Fensterbank festzuhalten. Gerade als sie fürchtete, sie falle, wurde sie von hinten gepackt und Huberts Stimme dröhnte sehr nah an ihrem Ohr.

„Na so was, Fräulein Ziegler. Ich wusste doch, dass das mit uns mal was wird."

Erschrocken und angewidert richtete Edith sich auf und machte sich von ihm los. „Was fällt ihnen ein!", zischte sie ihn an und lief, noch immer etwas benommen, zum Eingang des Wohnhauses.

Sie fand ihre Schwester und Tante am Tisch sitzend, schweigend. Natürlich hatten sie mitbekommen, was vorgefallen war. Luise hob den Blick.

„Edith, Liebes! Wie geht es dir? Mein Gott, du siehst kreidebleich aus." Mit wenigen Schritten war sie bei ihr und legte den Arm um die junge Frau.

„Mir geht es gut, bin nur etwas wackelig auf den Beinen. Ich lege mich hin und dann beruhigt sich der Kreislauf schon wieder."

Tante Luise reckte ihre Nase nah an Ediths Gesicht. „Die Flasche aus dem Kontor? Wie viel hat Leopold dir gegeben?" Ihr Tonfall verriet nichts darüber, wie sie zu ihrer Entdeckung stand.

„Nur einen kleinen Schluck, aber das ist es nicht. Ich habe noch nie eine derartige Verletzung gesehen", gab Edith unumwunden zu.

„Dann solltest du dich unbedingt hinlegen. Das Gebräu und die Aufregung in der Sommerhitze sind keine gute Mischung."

Edith nickte, stieg die Treppe hoch und trat in das Schlafzimmer der Mädchen. Als sie an sich herunterblickte, entdeckte sie Staub- und Blutflecken auf Hose und Bluse. Sie beschloss, die Kleidung zu wechseln. Als sie die Hose auszog, fühlte sie Franz Bergemanns Tuch mit den Schrauben in ihrer Hosentasche. Sie hatte sie, als der Unfall geschah, schnell in die Tasche gestopft und bis jetzt vergessen. Vorsichtig legte Edith das Tuch samt Inhalt auf dem kleinen Tisch ab. Sie würde Franz die Sachen später wiedergeben.

Dann wusch sie sich die Hände und das Gesicht, zog eines ihrer Kleider über und legte sich aufs Bett, um einige Minuten auszuruhen. Doch das blutüberströmte und zerstörte Gesicht des Webers erschien vor ihrem inneren Auge, sobald sie die Lider schloss. Ihre Gedanken kreisten um das Geschehene. Hätte der Unfall verhindert werden können? Was konnte in Zukunft getan werden? Wie ging es mit Walter weiter? Was, wenn er starb? Selbst wenn er alles überstand, so würde er sein Leben lang gezeichnet sein und sehr lange nicht arbeiten können.

Endlich schlief sie ein und erwachte erst wieder, als sich die Matratze bewegte, weil sich jemand zu ihr aufs Bett setzte. Edith blickte sich irritiert um und rieb sich die Augen.

„Ursi?"

„Das Abendessen ist fertig. Wie geht es dir? Möchtest du zu uns hinunterkommen und etwas essen?"

„Du liebe Zeit, wie lange habe ich geschlafen?" Edith rieb sich das Gesicht und reckte sich. Sofort fiel ihr wieder ein, was geschehen war.

„Gibt es Neuigkeiten?"

„Da fragst du am besten Onkel Leopold. Komm jetzt runter, ich habe Hunger und freue mich auf deine Gesellschaft." Ursula streichelte ihrer jüngeren Schwester fürsorglich über die Schulter.

Edith saß am Tisch, aber der Appetit wollte sich nicht recht einstellen. Sie war noch immer schockiert von den Ereignissen des Tages.

„Walters Verletzungen sind ernst, aber nicht lebensbedrohlich. Er wird eine Weile ausfallen. Wir werden einen Ersatz benötigen, damit wir die anstehenden Aufträge rechtzeitig fertigstellen können. Hubert hört sich um. Ich bin froh, dass er bei uns ist."

Edith hatte den Ausführungen ihres Onkels aufmerksam zugehört. Der letzte Satz verärgerte sie, aber sie entschied, sich nicht darüber zu äußern. Stattdessen überlegte sie, wie die Arbeitsplätze der Weber, der Arbeiter allgemein, sicherer gestaltet werden konnten.

„Wie geht es im Garten voran? Kannst du mir gute Nachrichten bringen?" Leopold wandte sich mit einem Wechsel des Themas an seine Gattin.

„In der Tat. Die Bohnen tragen noch und die Kohlköpfe sehen vielversprechend aus. Ich denke, wir sehen einer ausgesprochenen Sauerkrautsaison entgegen. Trotz des hohen Verbrauchs ist unser Kartoffelvorrat in diesem Jahr ansehnlich und wird noch wachsen. Nur der Lauch macht mir etwas Sorgen. Sie lächelte und nahm erfreut zur Kenntnis, dass auch ihr Mann ein winziges Lächeln zustande brachte.

„Ich würde gern noch etwas spazieren gehen. Ursi, hast du Lust, mich zu begleiten?", fragte Edith.

Überrascht sah Ursula auf und nickte.

Sie gingen durch die Veranda hinaus in den Garten und passierten eine unscheinbare Pforte am Ende des Zauns, die es ihnen ermöglichte, direkt an den Feldweg zu gelangen, ohne über das Fabrikgelände zu gehen.

Einige Minuten spazierten die jungen Frauen schweigend nebeneinander her. Die Abendsonne senkte sich langsam hinab und zeigte ein kräftiges Goldgelb, das die trockenen Gräser und Rispen in ein leuchtendes, warmes Licht tauchte. Die Grillen zirpten im Gras. In der Nähe sang eine Schwarzdrossel und aus einiger Entfernung schien ihr eine andere Schwarzdrossel zu antworten.

„Hörst du? Sie unterhalten sich." Edith wandte sich an ihre Schwester, die gleich darauf einging.

„Ja genau. Sie unterhalten sich. Ich hatte das Gefühl, dass du dich auch mit mir unterhalten möchtest. Geht es dir nicht gut? Möchtest du mit mir über den Unfall sprechen?"

„Nein ... also erst dachte ich schon, aber jetzt genieße ich es einfach, mit dir hier durch die Landschaft zu gehen, die Luft zu atmen und mich an der Natur zu erfreuen."

„Na sowas, so demütig? Das klingt aber gar nicht nach meiner aufmüpfigen und rebellischen Schwester. Ich gestehe, dass ich mir ein wenig Sorgen mache."

„Siehst du, ich bin eben immer wieder für eine Überraschung gut."

„Da widerspreche ich dir nicht." Ursula grinste Edith an und begann dann, ein paar Feldblumen zu pflücken.

„Kaum zu glauben, dass wir schon so lange hier sind. Es kommt mir vor, als seien wir erst vor wenigen Tagen mit dem Zug angekommen." Edith pflückte ebenfalls eine Blume und steckte sie sich ins Haar.

„Ich finde, dass du dich verändert hast, seit wir hier sind", führte Ursula das Gespräch fort.

„Du hast dir schon lange nicht mehr den Mund über
die Politiker und Möchtegernwissenschaftler zerris-
sen. Du bist entweder in der Fabrik oder arbeitest im
Kontor. Ich glaube, du liest nicht einmal mehr Zeitung,
oder irre ich mich?“

„Doch, ich lese schon noch, aber du hast recht. Jetzt
sind es die Textil-Zeitung und die aktuellen Kohle-
preise, die mich interessieren. Du kannst dir gar nicht
vorstellen, wie umfangreich und interessant die Tuchindustrie ist. Kürzlich erst habe ich einen ausführlichen Bericht über den Rohseidenmarkt gelesen.“

„Man höre und staune - die wilde Schwester kommt
zur Ruhe. Wenn das so weitergeht, bist du verheiratet
und trägst dein erstes Kind unter dem Herzen, bevor du
deine Koffer in Berlin ausgepackt hast.“

Edith blieb stehen und suchte nach den richtigen
Worten.

„Mag sein, dass ich etwas ruhiger geworden bin, nicht
mehr so wild und rebellisch. Ja, ich habe mich verändert, aber ich werde dennoch keinen dieser Schnösel in
Berlin heiraten und mich zur treusorgenden Gattin
und Mutter machen lassen. Ich habe meine Prinzipien.“
Sie öffnete den Mund, um noch etwas zu sagen, überlegte es sich jedoch anders und nahm sich stattdessen
die Blume aus dem Haar, um sie in Ursulas zu stecken.
„Meine liebe Ursi, das, was für dich gut und richtig ist,
ist eben nicht der für mich bestimmte Lebensweg.“

„Und weißt du denn schon, wohin dich dein Lebensweg führen wird? Du musst irgendetwas mit deinem
Leben anfangen, wenn wir wieder zu Hause sind.“

„Weißt du, Ursula, ich denke, ich möchte nicht wieder
zurück nach Berlin. Ich möchte viel lieber hierbleiben.

Die Arbeit, einfach alles rund um die Fabrik, macht mir Spaß, erfüllt mich mit Freude und ist aufregend. Selbst der heutige Tag in seinem Schrecken war eine wunderbare, aufregende Erfahrung. Ich möchte die Tuchfabrik nicht mehr missen."

„Wie stellst du dir das vor? Abgesehen davon, dass Onkel Leopold dich nicht einmal bezahlt, kannst du doch nicht einfach beschließen, weiter hier zu wohnen."

„Du hast recht. Ich werde es langsam angehen müssen und in Ruhe das Gespräch mit Onkel Leopold suchen. Aber wenn ich erst zurück nach Berlin gehe, und – malen wir den Teufel nicht an die Wand – verheiratet werde, ist es aus mit der Selbstständigkeit. Ich werde dann zu Hause bleiben und wie in alten Zeiten Herd und Kinder hüten müssen. Ich fürchte, Vater wird es mir nicht erlauben, arbeiten zu gehen."

11

Drei Wochen vor der Rückreise nach Berlin wurde der Ausflug nach Köln doch noch nachgeholt. Das Ehepaar Geldermann und die Schwestern fuhren im Automobil in die Stadt. Dort angekommen, folgte zunächst die fast schon obligatorische Besichtigung des imposanten Kölner Doms. Vor fast dreiunddreißig Jahren konnte der Jahrhunderte andauernde Bau endlich vollendet werden. Die Feierlichkeiten zu diesem Anlass standen kurz bevor, was sich anhand einer Vielzahl von Plakaten erahnen ließ. Im Anschluss an die Besichtigung folgte eine spektakuläre Fahrt über die Hohenzollernbrücke.

„Ich kann auf meiner Seite das Wasser überhaupt nicht sehen", beschwerte sich Edith von der Rückbank.

„Dann schau auf meiner Seite heraus." Ursula lehnte sich zurück. „Hier hast du einen formidablen Blick auf den Rhein."

Leopold war an diesem Tag ruhiger als sonst, gedankenversunken, beinahe zerstreut, auch wenn er sich aus Leibeskräften mühte, ein guter Gastgeber und Reiseführer zu sein. Edith ahnte, woher seine Stimmung rührte. Sie hatte unbeabsichtigt ein Gespräch zwischen ihm und Hubert angehört. Sie wusste, dass der neue Weber, der als vorübergehender Ersatz für den Verunfallten arbeitete, in der Tuchfabrik Geldermann für Unruhe sorgte. Er klagte, wo es ging, über die schlechten

Arbeitsbedingungen, die veralteten Maschinen und die geringe Produktivität im Vergleich zu seiner früheren Arbeitsstelle. Edith war auf dem Weg zu Leopold gewesen, um ihn in aller Ruhe zu bitten, noch etwas länger in Kerchheim bleiben zu können, vielleicht sogar bis zum Jahresende. Doch dieses Anliegen hatte sie nicht vor Hubert Dietrich mit ihrem Onkel besprechen wollen und irgendwie hatte sich dann keine geeignete Gelegenheit mehr geboten.

Auch jetzt schien sich nicht der richtige Augenblick zu ergeben, weder als sie am Ufer des Rheins flanierten, noch als sie die Erfrischungen zu sich nahmen, die Ursula und Tante Luise vorbereitet hatten und die Emil im Korb hinübertrug.

Zum Mittagessen ging es in die Venloer Straße, zu eben diesem gutbürgerlichen Lokal, von dem Litz Leopold immer vorgeschwärmt hatte. Das Haus bewirtete mit traditioneller Kölscher Küche und wurde seit über fünfzehn Jahren von den Eheleuten Scholzen geführt. Sie hatten damals den *Ehrenfelder Hof* erworben und bewirtschafteten das Gasthaus nun gemeinsam.

Edith beobachtete Frau Scholzen interessiert und überlegte, ob sie den Betrieb auch ohne ihren Gatten hätte erwerben und bewirtschaften können. Nachdem die Gleichberechtigung der Frauen in der Verfassung verankert worden war, musste es doch möglich sein, dass auch Frauen Betriebe erwarben, oder nicht?

Der Gedanke, sich beruflich unabhängig zu machen, allein für sich einzustehen und eine führende Position in der Tuchfabrik einzunehmen, ließ Edith nicht mehr los. Umso mehr beschäftigte es sie, dass Hubert, bester Vorarbeiter und Leopolds rechte Hand, immer mehr

Befugnisse bekam. Sie hatte Angst, dass er sich, gerade vor dem Hintergrund, dass Leopold und Luise keine Kinder hatten, als künftiger Geschäftsführer anbot, wenn Leopold nicht mehr in der Lage wäre zu arbeiten. Sie musste etwas tun, bevor es zu spät war. Sie musste schnellstmöglich das Gespräch mit Leopold suchen. Zurück in Kerchheim fasste sie sich ein Herz.

„Onkel Leopold, darf ich dich noch einen Augenblick stören? Allein?" Sie hatte ihn vor der Tür zum Kontor abgepasst. Überrascht zog er die Augenbrauen hoch. „Von mir aus. Komm rein. Was gibt es denn noch?" Er hielt ihr die Tür auf, war wie immer freundlich und zuvorkommend, was Edith nicht weniger nervös machte.

„Onkel Leopold, ich weiß nicht, wie ich meine Bitte hervorbringen soll, ohne dass sie vermessen oder aufdringlich klingt."

Er setzte sich, während Edith, für ihre Verhältnisse auffällig unruhig, von einem Bein aufs andere trat.

„Liebe Edith, du wirkst ja vollkommen aufgelöst. So schlimm wird es schon nicht werden. Noch haben wir doch alles zu deiner Zufriedenheit gelöst, oder etwa nicht?" Er lächelte und neigte seinen Kopf in Richtung des Fabrikgeländes.

Sie nickte und nahm all ihren Mut zusammen. „Onkel Leopold, ich will nicht wieder zurück nach Berlin. Ich möchte gern bei euch bleiben. Ich möchte weiter hier arbeiten und bald meine eigene Fabrik aufmachen. Bitte lass mich noch eine Weile euer Gast sein, wenigstens bis zum Ende des Jahres."

Nun war es raus. Alles war gesagt und kein Wort hätte zurückgenommen werden können, selbst wenn Edith es gewollt hätte. Aber sie wollte nicht. Bittend hielt sie ihre Finger vor der Brust ineinander verschränkt und wartete mit klopfendem Herzen darauf, dass ihr Onkel irgendetwas sagte. Doch er schwieg und mit jeder Sekunde schien es schwerer, diese nichtssagende Mauer zu durchbrechen. Onkel Leopold blickte Edith traurig an.

Mit letzter Kraft versuchte sie es erneut. „Bitte."

Es war nur ein Flüstern, ein mattes, tonloses Wort, aber es erfüllte den Raum. All ihre Hoffnungen, ihr Sehnen, lagen darin und waren der Entscheidung ihres Onkels ausgeliefert.

Leopold stand auf und trat an Edith heran. Er nahm sie väterlich in den Arm und hielt sie fest, während er ruhig auf sie einsprach.

„Mein liebes Kind, ich ahnte es bereits. Glaube mir, ich wünschte, es wäre so einfach, aber das ist es nicht. Die Krise ist nicht aufzuhalten. Wohin es mit der Fabrik geht, vermag niemand zu sagen. Außerdem habe ich mit deinem Vater bereits vor längerer Zeit vereinbart, wann ihr zurückkehrt. Die Zugtickets sind gekauft. Abgesehen davon, dass sie ein Vermögen gekostet haben, ist es nicht sicher, ob ihr zu einem späteren Zeitpunkt noch nach Berlin fahren könnt. Dieses Land ist unruhiger denn je."

„Dann bleibe ich eben ganz." Edith begehrte mit dem ihr so eigenen Trotz auf. Den Kopf hatte sie sanft an die Schulter ihres Onkels gelegt. Das letzte Fünkchen Hoffnung in ihr wollte nicht verglimmen.

Vorsichtig löste Onkel Leopold sich, schob sie etwas von sich und hob ihr Kinn an, um ihr in die Augen zu sehen. „Verbrachtest du bei uns einen Sommer, den du immer in bester Erinnerung behalten wirst?"

„Natürlich, Onkel Leopold." Sie sprach mit tränenerstickter Stimme.

„Dann habe ich mein Versprechen gegenüber deinem Vater erfüllt. Es wird Zeit, heimzukehren und dich deiner Zukunft in Berlin zu stellen."

Fassungslos sah Edith ihren Onkel an, als die Tür geöffnet wurde und Tante Luise hereintrat.

„Hast du für heute nicht genug getan, Leopold? Schaut, wir haben Post aus Berlin. Ihr werdet schon sehnsüchtig erwartet." Sie hob ein handschriftlich beschriebenes Blatt in die Höhe. „Kommt, wir wollen gemeinsam eine Antwort schreiben." Erst jetzt schien sie die gedrückte Stimmung zu bemerken. „Nanu, ist etwas passiert?"

„Nein, gar nichts", erwiderte Edith hastig und fügte dann höflich hinzu: „Tante Luise, ich gehe noch einmal spazieren."

„Ganz allein? Was ist los? Hattest du für heute nicht genug Aufregung?"

„Mehr, als mir lieb ist. Nun muss ich meine Gedanken sortieren."

„Soll ich dich begleiten?" Besorgt schaute sie zwischen Edith und Leopold hin und her.

„Das ist ein großzügiges Angebot. Wenn es dir recht ist, gehe ich ein paar Schritte allein."

„Nun gut, aber bitte sei vorsichtig. Gehe nicht zu weit und sei vor Einbruch der Dunkelheit wieder da."

„Keine Sorge", sprach Leopold nun sanft dazwischen. „Sie wird pünktlich sein."

Edith war nicht weit gegangen, sondern in einiger Entfernung am Ufer des kleinen Bachs stehen geblieben, der die Fabrik, zusätzlich zum Brunnen, mit

Frischwasser versorgte und zudem auch bei der Beseitigung des Schmutzwassers half. Je nach Auftrag in der Färberei führte der Bach rotes, grünes, blaues oder auch braunes Wasser. An diesem Abend war das Wasser von trübem, dunklem Blau gefärbt, was Edith mit einiger Verwunderung zur Kenntnis nahm.

Wie konnte heute gefärbt worden sein, wo doch Onkel Leopold den Tag mit ihnen in Köln verbracht hatte? Die Rezepturen für die Farben waren Betriebsgeheimnis. Niemand außer ihm wusste davon und es wurde niemals ohne seine Aufsicht gefärbt. Darin war Leopold besonders eigen, das hatte er ihr immer wieder erklärt. Konnte es sein, dass er den unangenehmen Vorarbeiter in seine Geheimnisse eingeweiht hatte?

Sie ließ sich bedrückt an der schmalen Böschung nieder und beobachtete den Lauf des Wassers. Der frische Abendwind trug trauriges Glockengeläut aus der Ferne bis zu ihr hinüber. Edith warf dem hoch in den Himmel hinauf ragenden Fabrikschlot einen sehnsüchtigen Blick zu.

Wie konnte sie es schaffen, dass Onkel Leopold sie doch noch unter seine Fittiche nahm, ihr vertraute und sie in seine Geschäfte einbezog? Würde sie jemals in der Lage sein, eine eigene Fabrik zu gründen? Was konnte sie tun, um ihn von sich zu überzeugen? Wie konnte sie Zeit schinden?

Edith fürchtete, dass ihre Chance für immer vertan war, sobald sie erst abgereist und wieder in Berlin angekommen war. Sie musste Onkel Leopold jetzt überzeugen, aber wie?

Verärgert und enttäuscht gleichermaßen, griff sie sich eine Handvoll Kiesel aus dem Boden der Böschung, nahm einen Stein nach dem anderen in die rechte Hand und warf ihn in den Bach. Sollte denn wirklich schon alles vorüber sein? Sie wischte mit dem Handrücken eine vorwitzige Träne von ihrer Wange.

„Fräulein Edith?“

Franz’ bekannte und angenehm ruhige Stimme holte sie aus ihren Gedanken. Sie drehte sich um und sah ihn oben auf dem Weg mit seinem Fahrrad stehen. Die lederne Aktentasche hing wie üblich am Lenker. Unentschlossen sah er sie an, lächelte und sie lächelte matt zurück.

„Hallo, Franz“, grüßte sie dann, wandte sich wieder ab und warf den letzten Kiesel aus ihrer Hand ins Wasser. Es war ihr nicht recht, dass sie jemand so niedergeschlagen sah, auch nicht Franz Bergemann. Vor allem nicht er, der freundliche und hilfsbereite Ingenieur, der ihr so viel beigebracht hatte und an sie glaubte. Nicht er, der nie damit sparte, aufrichtiges Lob auszusprechen, der das Talent und die Auffassungsgabe in ihr sah.

„Ist alles in Ordnung?“

„Ja, natürlich“, erwiderte sie und wusste, dass ihre brüchige Stimme ihm etwas anderes verriet.

Sie hörte, wie er sein Fahrrad hinlegte und gleich darauf langsam die Böschung zu ihr hinunterstieg. Er setzte sich neben sie, griff sich ein paar Kiesel und begann ebenfalls damit, sie ins Wasser zu werfen.

„Recht blau heute, finden Sie nicht auch?“, begann er nach einer Weile.

„Ja, ich frage mich, wie mein Onkel es fertigbringen konnte, gleichzeitig zu färben und mit uns in Köln neben dem Rhein zu flanieren", äußerte Edith trocken und warf einen weiteren Stein.

„Mir scheint, Sie haben in den letzten Wochen viel über den Ablauf der Prozesse hier gelernt. Ich bin mir sicher, dass Sie mich etwas anderes fragen, Fräulein Edith. Sie interessiert nicht, wie ihr Onkel es fertiggebracht hat, sondern wer an seiner statt den Färbeprozess beaufsichtigt hat."

Sie hatte bereits neue Steine in der Hand, verzichtete aber darauf, sie ins Wasser zu werfen. Stattdessen suchte sie Franz' Blick und sah ihn eindringlich an. Er betrachtete sie aus seinen braunen Augen mit solch offenem und entwaffnendem Blick, dass sie nicht anders konnte, als bestätigend zu nicken.

Er presste die Lippen aufeinander, als überlegte er, ob er ihr die Antwort verraten dürfte. Zwischen seinen Augenbrauen deuteten sich wieder die zwei Furchen an, dann sprach er leise weiter.

„Es war Hubert Dietrich. Mir scheint, er könnte künftig noch weitere Aufgaben übernehmen."

„Und was ist mit mir?", platzte es aus Edith heraus.

„Was meinen Sie?"

„Ich würde auch gern weitere Aufgaben übernehmen, aber mich schickt er einfach wieder fort."

Nun warf sie doch wieder einen Kiesel, der mit einem dumpfen Plopp blitzschnell in den kleinen Wellen des Bächleins versank. Den Blick fest auf die Stelle gerichtet, an der der kleine Stein ins Wasser getaucht war, spürte sie, wie Franz sie beobachtete.

„Sie gehen fort?"

„Schlimmstenfalls."

„Ich arbeite gern mit Ihnen zusammen, Edith. In den letzten Wochen habe ich gesehen, wie wissbegierig und auffassungsfähig Sie sind."

Edith zog die Knie noch dichter an sich heran und schlang die Arme fest darum. „Und doch ist es alles nichts wert. Und wissen Sie, warum? Weil ich eine Frau bin. Ich soll nach Berlin zurückkehren und den Männern das Denken überlassen. So eine Frau möchte ich aber nicht sein!" Sie warf noch einen Stein ins Wasser, ihre Verzweiflung war nicht zu übersehen.

„So eine Frau werden Sie niemals sein, Edith."

„Aber was für eine Frau werde ich dann sein? Ich schaffe es nicht einmal, zu bestimmen, wo ich leben möchte."

Angespannte Stille breitete sich aus.

Franz knetete die Finger ineinander. „Möchten Sie mir verraten, woran Sie denken?" Er neigte den Kopf und lächelte – ein schmerzliches Lächeln.

„Ich wünschte, Sie gingen nicht zurück nach Berlin. Ich wünschte, Sie verbrächten Ihre Zukunft hier in Kerchheim, solange es Ihr Wunsch ist. Und ich wünschte, sie liebten mich so sehr, wie ich Sie liebe, Edith."

Ediths Herzschlag setzte einmal aus. Sie starrte Franz mit ungläubigen Augen an.

„Ich wünschte, du wolltest mich heiraten und bei mir bleiben."

Sie sagte kein Wort, atmete und ließ den lauen Abendwind die soeben vernommenen Worte über die Wiese wehen, wo sie sich auflösten, bis nichts mehr an sie erinnerte, außer der sehnsüchtige, traurige, flammende Ausdruck in Franz Bergemanns Augen.

„Ich kann nicht", flüsterte Edith schließlich.

„Das weiß ich doch. Aber du hast gefragt und ich gestattete mir ein einziges Mal, offen zu sprechen. Keine Sorge, es kommt nie wieder vor."

Franz zog seine Tasche heran, öffnete sie und nahm das in Tuch eingeschlagene Päckchen, das Edith bereits vor Wochen entdeckt hatte, hervor und überreichte es ihr.

„Hab Vertrauen. Du wirst eine Frau sein, die ihren Weg geht, die nicht aufgibt."

Zögernd nahm Edith das Päckchen an sich. Es war unerwartet dünn und leicht. Sie löste die Schnur und schlug den Stoff auseinander. Zum Vorschein kam eine Zeitschrift mit dem Titel *Technik für alle*.

„Sie erscheint regelmäßig. Ich besitze einige Ausgaben davon", fuhr Franz fort. „Ich las während des Studiums viel darin und nehme sie auch heute noch gern zur Hand. Sie ist sehr lehrreich und besticht durch die detaillierten Abbildungen. Ich bin mir sicher, dass sie bei dir in guten Händen ist."

„Danke." Edith balancierte das Heft vorsichtig wie ein rohes Ei auf ihren Handflächen.

„Nimm sie mit nach Berlin oder wohin immer dich dein Weg führt. Sie ist ein Geschenk." Sanft legte Franz seine Hand auf ihre und schob das Heft dichter zu Edith hinüber.

„Warum? Ich meine ... warum jetzt? Sie steckte doch schon seit einer Ewigkeit in deiner Tasche. Es ist mir schon längst aufgefallen."

Franz fuhr sich nervös durchs Haar und lächelte. „Ich habe immer auf den richtigen Moment gewartet und jedes Mal, wenn ich dachte, jetzt ist der Zeitpunkt gekommen, raubtest du mir den Atem, brachtest mein Herz auf angenehme Weise aus dem Takt, sodass ich es am Ende nicht über mich brachte." Er zupfte einen langen Grashalm aus und wickelte ihn um den Zeigefinger. „Es tut mir nicht leid, was ich gesagt habe. Der Gedanke daran, dich nicht wiederzusehen, schmerzt mich mehr als alles, was ich bisher erlebt habe. Doch er ist nichts gegen die Vorstellung, dich unglücklich zu sehen. Nimm es in aller Freundschaft und versuche glücklich zu werden."

Edith hielt das Heft fest, sah Franz an und war nicht imstande, etwas auf seine Worte zu erwidern. Auch sie würde ihn vermissen. Diese Erkenntnis traf sie wie der Blitz.

Noch einen Augenblick saßen sie still nebeneinander, lauschten dem Rauschen des kleinen Bächleins, dann erhob sich Franz. „Bis morgen, Fräulein Edith. Wir haben einen Rundgang in der Fabrik zu beenden."

Sie blickte ihm nicht nach, hörte nur, wie er auf sein Fahrrad stieg und davonradelte.

12

Edith schlief unruhig. Sie träumte, sprach wirr von Berlin, der Fabrik, von Franz, Hubert und Onkel Leopold. Sie fieberte, sodass Ursula beunruhigt an ihrem Bett blieb, ihr zunächst das Gesicht mit einem nassen Lappen kühlte und schließlich kurz vor der Morgendämmerung die verschwitzten Kleider wechselte. Erst als die einsame Singdrossel im Baum vor dem Fenster ihr Lied anstimmte, wurde Edith ruhiger und sank in einen tiefen Schlaf.

Als sie endlich erwachte, war es bereits nach elf. Erschöpft sah sie sich um. Sie war allein, aber auf dem Tisch stand ein Tablett mit Frühstück. Vorsichtig setzte sie sich auf. Ihr Kopf schmerzte und sofort machte sich heftiger Schwindel bemerkbar. Ein ungewohnter Zustand für Edith, die im Gegensatz zu ihrer Schwester höchst selten krank wurde.

Sie leckte sich über die trockenen Lippen. Etwas Tee wollte sie gern trinken, aber den kurzen Weg bis zum Tisch konnte sie im Augenblick nicht bewältigen. Hunger verspürte sie nicht und so legte sie sich wieder hin, lauschte dem lieb gewonnen Arbeitslärm, der durchs geöffnete Fenster ins Zimmer drang und schlummerte wieder ein.

Fünf Tage verbrachte Edith im Krankenlager. Zwei weitere blieb sie im Haus und döste in einem der Korbstühle auf der Veranda. Sie war zu müde, um Handarbeiten zu erledigen oder zu lesen und es fehlte ihr auch an der Lust dazu. Ihre Gedanken weilten oft bei Franz und dem, was er am Bach zu ihr gesagt hatte. Sie jagte die Erinnerung an seine Worte und seinen Blick fort. Stattdessen beobachtete sie die Frauen im Garten und hörte Ursula zu, die sorgfältig das Zepter in der Suppenküche schwang. Wenn Tante Luise sich nach ihrem Befinden erkundigte, wusste sie nicht viel zu sagen.

„Ich bin erschöpft und traurig", pflegte sie zu antworten und nippte kleine Schlucke vom Tee, den Marie ihr servierte.

„Es wird allmählich Zeit, zu packen. Es ist alles für eure Reise vorbereitet. Deine Mutter freut sich sehr auf die Heimkehr ihrer Töchter. Hier, du hast ihren letzten Brief noch gar nicht gelesen." Tante Luise übergab Edith das Blatt.

Sobald sie allein war, entfaltete Edith den Brief und begann zu lesen. Es stand nichts darin, was sie nicht erwartet hatte. Sogar die ersten Termine für die Gastempfänge standen bereits fest.

Ernüchtert und desillusioniert verließ Edith die Veranda. Sie stieg unter Anstrengung die Stufen ins obere Stockwerk hinauf und begann damit, einzelne Kleidungsstücke für die Heimkehr einzupacken. Dabei vernahm sie ein dumpfes Geräusch. Etwas Schweres war auf den hölzernen Einlegeboden des Schranks gefallen. Sie sah genauer nach und entdeckte das Tuch mit den Schrauben und Muttern, das sie an dem Tag, als der alte

Weber verunglückt war, eilig in ihre Hosentasche geschoben hatte. Vorsichtig nahm sie das Tuch mitsamt Inhalt aus dem Schrank. Der Motor! Sie hatten die Reparatur des Motors an jenem Tag nicht mehr zu Ende geführt. Franz musste es irgendwann später allein erledigt haben.

Plötzlich war Edith glücklich und traurig gleichermaßen. Seit dem Gespräch am Bächlein war sie ihm nicht mehr begegnet. Nun wogen die Schrauben schwer in ihrer Hand und als sie sich seines Geschenks erinnerte, ergriff eine seltsame Beklemmung ihren Körper. Noch nie in ihrem Leben hatte jemand etwas so Wunderbares zu ihr gesagt, ihr ein so bedeutendes Geschenk gemacht und sie damit so vollkommen haltlos zurückgelassen. Das Heft! Wo war es nur hin?

Von nervöser Unruhe gepackt, sah sie sich um, durchsuchte hektisch das Zimmer und entdeckte es schließlich unter ihrer Matratze. Sie konnte sich beim besten Willen nicht daran erinnern, es dort deponiert zu haben.

Edith setzte sich aufs Bett und strich behutsam über das Deckblatt. *Technik für alle.* Ob die Herausgeber bei der Namensgebung auch an Frauen gedacht hatten?

Sie fuhr mit den Fingerspitzen über die Stelle auf der Haut, wo Franz sie sanft berührt hatte, als er ihr das Heft geschenkt hatte. Sie glaubte ihm und war von seiner Freundlichkeit angetan, aber es änderte nichts.

„Gott bewahre! Ich kann ihn doch nicht heiraten, nur um zu bleiben."

Sie hatte geflüstert und sah sich nun trotzdem erschrocken um. Sie fragte sich, was sie tun sollte. Vielleicht konnten sie einfach zur Tagesordnung übergehen, so tun, als sei nichts dergleichen geschehen. Er schätzte sie als Mensch und unterrichtete sie gern. Sie schätzte ihn auch. Er war ein guter Freund, vorbehaltlos, weil sie die gleichen Themen interessierten. Er vertraute ihr und hielt große Stücke auf sie. Franz Bergemann hatte nicht ein einziges Mal die Idee verlauten lassen, Edith könnte einen der vielen komplizierten Sachverhalte nicht verstehen, nur weil sie eine Frau war. Das schätzte sie sehr an ihm.

Ohne weiter darüber nachzudenken, schob sie das Technik-Heft wieder unter ihre Matratze, wickelte Schrauben und Muttern in das Tuch und verließ das Zimmer. Packen konnte sie später immer noch. Franz würde die Schrauben und Muttern mit Sicherheit brauchen. Außerdem musste sie sich von einem Freund verabschieden.

Sie durchkämmte das ganze Fabrikgebäude. Die Maschinen dröhnten und ratterten, es wurde zügig gearbeitet, jeder Handgriff saß. Edith sah in die vielen ihr mittlerweile bekannten Gesichter, die von den täglichen Anstrengungen gezeichnet waren. Franz entdeckte sie jedoch nicht. Auf dem Verbindungssteg, der zwischen den überdimensionalen Waschtrommeln entlangführte und über den man in die Färberei gelangte, stieß sie mit Hubert zusammen.

„Vorsicht!", rief er und packte sie an den Oberarmen, als habe er sie gerade vor einem Sturz bewahrt und starrte sie belustigt an.

„Langsam, Fräulein Edith! Immer mit der Ruhe. Obwohl ich hocherfreut bin, dass Sie es doch noch so eilig haben, zu mir zu kommen. Irgendwann wird eben jede

Frau schwach." Seine Stimme war laut, denn er musste die arbeitenden Maschinen übertönen.

„Lassen Sie mich los! Ich habe keine Zeit für diese Spielchen", fauchte Edith, stieß seine Hände fort und trat einen Schritt zurück.

„Ach nein?" Sein Ton wurde augenblicklich schärfer und seine Miene verfinsterte sich. „Dann erklären Sie mir bitte mal, was Sie hier zu suchen haben. Soweit ich weiß, haben Sie nicht die Erlaubnis, allein hier herumzuspazieren", bellte Hubert. Er trat einen Schritt auf sie zu und baute sich nah vor ihr auf. „Die Sorge Ihres Onkels, es könnte Ihnen etwas zustoßen, ist nicht unberechtigt. Sie sind lange genug hier und wissen, dass Unfälle passieren. Schneller, als man glaubt."

„Hören Sie auf, Dietrich!" Edith umfasste das Geländer zu ihrer Linken. Der Steg war nicht breit genug, um an Hubert vorbeizukommen. Wenn er es darauf anlegte, würde er sie bis zur Treppe zurückdrängen können. Ihr Herz schlug vor Aufregung bis zum Hals, als sie sich ihm entgegenstellte. Hubert Dietrich war vor allem eines: ein unangenehmer Zeitgenosse.

„Raus mit der Sprache. Wo wollten Sie hin?"

„Das geht Sie gar nichts an", versuchte sie ihn erneut abzuspeisen, aber Hubert war unnachgiebig. Sein Atem fiel auf ihre Stirn, die oberen Knöpfe seines Hemdes waren geöffnet. Nur wenige Zentimeter vor ihr entblößte sich seine beharrte Brust. Er roch nach Schweiß und Chemikalien.

Binnen Bruchteilen von Sekunden wurde Edith klar, dass Hubert nicht ohne Grund aus der Färberei kam. Sie erinnerte sich, dass ihr Onkel große Stücke auf ihn hielt und Hubert sich bereits einige Freiheiten herausgenommen hatte. Wenn dieser Klotz es wollte, konnte er sie wie ein Wilder packen, über die Schulter werfen und vor die Fabrik stellen. Keiner hier würde sich auch nur einen Pfifferling darum scheren. Wie es sich für einen Vorarbeiter gehörte, hatte er die Leute anständig im Griff.

„Oh doch und wie es mich etwas angeht", knurrte er und sein Mund befand sich nun nah an ihrem Ohr.

Edith erschauderte, dann gab sie der Vernunft in sich widerstrebend nach. „Ersatzteile", stieß sie aus. „Ich habe einige Ersatzteile für Herrn Bergemann und bin auf dem Weg, sie ihm zu bringen." Ihr Gesicht wurde warm vor Aufregung. Die schwüle Hitze der Wäscherei trieb ihr eine Vielzahl winziger Schweißperlen auf die Stirn.

Hubert stieß einen angewiderten Laut aus. „Wusste ich's doch, dass die Pfeife dich rumgekriegt hat. Was für eine Verschwendung." Hubert legte seine schwere Pranke über Ediths Hand auf das Geländer und umschloss sie fest. Seine Lippen berührten nun ihre Ohrmuschel.

Ein Frösteln überkam Edith.

„Ich sage dir was", tönte Hubert rau. „Wenn du ihn das nächste Mal ranlässt, dann denkst du an mich. Und wenn du dieses halbe Hemd satt hast, kommst du zu mir. Ich gebe dir, was du brauchst."

Im nächsten Moment löste Hubert den Druck auf Ediths Hand. Langsam fuhr er mit den Fingerspitzen ihren Arm hinauf, den Hals entlang, bis zu ihrem Kinn. Er hob ihr Gesicht in seine Richtung und zwang sie, ihn anzusehen. Grinsend leckte er sich über die Lippen und formte einen Kuss in die Luft. Dann trat er gerade so weit zur Seite, wie es nötig war, um Edith auf dem schmalen Weg passieren zu lassen.

Mit hocherhobenem Haupt und aufgerichteten Schultern lief Edith, Huberts Blick in ihrem Rücken, davon. Sie durchquerte die Färberei, ohne sich umzusehen und floh durch die nächstbeste Tür. Der Weg führte hinaus.

Erst jetzt erlaubte Edith sich durchzuatmen. Sie lehnte sich, die Augen geschlossen, mit dem Rücken gegen das Holz. Frische Luft strömte ihr entgegen, Wasser plätscherte und als sie ihre Augen öffnete, fand sie sich auf der Hinterseite des Fabrikgebäudes wieder. Hier floss der Bach nur wenige Meter am Haus vorbei. Hohe Bäume säumten das andere Ufer. Einige Holzkisten lagerten, teils übereinandergestapelt, auf dem Gras. Edith, noch immer aufgebracht von Huberts Attacke, griff sich eine Kiste, drehte sie um und setzte sich darauf. Eine Weile starrte sie aufs Wasser und wartete, bis sich ihr Herzschlag beruhigt hatte. Was bildete sich dieses Scheusal nur ein?

Das Klicken eines Feuerzeugs ließ sie herumfahren. Da entdeckte sie ihn. Franz! Er stand ans Gemäuer gelehnt und zündete sich eine Zigarette an. Ihre Blicke verfingen sich. Keiner von ihnen sprach auch nur eine Silbe, aber er lächelte und sie lächelte zurück. Dann löste er sich von der Wand und war in wenigen Schritten bei Edith. Er stellte sich ebenfalls eine Kiste zurecht, setzte sich neben sie und bot ihr eine Zigarette an. Noch immer wortlos ließ sie sich von ihm Feuer geben. Sie rauchten und schwiegen, während das Wasser rauschte und hinter den Mauern des Fabrikgebäudes gewaschen, gewebt und gesponnen wurde.

„Alles bereit für die Heimreise, Fräulein Edith?", fragte Franz, als er fertig geraucht hatte und den Zigarettenstummel ins Wasser warf.

„Noch nicht. Ich hatte begonnen zu packen, aber dann habe ich etwas gefunden, das ich Ihnen noch zurückgeben wollte." Sie zog das Tuch aus der Hosentasche und reichte es ihm. Er nickte und nahm ihr das kleine Päckchen ab.

„Ich möchte nicht wieder zurück nach Berlin. Ich möchte in die Fabrik einsteigen." Sie sprach leise und doch mit nachdrücklicher Entschlossenheit. „Aber ich weiß nicht, wie ich es anstellen soll. Onkel Leopold nimmt mich nur als Sommergast wahr und richtet sich nach meinem Vater. Der freut sich zwar, dass ich auf der Schreibmaschine tippen kann, aber alles andere sei Zeitverschwendung, denn der künftige Gatte wird mich schon versorgen."

„Der künftige Gatte?" Franz räusperte sich. „Gibt es den denn?"

„Nein. Den wird es niemals geben." Sie sah ihm lange und offen in die Augen. Er hatte verdient, dass sie ehrlich zu ihm war. Freunde logen einander nicht an. „Oft genug habe ich es erklärt, aber niemand hört mich. Ich werde frei und unabhängig sein. Meine eigenen Entscheidungen treffen, zur Not auch scheitern. Niemand weiß besser, was gut für mich ist, als ich selbst." Edith sprach leise. Sie wollte ihr Ziel nicht aufgeben, aber die Kraft und die Erfolgsaussichten schwanden.

„Sie werden nicht scheitern und in Berlin sind Ihre Chancen größer als hier."

„Wie kommen Sie nur darauf?"

„Ich habe Ihre Seele, Ihren Willen und Ihr Herz gesehen, Edith." Er stand auf und reichte ihr die Hand.

„Gehen Sie studieren. Wenn eine es schaffen kann, dann Sie!"

„Sie haben leicht reden." Sie ergriff seine warme Hand und ließ sich aufhelfen.

„Sie geben also klein bei? So kampfunlustig kenne ich Sie gar nicht, Edith."

Die Art, wie er ihren Namen aussprach, berührte Ediths Herz. Der Blick, mit dem er sie ansah, machte, dass etwas in ihrem Inneren weich wurde.

Franz trat einen winzigen Schritt dichter an sie heran und legte seine Hand sanft auf ihre Schulter. „Sie werden zurückkommen. Ich bin felsenfest davon überzeugt. Und Sie werden Ihre Träume verwirklichen. Ich glaube an Sie."

Da glühte sie wieder, die Hoffnung, die Edith für einen Augenblick verloren geglaubt hatte. Mit dem Mut der Verzweiflung ergriff sie Franz' Hand und lehnte sich, randvoll mit unendlicher Dankbarkeit, an ihn. Ihre Lippen berührten sanft die seinen.

Überrascht hielt er inne, doch dann umschlangen seine Hände ihren Körper. Er zog sie eng an sich und erwiderte ihren Kuss. Und der war atemraubend, innig und feurig – das Überwältigendste, Schmerzlichste und Schönste, was Edith in ihrem bisherigen Leben widerfahren war.

Als sie sich von ihm löste, flüsterte sie: „Ich hätte es nicht tun dürfen, aber es tut mir nicht leid. Auf Wiedersehen, lieber Freund."

„Ich wünsche dir, dass du dein Glück findest." Er lächelte traurig.

Ediths Atem stockte, als er ihr ein letztes Mal sanft über die Schulter streichelte. Ihr Herz schlug immer noch wild vor Aufregung und sie konnte ihren Blick nicht von ihm lösen.

„Bis bald!", raunte Franz und ließ sie los. Er öffnete ihr die Tür, die zurück in die Fabrik führte, und schob sie hindurch. Als Edith den Weg zum Wohnhaus zurücklegte, war sie von ihren Gefühlen überwältigt.

13

Nass, kalt und schmutzig zeigte sich die Hauptstadt, als die Ziegler-Schwestern wieder zurückgekehrt waren. Berlin hatte sich über den Sommer nicht zu seinem Vorteil verändert. Die Straßenkriminalität war gestiegen, die Menschen lauter und verärgerter geworden. Vor den Ämtern sammelten sich die schimpfenden Massen und standen für Lebensmittelmarken an. Die Arbeitslosen protestierten, die Bevölkerung hungerte, was bei Zieglers dazu führte, dass Edith und Ursula das Haus nur noch selten und unter Aufsicht verlassen durften.

Henriette Ziegler hatte es trotz der angespannten Lage fertiggebracht, einige Empfänge zu organisieren. Eine Auswahl an Herren in verschiedenen Amtswürden versammelte sich regelmäßig auf Einladung des geschätzten Ehepaares.

„Nun ist es an der Zeit, dem Ernst des Lebens in die Augen zu blicken. Benehmt euch wie wohlerzogene Damen aus gutem Hause. Nicht mehr und nicht weniger verlange ich." Mit diesen oder ähnlichen Worten instruierte sie ihre Töchter regelmäßig. Edith und Ursula hatten dieses Programm entsprechend zu durchlaufen. Idealerweise mit dem Ergebnis, dass die Herrschaften gewillt waren, jeweils eine der Töchter Ziegler zu ehelichen.

„Oh, wie furchtbar langweilig dieser Abend wieder war. Ich überstehe nicht einen weiteren dieser Art", stöhnte Edith.

„Sehen Sie nur, wie besonders die Mädchen sind, was sie alles können und wie hübsch und erzogen sie sind", äffte sie ihre Mutter nach einem dieser langatmigen, steifen Diners nach, als die Herren endlich verabschiedet waren und die Mädchen sich in Ursulas Zimmer zurückgezogen hatten.

Ihre Schwester gähnte und war damit beschäftigt, sich das dünne Haar zu kämmen.

„Wir sind doch keine Marktkühe. Wie kann Mutter nur auf die Idee kommen, dass ich auch nur in Erwägung ziehe, eines dieser verstockten und verstaubten Mannsbilder zu heiraten?"

Sie dachte an Franz. Nicht einmal ihn würde sie heiraten und das, obwohl er den Berlinern in vielerlei Hinsicht überlegen war.

Ursula schwieg und kämmte ihr Haar.

„Der alte Hauptmann Könitz hat mich so seltsam angesehen. Es gruselt mich bei dem Gedanken, mit diesem Zausel zusammenleben zu müssen. Ich lasse mich nicht verscherbeln! An niemanden und schon gar nicht an den Alten. Hast du ihn dir mal angesehen? Sein Backenbart ist schon weiß und seine dicken Tränensäcke sind riesig. Er ist kaum in der Lage, allein zu gehen. Wenn wir uns den Spaß machen und seinen Stock verstecken, wird er für immer hier wohnen bleiben." Trotzig lehnte Edith im Türrahmen und verschränkte die Arme.

„Was hältst du von dem Sohn des Geheimrats? Der ist etwas wortkarg, aber durchaus klug, ambitioniert und technisch interessiert. Ihr hättet gewiss gemeinsame Interessen."

Edith stieß die Luft aus. Als ob dieser Mann technisch interessiert wäre!

„Ursi, bist du verrückt geworden? Er ist ein verwöhnter Junge, der seinem Vater nach dem Mund redet. Keinen Tag, ach, was rede ich, keine Stunde möchte ich mit dem Geheimrat allein in einem Raum sein. Mir läuft es kalt den Rücken hinunter, wenn er mich aus seinen blutunterlaufenen Augen anstiert."

Ursula legte die Haarbürste beiseite und wandte sich ihrer Schwester zu. Sie sprach mit Bedacht.

„Du weißt, dass Mutter nicht aufgeben wird und dass Vater dir das Studium nicht erlauben wird. Nicht einmal zur Zulassungsprüfung wird er seine Erlaubnis erteilen. Dabei ist noch nicht einmal sicher, ob du sie bestehen würdest. Ich sage es dir mit aller Liebe und Wärme, die ich für dich empfinde: Du wirst dich fügen müssen, um weiterzukommen. Allein kannst du es nicht schaffen. Nach Onkel Leopolds Brief ist Mutter weit weniger nachgiebig."

Die Neuigkeit in dem Brief hatte auch Edith schwer getroffen.

Ursula stand auf und nahm ihre jüngere Schwester in den Arm. „Ich liebe dich, Edith. Du bist die beste, aufmüpfigste und herzlichste Person, die ich kenne und ich wünsche mir so sehr, dass du glücklich wirst. Bitte glaube mir, in dieser Zeit ist es besser, wenn wir uns in unsere Rollen fügen."

Edith wollte sich der Umarmung entziehen, aber Ursula hielt sie fest.

„Was ist mit Studienrat Hallmann? Er ist in einem guten Alter, hat noch volles Haar, macht in seinem Anzug eine angemessene Figur und scheint auch sonst gute Manieren zu haben. Soviel ich weiß, verlief seine erste Ehe harmonisch, bevor er zum Witwer wurde."

Edith stöhnte entsetzt auf. „Hörst du ihm denn nicht zu, wenn er spricht? Studienrat Hallmann ist ein Menschenhasser. Als er neulich bei uns war, hat er mir lang und breit die Notwendigkeit und die Vorzüge eines Internierungslagers erklärt. Davor wusste ich nicht einmal, dass es so etwas gibt. Du hättest das Leuchten in seinen Augen sehen sollen, als er mir von den Möglichkeiten körperlicher Züchtigung berichtete. Er hatte offenkundig eine sadistische Freude daran." Edith löste sich.

Ursula setzte sich wieder an ihren Frisiertisch. Gedankenversunken begann sie damit, ihrer Schwester das Haar zu kämmen und zu flechten.

„Vielleicht laufe ich davon und begebe mich in ein Kloster, nur so lange, bis sich die Zeiten geändert haben."

„Tu das nicht. Das würden Mutter und Vater dir nie verzeihen und ich würde dich schrecklich vermissen. Vielleicht denkst du doch noch einmal über Hauptmann Könitz nach. Eine Ehe mit ihm wäre wahrscheinlich die von geringster Dauer."

Edith schwieg. Ihre Sorgen hatten sich bestätigt. Jetzt, da sie wieder in Berlin war, wurden die gesellschaftlichen Fesseln angezogen und sie hatte sich zu fügen.

Doktor Ziegler überließ die gesellschaftlichen Verpflichtungen zu gern seiner Gattin. Selbstredend pflegte er die notwendigen Kontakte, führte die erforderliche Korrespondenz, doch alles andere interessierte ihn nur mäßig. Er war schließlich ein vielbeschäftigter Mann, denn er hatte seinen Patientenkreis in den letzten Monaten erweitert. Er hatte sich zunehmend auf die medizinische Versorgung ausländischer Investoren, vor allem Amerikanern und deren Familien, verlegt. Für diese war Berlin zu einer Art heiterem Ausverkauf geworden. Sie lebten hier wie die Maden im Speck und dies beschied dem stets weiterempfohlenen Doktor eine beindruckende finanzielle Sicherheit. Der Dollar stand hoch im Kurs und Zieglers moderate Preise wurden ohne ein Wimpernzucken gezahlt. Der Mann hatte schließlich einen guten Ruf.

Eines Abends im November verbrachte Bruno Ziegler, nach einem konversationsreichen Wochenende mit den unterschiedlichsten Herren aus gehobenen Kreisen, die seinen Töchtern ihre Aufwartung gemacht hatten, einige Zeit allein in seiner Praxis. Er genoss die Ruhe und zog den Brief, den er kürzlich von Leopold Geldermann aus Kerchheim erhalten hatte, hervor.

Seit seine Töchter Edith und Ursula nach Berlin zurückgekehrt waren, hatte er einen gewissen Groll gegen seinen Cousin verspürt. Doch nach der Lektüre dieses Briefes war er wenigstens teilweise milde gestimmt. Leopold hatte sein Schreiben nicht, wie bisher, handschriftlich verfasst, sondern auf einer Schreibmaschine getippt, was ihn erstaunte. Auch war der textliche Umfang überschaubar. Mit nur einer Viertelseite war der Brief gelinde gesagt außerordentlich kurz.

Leopold erkundigte sich darin nach dem Wohlergehen der Familie Ziegler und teilte mit, dass er seine Fabrik nach reiflicher Überlegung vorübergehend geschlossen habe. Zunächst habe er vor, nur über den Winter zu pausieren. Wann die Produktion wieder beginnen würde, hänge jedoch maßgeblich von Stresemanns Erfolg ab. Zeige die vom Reichskanzler vorangetriebene Währungsreform im Frühjahr oder Sommer nicht die erhoffte Wirkung, so schrieb Leopold, wolle er den Dornröschenschlaf seines Unternehmens so lange hinausziehen wie nötig und möglich. Die Neuigkeiten aus Kerchheim hatte Bruno Ziegler mit beträchtlicher Genugtuung vorgetragen. Leopolds Brief war gerade zur rechten Zeit gekommen, um Ediths lästige Idee eines Studiums endgültig zu verwerfen. Mit dieser nichtsnutzigen Vorstellung war sie aus Kerchheim zurückgekommen und hatte ihren Vater maßlos verärgert. Es war nie Zieglers Plan gewesen, das rebellische Wesen seiner Tochter zu fördern, aber Leopold war ihm in den Rücken gefallen. Seine Eitelkeit hatte zugelassen, dass diese närrische Idee sich im hübschen Köpfchen seiner Tochter hatte festsetzen können und dort ungehindert wuchern konnte.

Nun hatte sich das Blatt glücklicherweise gewendet und die Verhältnisse im Hause Ziegler waren auf glückliche Weise wieder ins rechte Licht gerückt worden. Der Misserfolg der Tuchfabrik, und von nichts anderem konnte hier die Rede sein, diente Bruno Ziegler als lebendiges und anschauliches Beispiel wirtschaftlichen Versagens. Nahm eine Frau, noch dazu ein junges Mädchen wie Edith, sich die Impertinenz heraus, sich als Fabrikantin aufzuspielen, so war das Unterfangen zwangsläufig zum Scheitern verurteilt und ihr Ruf allemal ruiniert.

Doktor Ziegler legte den Brief zur Seite, schaltete die Schreibtischlampe ein, denn es dunkelte bereits, und nahm selbst einen Briefbogen und Stift zu Hand. Nachdem er einige Tage gezögert hatte, Leopold zu antworten, wusste er endlich, was er ihm schreiben wollte.

Berlin, 5. November 1923

Mein lieber Leopold,
vielen Dank für deine Zeilen und deine herzlichen Worte. Henriette und mir geht es ausgezeichnet, den Mädchen auch. Die Dinge in Berlin entwickeln sich prächtig und ich bin zuversichtlich, dass wir schon im nächsten Jahr die baldigen Vermählungen unserer Töchter verkünden dürfen. Der ländliche Sommer bei euch ist ihnen ausgezeichnet bekommen und nun gelten sie unter den heiratswilligen Herren als durchaus begehrenswerte Partien, auch Ursula. Wir werden die Zukunft unserer Töchter schon bald zu ihrem Vorteil entscheiden können.
Zu deiner Entscheidung, die Arbeit in der Fabrik ruhen zu lassen, gratuliere ich dir. Es zeigt mir, dass du ein Mann von Mut und mentaler Stärke bist. Ich bin mir sicher, dass du den Lohn dafür erhalten wirst. Ich sehe das im Übrigen recht ähnlich. So wie du setzte auch ich große Hoffnungen in unsere Regierung. Mir scheint jedoch, dass mehr Unterstützung durch die Völkischen notwendig sein könnte, um unser Land wieder nach vorn zu bringen.
Das Potenzial ist in unseren Reihen ein für alle Mal vorhanden. Dies zeigt auch meine jüngste Neuanschaffung, von der ich dir berichten möchte. Seit einigen Wochen bin

ich, einiger neuer Beziehungen sei Dank, im Besitz eines modernen Radioempfangsgerätes. Dies ist eine beeindruckende kleine Anlage in einem unscheinbaren Holzkästchen. Ich bin mir sicher, du hättest deine Freude daran. Glaube mir, dieses winzige Wunderwerk wird unser Leben weit über die bisherigen Vorstellungen hinaus revolutionieren.

Stell dir vor, kürzlich habe ich die Funk-Stunde empfangen, eine Radiosendung, und es war ein erhebender Moment. Ich brauchte nur den Empfänger einzuschalten und die dazugehörigen Kopfhörer aufzusetzen. Gleich darauf war es mir möglich, ein knisterndes Musikkonzert, das just in diesem Moment am anderen Ende der Stadt gespielt wurde, zu hören. Natürlich ist dieser moderne Luxus nicht umsonst, aber für einen Mann meines Standes absolut notwendig. Schon in wenigen Tagen werde ich die offizielle Empfangslizenz erhalten, die mich nicht mehr als dreihundertfünfzig Milliarden Mark kosten wird.

Du siehst, mein lieber Leopold, in Berlin herrschen Fortschritt und Bewegung. Auch in Kerchheim wird es bald wieder aufwärts gehen. Bis dahin übersende ich dir und deiner Gattin die besten Grüße und wünsche euch eine erholsame Zeit.

Herzlich
Dein Bruno

Doktor Ziegler las den Brief noch einmal mit Zufriedenheit. Er empfand die Rangordnung nun wieder hergestellt und der seit Empfang des Briefes brodelnde Groll war verschwunden. Natürlich mochte er Leopold und sein Betrieb würde schon wieder auf die Beine kommen, da war er sicher. Genauso sicher war er sich aber auch, dass Leopold Geldermann es nicht noch einmal wagen würde, gegen Brunos Pläne zu agieren. Müde knipste er die Schreibtischlampe aus und lehnte sich in seinem Sessel zurück.

Im nächsten Moment jedoch heulte ein Motor auf. Ein gelber Lichtkegel erleuchtete die Praxis, dann hielt ein Automobil vor dem Haus. Eilig wurden die Türen geöffnet und Männerstimmen riefen wild durcheinander. Bruno Ziegler lauschte angespannt, doch er verstand kein Wort. Im nächsten Augenblick hämmerte es auch schon wild gegen die Praxistür.

Hastig stand Bruno Ziegler auf und lief um seinen Schreibtisch herum. Er stieß im Halbdunkeln gegen einen Stuhl, der polternd zu Boden kippte, während die lauten Stimmen und das Hämmern von der Tür weiterhin zu ihm drangen.

„Doktor, Doktor!" und „Hilfe!", verstand er nun die Rufe und war sofort in medizinischer Alarmbereitschaft. Ziegler zog seinen Kittel vom Haken an der Wand, schaltete das elektrische Licht im Flur ein und lief zum Hauseingang.

Als er die Tür öffnete, standen ihm zwei junge Männer in elendigem Zustand gegenüber. Die Anzüge, die sie trugen, waren verschmutzt und blutverschmiert. Einer der beiden hatte ein blaues Auge, den anderen zierte eine aufgeplatzte Unterlippe.

„Doktor, Sie müssen uns helfen, James ist verletzt. Sie haben ihn übel zugerichtet."

Sie traten zur Seite und deuteten auf ein schwarzes Automobil, das mit eingeschaltetem Licht auf der Straße vor dem Haus stand. Die hintere Seitentür stand offen und auf der Rückbank lag eine reglose Person.

Ziegler musterte die Männer binnen Sekunden. Trotz des Zustands ihrer Kleidung schätzte er, dass sie aus gutem Hause kamen. Dass man ihn aufgesucht hatte und nicht in ein Krankenhaus gefahren war, ließ ihn misstrauisch bleiben. Aber er würde nicht gegen seine ärztliche Pflicht verstoßen.

„Bringen Sie ihn rein und legen Sie ihn auf die Untersuchungsliege."

Sofort liefen die Männer los.

Wenige Minuten später untersuchte Ziegler den bewusstlosen jungen Mann in seiner Praxis. Der Patient atmete und unter seinem Schopf klaffte eine stark blutende Wunde.

„Wie lange ist das her?"

„Eine halbe Stunde, vielleicht länger. Wir sind direkt hierher gefahren."

Ziegler holte ein Fläschchen Riechsalz, hielt es dem Patienten unter die Nase, aber es verfehlte seine Wirkung.

„Wo ist es passiert?" Ziegler entblößte den Oberkörper des Mannes, dessen Kleidung von ausgesprochen guter Qualität war. Zumindest die Weste war aus Kaschmir oder ähnlich hochwertigem Stoff gefertigt. Er selbst hatte erst kürzlich einen Anzug dieser Art erworben. Der Oberkörper war mit unzähligen frischen Hämatomen übersäht.

„Verflucht. Antworten Sie. Wo ist es passiert?"

„Im Scheunenviertel", druckste einer der beiden.

„Was hatten Sie da verloren?", fragte er scharf und sah den Mann mit der aufgeplatzten Lippe an. Jetzt erkannte er ihn.

„Heinrich?"

Ziegler kannte Heinrich von Klein bereits als Schulbuben. Er war der jüngste Sohn des Ministerialrats von Klein.

„Nun erzählt mir schon die Wahrheit. Keine Lügengeschichten.“

„Da war heute ganz schön was los. Es heißt, die Juden haben das Geld. Eine aufgebrachte Menge ist durch die Straßen gezogen. Die Deutschen wollten sich holen, was ihnen zusteht.“

„Und ihr wart rein zufällig dort und seid hineingeraten?“ Ziegler kniff die Augen zusammen. Er säuberte die Wunde und verband den Kopf des Verletzten, dann setzte er das Riechfläschchen erneut an. Dieses Mal reagierte der Mann besser und stöhnte.

„Wird James wieder?“, wollte Heinrich wissen.

„Keine Ahnung. Vielleicht sagst du mir, mit wem ich es hier zu tun habe. Wer ist dieser James?“

Bruno unterbrach seine Behandlung nicht und kontrollierte die Gliedmaßen. Zwei Finger der linken Hand waren gebrochen. Er zögerte nicht und richtete sie wieder. Der Fremde reagierte mit einem gequälten Laut, was Bruno wohlwollend zur Kenntnis nahm. Sein Patient war wach.

„Graham. James Graham. Er ist der Sohn eines Investors mit dem mein Vater ...“ Heinrich sprach nicht weiter.

„Und wer sind Sie?“, fragte Doktor Ziegler nun Heinrichs Begleiter, der das Geschehen all die Zeit schweigend beobachtet hatte.

„Mein Name ist Ernst Schwarzer, ich bin ein Freund von Heinrich und James.“

„Ich kann hier nicht viel für ihn tun. Ihr solltet ihn ins Krankenhaus bringen.“

„Nein, bitte nicht. Es darf kein Aufsehen darum geben. Wenn herauskommt, dass wir dort unterwegs waren, wird sich die Presse das Maul zerreißen. Der Schaden wäre nicht wiedergutzumachen.“ Heinrich stand die Angst ins Gesicht geschrieben.

„Also los, weshalb wart ihr dort?“ Ziegler wurde allmählich ungeduldig und fürchtete bereits, die falsche Entscheidung getroffen zu haben.

„James kennt dort ein Mädchen. Er war besorgt.“ Ernst räusperte sich.

„Jüdin?“, fragte Ziegler.

Heinrich und Ernst nickten. „Bitte lassen Sie ihn hier. Wir bezahlen den Aufwand und kümmern uns um alles“, bat Heinrich.

„Wird Grahams Vater nicht wissen wollen, wo sein Sohn ist?“ Ziegler zögerte.

„Der alte Graham und mein Vater sind gar nicht in Berlin. Sie reisen geschäftlich“, versuchte Heinrich ihn zu beruhigen.

„Ihr bringt mich in Teufels Küche. Es wird euch ein Vermögen kosten und eins sage ich gleich, ich mache mir den Ministerialrat nicht zum Feind.“

Heinrich und Ernst nickten.

Im Anschluss an James’ Behandlung besah sich Ziegler auch die leichteren Verletzungen seiner Begleiter. Nachdem er auch die Wunden der beiden versorgt hatte, richtete er das Wort an Ernst. Seine Stimme verriet, dass er sehr angespannt war.

„Als Erstes muss der Wagen fort. Ihr habt schon viel zu viel Aufmerksamkeit erregt. Bring ihn weg und komm morgen Abend halbwegs unauffällig wieder." Dann richtete er sich an Heinrich. „Du bleibst und hältst Nachtwache. Unser junger Mister Graham sollte nicht allein hierbleiben. Gesellschaft und ein paar Gebete können ihm nicht schaden." Ziegler zeigte auf den Stuhl, der noch immer umgestürzt auf dem Boden lag und bedeutete Heinrich, sich neben den Verletzten zu setzen. „Außerdem braucht er, wenn der die Nacht übersteht, für wenigstens zwei Tage ein anständiges Krankenlager. Ich werde sehen, was ich für ihn tun kann."

Die Ereignisse des fünften Novembers erwiesen sich nachträglich als besonderer Glücksfall für die gesamte Familie Ziegler. Nachdem durch Brunos beherzten und umsichtigen Einsatz sowohl der Ministerialrat als auch der amerikanische Investor Graham vor Schaden bewahrt worden waren, sah man sich verpflichtet. Dies führte zu einer noch besseren Reputation des Doktors und ermöglichte ihm Eintritt in wichtige wirtschaftliche Kreise.

Zudem waren sich Ursula und Heinrich in jener Zeit einige Male über den Weg gelaufen und dem aufmerksamen Auge Henriettes war das gegenseitige Interesse der beiden aneinander nicht entgangen. Der Sohn des Ministerialrats entsprach ihren Vorstellungen eines passenden Gatten für ihre älteste Tochter und brachte erhebliche Verbindungen und Einfluss mit sich. Also arbeitete sie mit all ihren Fähigkeiten daran, die Zukunft der Familien mit einer baldigen Eheschließung zu besiegeln.

Wie nicht anders zu erwarten, gehörte auch der Ministerialrat zu den Männern der Tat. Ihn plagte neben der Schuld, in der er stand, zudem noch der Gedanke an einen späteren Verrat. Diese Gefahr sah von Klein durch ein Ehebündnis seines Jüngsten gebannt. So vergingen aufregende Wochen, in denen sich die Eheleute Ziegler sowie der Ministerialrat und seine Gattin gegenseitig in bestem Maße hofierten und in Erfahrung brachten, ob sie das gleiche Ziel verfolgten. Dem war so und so folgten einige Empfänge und öffentliche Veranstaltungen, bei denen sich auch Ursula und Heinrich immer wieder begegneten.

„Meine liebste Ursula", schwebte Henriette kurz nach dem Jahreswechsel in das Schlafzimmer ihrer älteren Tochter und wedelte aufgeregt mit einem Kärtchen vor ihrem Gesicht herum, „du wirst es nicht erraten. Wir werden am Wochenende ausgehen, in die Oper am Königsplatz. Der Generalintendant höchstselbst hat uns eingeladen! Ist es nicht herrlich?"

Überrascht blickte Ursula auf. Sie hatte sich noch immer nicht an die neuen Töne ihrer Mutter gewöhnt, in welche sie verfiel, sobald die Rede von den von Kleins war. Zuweilen überstieg deren Euphorie das Maß der Erträglichkeit. Dann aber dachte Ursula an Heinrich, den sie überaus gern mochte, auch ohne das Zutun ihrer ehrgeizigen Mutter und den Packt ihrer Väter. Gleichwohl konnte die Begeisterung der Eltern nicht schaden und so stand eine Verbindung der beiden unter einen besonders guten Stern.

Heinrich und sie hatten sich in vornehmer Zurückhaltung darüber ausgetauscht. Mittlerweile unterhielten sie einen regen Briefkontakt. Inhalt dieser Korrespondenz war auch das Schicksal des unglückliches James Graham. Die Romanze, die ihn beinahe das Leben gekostet hatte, hatte ein jähes Ende gefunden. Mister Graham Senior, der seine wirtschaftlichen Pläne, die Übernahme einer ehemaligen Munitionsfabrik, durch den umtriebigen Lebenswandel seines Sohnes gefährdet sah, hatte entschlossen gehandelt. James war, als dessen gesundheitlicher Zustand eine Reise zugelassen hatte, für einen langen Aufenthalt in ein entlegenes Sanatorium überführt worden.

„Nun, Kind, lass uns schauen, welche Garderobe wir für dich haben. Wir sollten auch einen Termin beim Schneider machen. Mir schwant, wir werden demnächst noch einiger solcher hochkarätigen Einladungen erhalten und sollten uns den Anlässen entsprechend angemessen kleiden. Wie sieht es nur aus, wenn wir stets ein und dasselbe Kleid auftragen?"

Sofort öffnete Henriette den Kleiderschrank, ein altes, monströses Möbelstück aus Eichenholz, und begann damit, die verschiedenen Kleidungsstücke ihrer Tochter zu begutachten.

„Nein, wie schrecklich. Eines sieht aus wie das andere."

„Du kannst sie alle tragen und wirst in jedem einzelnen umwerfend aussehen." Edith war im Türrahmen aufgetaucht und fing sich für diese Bemerkung einen tadelnden Blick ihrer Mutter ein.

„Das gleiche würde ich gern von dir behaupten, wenn du nur diese albernen Beinkleider endlich wieder ablegtest. Wir können von Glück reden, dass den von Kleins dein wenig damenhaftes Benehmen bisher verborgen geblieben ist."

„Mutter, ich trage lediglich Hosen."

„Offensichtlich.“ Henriettes Blick haftete angewidert darauf. „Aus diesem Grund kann ich nur froh sein, dass du uns nicht in die Oper begleiten wirst. Ich habe dich bereits entschuldigt, da du noch immer unter dieser hartnäckigen Wintererkältung leidest.“

Edith erwiderte nichts, obwohl die Erkältung nicht mehr als erfunden war. Sie reizte ihre Mutter gern, wusste aber auch, dass sie ihr Spiel nicht zu weit treiben durfte. Sie gönnte Ursula die ihr zugeteilte Aufmerksamkeit und genoss es, die zweite Geige zu spielen. So konnte sie sich ungestraft den ihr wichtigen Dingen zuwenden. Dazu gehörte die technische und wirtschaftliche Weiterbildung. Obwohl Edith die Erlaubnis, zu studieren verwehrt worden war, hatte sie ihren Wunsch nicht aufgegeben. Die Zahl der Frauen, die dies taten, wuchs langsam, aber stetig. Edith brauchte Zeit und der Rummel um Ursi verschaffte ihr diese.

„Wenn wir den Telefonapparat haben, kannst du dir die Opern darüber anhören.“

„Es wird mir eine Freude sein“, gab Edith zurück, grinste ihre Mutter keck an und schob sich weiter ins Zimmer. Henriette zog daraufhin die Augenbrauen hoch und trat den Rückzug an.

„Nun, offensichtlich werde ich hier gerade nicht gebraucht. Ursi, die Kleiderfrage klären wir später.“ Sie zog die Schultern noch ein weiteres Stück zurück, reckte das Kinn nach vorn und verließ das Zimmer.

„Endlich, ich dachte schon sie ginge nie.“ Edith kicherte und lief zu ihrer Schwester. „Und? Hast du sie bekommen?“

„Natürlich, auf Heinrich ist Verlass.“

„Großartig! Ursula, du bist die Beste.“

„Das höre ich in letzter Zeit häufiger. Ich gebe zu, allmählich gewöhne ich mich daran. Hier.“

Ursula bezog über Heinrich von Klein für ihre Schwester seit Kurzem aktuelle Zeitschriften und Magazine. Heinrich musste niemandem Rechenschaft darüber ablegen. Im Gegenteil, seine vielseitigen Interessen wurden in den höchsten Tönen gelobt. Die Handelszeitung gehörte mittlerweile zu Ediths regelmäßiger Lektüre. Diese und ein kleines Büchlein in grauem, biegbarem Einband holte Ursula aus einem Versteck unter ihrem Bett hervor.

„Ein Buch über die Luftfahrt?“ Edith besah es skeptisch.

„Heinrich sagte, dass es in dieser Woche etwas schwierig war, an die von dir gewünschten Ausgaben zu kommen. Immerhin ist dieses hier von einem Ingenieur geschrieben worden und es sind viele technische Tabellen darin, auch Fotografien und Zeichnungen.“

„Danke, ich werde es mir in Ruhe durchsehen und die Handelszeitung habe ich ja auch noch. Richte deinem Heinrich meinen herzlichen Dank für seine Mühen aus.“

14

Berlin am 8. März 1924

Meine liebe Tante Luise,
heute ist ein besonderer Tag in Berlin. Es ist Frauentag.
Schon seit Wochen kleben Plakate an den Häusern. Frauen
mit entschlossenen, wilden Gesichtern rufen andere Frauen
– Frauen wie mich – auf, für ihre Ziele einzustehen. Die
Frauen gehen auf die Straßen, sie demonstrieren und for-
dern gleiches Recht für alle. Studentinnen und viele Kom-
munistinnen sind unter ihnen, auch Arbeiterinnen.
Frauen, die mutig, stark und vollkommen anders sind als
ich. Ich höre ihren Ruf, doch ich fürchte, meine Ziele sind
längst verloren.
Wie du weißt, werden Ursula und Heinrich von Klein in
Bälde heiraten. Die Eltern sind vollkommen aus dem Häus-
chen, Ursula auch. Aber ihr Glück lässt sich auf ihre ehrli-
che Zuneigung für Heinrich zurückführen und nicht auf
die Vorteile, die die Nähe zum Ministerialrat mit sich
bringt. Heinrich ist von anständigem Charakter und herz-
licher Natur. Ursula hat großes Glück mit ihm.
Ich dagegen, liebste Tante, war noch nie so unglücklich in
Berlin wie jetzt. Ich fürchte, sobald sich der Rummel um die
Hochzeit gelegt hat, wird Mutter mir ein Ultimatum stel-
len. Am Ende verheiratet sie mich, nur um die Sache zum

Abschluss zu bringen, mit Hauptmann Könitz. Mag ich mich noch so sehr sträuben.
Ich demonstriere nicht. Ich studiere nicht – noch nicht. Ich brauche mehr Zeit. Ich sehne mich nach Kerchheim. Ich bitte dich, Tante Luise, von Frau zu Frau: Hilf mir, wenn es dir irgend möglich ist. Lege ein gutes Wort für mich bei Onkel Leopold ein, jetzt, da die Fabriktore wieder offen stehen. Er weiß, dass ich ihm eine fleißige und engagierte Unterstützung sein kann.
Ergebenst
Deine Edith

Es war nun schon über einen Monat her, dass Edith ihren Brief in aller Heimlichkeit an Luise Geldermann geschickt hatte. Die Hoffnung auf eine Antwort hatte sie fast aufgegeben. Im Hause Ziegler gab es kaum mehr ein anderes Thema als die Zusammenstellung der Aussteuer und den Umzug der Frischvermählten nach Hohenfinow, wo die Familie von Klein Ländereien besaß. Hier würden sich Ursula und Heinrich niederlassen und eine Familie gründen.

„Henriette, mir scheint, dir ist heute überhaupt nicht wohl", stellte Bruno beim Nachmittagskaffee fest. „Du übernimmst dich doch hoffentlich nicht mit all den Aufgaben?"

„Mit Sicherheit, Bruno, es ist Freude und Graus zugleich. Ich weiß kaum noch, wo mir der Kopf steht und es ist noch nicht einmal die Hälfte der Dinge geregelt. Ursi", Henriette griff über den Tisch nach der Hand ihrer Ältesten, „du weißt, ich tue all dies mit Hingabe für dich. Trotzdem ist es eine nicht unerhebliche Belastung. Und dann ständig diese Angst, dass etwas vergessen oder nicht zufriedenstellend ausgerichtet wird. Erst recht deine Möbel."

„Wie gut, dass Braut und Bräutigam bereits feststehen", warf Edith ein und erntete einen finsteren Blick.

„Deine Scherze sind nicht angebracht. Ich weiß nicht, wie ich eine zweite Hochzeit in diesem Jahr überleben soll. Ich fürchte, sie könnte mich ins Grab bringen."

„Dann sollten wir unbedingt darauf verzichten. Ich habe nichts dagegen einzuwenden – ganz im Gegenteil. Wir wollen deine Gegenwart noch lange Zeit genießen dürfen", ließ Edith in ruhigem Ton verlauten. Sie zeigte sich in der letzten Zeit viel ernster.

„Darüber werden in diesem Hause keine Scherze gemacht", seufzte Henriette und fächelte sich Luft zu. Sie wirkte deutlich geschwächt.

Das neue Hausmädchen trat herein und brachte auf einem Teller die tägliche Post. Ziegler setzte die Brille zurecht und sah die Absender grob durch. Beim letzten Schriftstück stutzte er.

„Seltsam, der ist aus Kerchheim. Von Luise. Und an dich adressiert, Henriette." Ziegler legte den Brief zur Seite und sah die weitere Post durch.

Sofort befiel Henriette eine übermäßige Neugier. Sie übertrug den Töchtern einige Aufgaben und wartete darauf, dass ihr Gemahl sich zu seinem Nachmittagstermin in die Praxis zurückzog. Dann nahm sie den Brief, der ungewöhnlich dick war, öffnete das Kuvert mit dem neuen Brieföffner aus Messing und las. Mit gemischten Gefühlen verbrachte Henriette den restlichen Nachmittag im Salon und grübelte.

Luise hatte sich für die Einladung zu den Hochzeits-
feierlichkeiten bedankt und auch ausführlich davon
berichtet, dass die Fabrik wie geplant wieder geöffnet
wurde. Dass dies zwar viel Arbeit für ihren Gatten Leopold bedeute, es aber sicherlich kein Vergleich mit den
Aufwänden und Mühen sei, die Henriette mit Blick auf
die anstehende Ehe ihrer erstgeborenen Tochter zu
leisten habe.

Nun sei es aber so, dass Leopold derzeit nicht abkömmlich sei und Luise die Einladung allein würde annehmen müssen. Zudem nutze sie die Gelegenheit,
Edith für einen weiteren Sommer nach Kerchheim einzuladen. Über den Winter habe sie sich einem neuen
Handarbeitskreis angeschlossen. In diesem träfe sie
sich unter anderem regelmäßig zum Austausch mit
Gattin und Tochter des renommierten Bauunterneh-
mers Rippen, dessen Ruf ihm sicherlich schon bis Berlin vorausgeeilt sei. Es sei ein erlesener Kreis von
Frauen mit gesellschaftlichem Stand und es wäre ihr
ein Vergnügen, Edith dort einzuführen. Die Verbindungen, die sie knüpfen könnte, seien gewiss nicht von
Nachteil.

Luise habe außerdem Sehnsucht nach Gesellschaft.
Der Besuch der Mädchen im letzten Jahr habe ihr
schmerzlich vor Augen geführt, welchen Verlust sie
doch durch das Ausbleiben der Mutterschaft erlitten
habe. Die Jüngste sei sie nun auch nicht mehr und es
wäre ihr eine Freude und große Hilfe, wenn Edith ihr
über den Sommer Gesellschaft leisten möchte.

Henriette grübelte angestrengt und ging ihre Optio-
nen durch. Im Moment war mit der widerborstigen
Edith kein Blumentopf zu gewinnen. Die Verbindung

mit den von Kleins öffnete Zieglers derzeit eine Tür nach der anderen. Bald nach der Vermählung würden sie auf Einladung eines Freundes des Ministerialrats für die Badesaison an die Ostsee reisen. Hier galt es, entsprechend Eindruck zu machen.

Sie würde eine Entscheidung treffen müssen. Edith in diesem Jahr rar zu machen, könnte ebenfalls eine Strategie sein. Wer wusste, in welch erlesenen Kreisen sich Zieglers im nächsten Jahr bereits bewegen würden. Henriette wollte wenigstens eine Nacht darüber schlafen und anschließend musste sie mit Bruno sprechen.

Mai 1924

Mit den ersten Sonnenstrahlen erwachte Edith, rekelte sich wohlig in den Kissen und lächelte zufrieden. In der Linde vor dem Fenster saßen die Vögel und begrüßten laut zwitschernd den Tag. Die frische Morgenluft wehte durch das halb geöffnete Fenster, es roch nach Freiheit, nach einem Sommer in Kerchheim. Tante Luise hatte es geschafft.

Edith blickte auf das gegenüberliegende Bett. Es war säuberlich gemacht und es war eine gelbe gehäkelte Tagesdecke darauf ausgebreitet. Ursula hatte sie im letzten Jahr fertiggestellt.

„Ach, Ursula …“, flüsterte Edith, „… jetzt bist du eine verheiratete Frau. Wer hätte gedacht, dass ich dich so sehr vermissen werde.“

Noch heute wollte sie ihr schreiben. Sie hatten versprochen, einander alles zu berichten. Doch zunächst galt es zu frühstücken und den täglichen Rundgang in der Fabrik zu starten. Seit April liefen die Maschinen wieder auf Hochtouren. Was Franz wohl sagte, wenn sie sich wiedersahen? Ob er schon von ihrer Anwesenheit wusste? Nervöse Aufregung befiel sie, dabei würde sie doch nur einen alten Freund wiedertreffen.

„Guten Morgen, Edith, du bist früh auf. Hast du etwa nicht gut geschlafen?"

Tante Luise und Edith begegneten sich im Wohnzimmer.

„Doch, sehr gut. Ich bin ausgeruht und voller Tatendrang. Wo ist Onkel Leopold? Ich habe ihn noch gar nicht zu Gesicht bekommen."

„Nur die Ruhe. Er wird gleich bei uns sein. Wollen wir derweil einen kurzen Spaziergang durch unseren Garten machen?"

„Natürlich, gern", erwiderte Edith, obwohl die Fabrik sie lockte. Das vertraute Brummen und Arbeiten der Maschinen drang durch die Luft und rief nach ihr. Doch sie war zu Gast und hatte Tante Luise so viel zu verdanken. Es lag ihr fern, ihre Verbündete zu verstimmen und schließlich gab es auch hier einiges in Erfahrung zu bringen.

Bisher wusste Edith nicht, wie ihre Tante es angestellt hatte, ihre Mutter zu überzeugen. Henriette Ziegler hatte sich ausgesprochen kühl und bedeckt gehalten. Ihr Vater war schließlich derjenige gewesen, der das Machtwort gesprochen und für seine jüngere Tochter entschieden hatte.

Als Edith und Luise wieder zurück ins Haus kamen, saß Onkel Leopold bereits am gedeckten Frühstückstisch. Er las in der Zeitung und wirkte noch etwas müde. Seine Miene erhellte sich jedoch, als er Edith erblickte.

„Wie schön, dass du wieder bei uns bist. Komm, genießen wir das Frühstück und im Anschluss führe ich dich durch die heiligen Hallen. Der Winterschlaf ist vorüber und wenn du möchtest, beginnen wir gleich mit der Arbeit. Du hast es dir doch nicht etwa anders überlegt?"

Edith setzte sich. Marie servierte Kaffee und während Onkel Leopold davon schwärmte, dass er, als die Krise im Oktober ihren Tiefpunkt erreicht hatte, die richtige Entscheidung getroffen hatte, genoss Edith die rheinischen Weckbrötchen. Sie waren so süß und weich, voller Erinnerungen.

Auf dem Weg zum Kontor wurde Edith das Gefühl nicht los, dass ihr Onkel langsamer unterwegs war. Er schien etwas aus der Übung und musste sich wohl auch selbst erst wieder an den Fabrikalltag gewöhnen.

Es warteten bereits Hubert Dietrich und Buchhalter Reichenshagen. Während der kurzen Begrüßung stellte Edith fest, dass Reichenshagen sich kein Stück verändert hatte. Wortkarg wie immer zog er sich umgehend in den ersten Stock ins Buchhaltungszimmer zurück. Hubert war, zumindest äußerlich betrachtet, nicht wiederzuerkennen. Das Haar trug er streng nach hinten gekämmt, das grobe Hemd hatte er gegen einen edel gearbeiteten, hellen Anzug eingetauscht und seine Füße steckten in neuen, blankputzten Schuhen. Der Arbeitsplatz von Fräulein Dahmen war leer, es stapelten sich jedoch unzählige Papiere darauf.

„Herrn Dietrich kennst du ja bereits. Er ist mir als Vorarbeiter schon immer eine große Hilfe gewesen. Nun habe ich ihn mit neuen Aufgaben betraut. Er wird Stück für Stück weitere organisatorische Bereiche und Aufgaben der Unternehmensleitung übernehmen, um mich zu entlasten. Wenn du Fragen hast, kannst du dich direkt an ihn wenden."

„Sie können gleich mit der Sortierung und Ablage der Papiere dort beginnen." Dietrich zeigte auf den Arbeitsplatz von Fräulein Dahmen. Sein Wesen verursachte ihr noch immer Unbehagen.

„Wo ist denn das Fräulein Dahmen?"

„Sie weilt leider nicht mehr unter uns", gab Leopold Auskunft.

„Oh", entfuhr es Edith bedauernd.

„Ja, mich hat es auch getroffen. Ich kannte sie viele Jahre. Welch ein Glück, dass sie dir so vieles beigebracht hat. Dann wirst du es nicht so schwer haben, dich einzufinden. Oder fürchtest du dich etwa vor deinen Aufgaben?" Leopold zog einen Stuhl heran und setzte sich.

„Nein, keineswegs. Ich bin nur überrascht von den vielen Veränderungen. Aber solange ich die täglichen Rundgänge durch die Fabrik mit Herrn Bergemann machen kann, ist alles in Ordnung."

„Nun, auch hier gibt es einige Veränderungen." Leopold rieb sich die Hände.

„Bergemann ist weg. Er hat sich über Winter etwas Neues gesucht und arbeitet jetzt in einer Werkstatt für Automobile. Er sollte im Frühjahr wieder zurückkommen. Franz ist der beste Ingenieur, den ich je in der Fabrik hatte, aber er hat nicht mit sich reden lassen. Ein richtiger Sturkopf ist er gewesen. Hubert hat ihn erlebt."

Die Nachricht über Franz' Weggang traf Edith schlimmer als der Tod von Fräulein Dahmen. Trotzdem versuchte sie, sich nichts anmerken zu lassen.

„Hubert hat einen neuen Ingenieur eingestellt. Der hat früher bei Litz gearbeitet. Auch ein fähiger Mann. Wir werden Gelegenheit finden, dich vorzustellen. Aber nun will ich euch nicht länger aufhalten. Dein Vater sagte schon, dass du dich ins Arbeitsleben stürzen willst. Nur zu. Ich empfehle mich und bin in meinem privaten Arbeitszimmer zu finden." Damit verließ Leopold das Kontor.

Edith und Hubert blieben allein zurück. Sie sah sich um und nahm dann zögernd auf Fräulein Dahmens Stuhl Platz. Ihre Schreibmaschine stand noch dort auf dem Tisch, daneben der Stapel Briefe und Belege.

„Dann fangen Sie mal an, Fräulein Ziegler oder darf ich mittlerweile Edith sagen?" Hubert zog eine Zigarette aus seinem Etui, zündete sie an und sah selbstgefällig zu Edith hinüber.

„Fräulein Ziegler ist vollkommen in Ordnung", gab sie leise zurück und begann ohne zu zögern damit, die Papiere zu sichten und zu ordnen. Sie musste sich erst an die unerwartete Konstellation gewöhnen. Sie würde sich nicht mit Hubert anlegen und riskieren, dass Onkel Leopold es sich anders überlegte. Noch nicht.

Also verbrachte sie die Vormittage der ersten Woche damit, die Akten zu sichten, zu sortieren, je nach Bedarf Kopien anzufertigen, abzuheften und neue Schriftstücke mit der Schreibmaschine aufzusetzen. Dietrich beobachtete sie mit Argusaugen und stolzierte wie ein Pfau herum, wenn er die Möglichkeit bekam, ihr neue Aufgaben zu übertragen.

An den Nachmittagen leistete sie Tante Luise Gesellschaft. Die beiden gingen täglich spazieren und Luise ließ sich die Einzelheiten der Ereignisse in Berlin berichten. Während solch eines Ausflugs zu Fuß, am Bach entlang bei schönstem Wetter, lenkte Edith nun endlich das Gespräch auf ihren Brief, der bisher mit keinem Wort erwähnt worden war.

„Tante Luise, du hast mir nie auf meinen Brief geantwortet. Hat er dich verärgert?"

„Nein, wie kommst du denn darauf? Er hat mich nur etwas, sagen wir, überrascht."

„Denkst du, dass es unangemessen war?"

Eingehakt liefen die beiden Frauen neben dem plätschernden Bach entlang. Heute führte er das Wasser in hellem Beige.

„Nun, ich denke, das kommt auf die Sichtweise an. Deine Mutter wäre sicherlich nicht erfreut gewesen, hätte sie davon erfahren. Mir hast du imponiert."

„Sie weiß nichts davon? Aber wie hast du es angestellt?"

„Ich werde dir deine Fragen bei Gelegenheit beantworten. Vielleicht, wenn wir meinen neuen Handarbeitskreis besuchen. Während der Fahrt dorthin können wir viel miteinander besprechen."

„Ich bin beruhigt, dass du mir mein vorwitziges Benehmen nicht übel nimmst."

„Wenn du deiner Überzeugung folgst, kannst du nichts falsch machen. Bist du dir treu geblieben?"

Edith nickte.

Luise strich ihr über die Hand und flüsterte. „Ich auch."

15

Als Edith an einem der folgenden Tage vormittags über den Fabrikhof ging, beschloss sie, den noch immer ausstehenden Rundgang durch die Fabrik in Eigenregie zu unternehmen. Hubert und Onkel Leopold waren zu einem geschäftlichen Termin gefahren und die Arbeit im Kontor lief ihr nicht davon. Also betrat sie das Gebäude und atmete den ihr so lieben und vertrauten Geruch ein.

„Fabelhaft", sprach Edith mit sich selbst und lief dann aufmerksam die Stationen der Fertigung ab. Von der Warenanlieferung, wo sich noch immer die Rohwollewürfel stapelten, an der Wolferei vorbei, durch die Färberei und die Wäscherei. Sie entdeckte viele neue Gesichter, aber auch einige alte Bekannte, die ihr zum Teil sogar zunickten. Als sie endlich die Weberei unter dem Dach erreichte, arbeiteten die Weber emsig und konzentriert wie eh und je. Sogar der alte Walter Esser stand wieder hinter seinem Webstuhl. Seine linke Gesichtshälfte war vom Unfall schwer gezeichnet. Der Kiefer war schief, zwischen den Falten zeichnete sich eine große Narbe ab und über dem linken Auge trug er eine graue Stoffklappe. Als er Edith entdeckte, hielt er seinen Webstuhl an.

„Hey!", rief er den anderen zu und hielt den Arm in die Höhe. Auch die drei unterbrachen ihre Arbeit und blickten Edith erwartungsvoll an.

„Guten Tag, Fräulein Ziegler. Schön Sie zu sehen", grüßte der Alte freundlich.

„Guten Tag! Ja, ich freue mich auch, dass ich wieder da bin. Darf ich mich für zwei Minuten umsehen?"

„Zwei Minuten. Nur zu, es besteht keine Gefahr."

Edith lief eilig zwischen den Webstühlen entlang, bis zum Ende des Dachbodens. Sie warf einen kurzen Blick in die Nopperei, entdeckte sogar Fräulein Krings wieder, die dort mit den anderen Arbeiterinnen das Garn für die Weber vorbereitete. Eilig lief sie zurück, denn sie hatte nicht vergessen, dass die Weber im Akkord arbeiteten und sie ihr gerade wertvolle Zeit überließen.

„Sie haben immer noch kein Warnschild", stellte Edith mit ernster Miene fest. „Ich werde mich darum kümmern", erklärte sie und verließ die Weberei wieder über die schmale Holzstiege. Gleich darauf arbeiteten die Webstühle wieder und das Krachen der Schützen ertönte, wenn sie die Fäden mit hoher Geschwindigkeit durch den Stoff geführt hatten und in den Fangkästen landeten.

Zufrieden, voller Tatendrang und Zuversicht, lief Edith zurück ins Büro an ihren Schreibtisch. Dort suchte sie sich ein passendes Stück Pappe und schrieb in großen Buchstaben darauf: *Warnung vor herausfliegenden Schützen! Durchgang während des Betriebs verboten!* Noch am gleichen Abend, als die schrille Klingel den Feierabend verkündet hatte, befestigte sie das Schild oben in der Weberei mit zwei kleinen Nägeln an einem der Querbalken. Stolz besah sie sich ihr Werk.

Niemand hatte sie dabei beobachtet und sie konnte es kaum erwarten, Onkel Leopold davon zu berichten. An diesem Abend kam sie jedoch nicht mehr dazu.

Von Tante Luise hatte sie erfahren, dass ihr Onkel sich seit dem Winter häufiger zum Kartenspielen traf und deshalb oft spät nach Hause kam, an manchen Abenden, so wie diesem, gar nicht. So musste Edith sich also gedulden, bis er am nächsten Tag im Kontor auftauchen würde.

Sie war so froh gestimmt, dass ihr sogar die Stunden im Büro mit Hubert Dietrich nicht so viel ausmachten. Er hatte sich wieder einmal breitbeinig vor der offenen Tür aufgebaut, um sich der Belegschaft zu zeigen und etwaigen Versuchungen zur Bummelei vorzubeugen. Gerade hatte er sich eine neue Zigarette zwischen die Lippen geschoben. Als er sich das Feuerzeug aus der Westentasche zog, fiel es ihm hinunter und landete auf dem metallenen Fußgitter.

„Mist, verdammter!", fluchte Dietrich, hob es wieder auf und zündete sich die Zigarette an.

Edith aber kam in diesem Augenblick so etwas wie eine Erleuchtung. Eine bahnbrechende, alles verändernde Idee tauchte vor ihrem inneren Auge auf. Sofort stand sie von ihrem Schreibtisch auf und verließ das Kontor.

„Na na, wohin denn so eilig? Ich sehe noch jede Menge Arbeit auf Ihrem Tisch", knurrte Hubert sie an, aber Edith ließ sich nicht aus der Fassung bringen.

„Keine Sorge, darum kümmere ich mich später. Ich muss nur mal ein paar Schritte an die frische Luft gehen." Damit drehte sie sich um und marschierte schnurstracks vom Fabrikgelände.

„Weiber!", hörte sie Dietrich noch hinter sich ausrufen, aber sie reagierte nicht darauf. Sie musste einen ruhigen Platz finden und ihre Idee durchdenken.

Als Edith sich der Stelle am Bach näherte, an der sie sich niederlassen und nachdenken wollte, entdeckte sie, dass ihr bereits jemand zuvorgekommen war. Die erste Enttäuschung wurde von einer neuen Aufregung verdrängt. Saß dort am Ufer tatsächlich Franz Bergemann? Die Freude, ihren klugen Lehrer und uneingeschränkten Unterstützer, den Mann, der sie hatte heiraten wollen und den sie in einem Moment der Überwältigung geküsst hatte, hier wiederzusehen, ließ sie innerlich erbeben. Sie musste stehen bleiben und Mut fassen. Langsam und leise ging sie den Weg entlang, bis sie in knapp zwei Metern Entfernung hinter ihm stand. Dann räusperte sie sich.

„Darf ich mich dazusetzen?"

Bergemann fuhr herum und starrte Edith fassungslos an. Dann breitete sich ein glückliches Lächeln auf seinem Gesicht aus.

„Edith! Aber natürlich!"

Er stand auf, klopfte sich Staub und Gras von der Kleidung und reichte ihr seine Hand. Edith ergriff sie und im nächsten Moment nahm sie neben Franz auf der Böschung Platz. Er trug weder Anzug noch Krawatte. Sein Aufzug war einfach. Eine braune Hose, Hosenträger und ein helles Hemd, dessen Ärmel er bis unter die Ellenbogen hochgekrempelt hatte, ließen ihn lockerer und jünger wirken.

„Es ist schön, dich zu sehen. Wie geht es dir?" Franz hatte eine Weile gebraucht, bis er das Wort an Edith gerichtet hatte und warf nun einen Kiesel ins Wasser.

„Ganz gut, denke ich." Edith warf einen Stein hinterher. „Und dir?"

„Auch gut, möchte man meinen." Seine Stimme klang dabei aber wenig überzeugend. „Was gibt es Neues in Berlin?"

„Ursula ist jetzt verheiratet. Da war eine Menge los, wie du dir vorstellen kannst. Es gab monatelang kein anderes Thema. Sie ist nun eine sehr glückliche von Klein. Gleich nach der Heirat ist sie mit ihrem Mann Heinrich nach Hohenfinow übergesiedelt. Ich freue mich sehr für sie. Es ist, was sie sich immer gewünscht hat."

Edith machte eine Pause, als grübelte sie darüber nach, was sich sonst so ereignet hatte.

„Die Oper hat auch wieder geöffnet. Verrückt. Wir müssten bald nicht einmal aus dem Haus, um die Vorstellung zu genießen. Mit unserem eigenen Telefonapparat ist es dann möglich, der Vorführung zu lauschen."

Wieder machte sie eine Pause. Sie ließ das Gesagte wirken, dann fuhr sie weniger enthusiastisch fort.

„Viel Bemerkenswerteres gibt es nicht zu berichten. Berlin ist lauter und schmutziger geworden und die meisten Menschen sind so störrisch wie eh und je."

„Und was ist mit dir?"

„Ich bin so froh, endlich wieder hier zu sein. In Berlin fühlte ich mich wie eine Gefangene. Jeden Tag habe ich mich nach Kerchheim und der Fabrik gesehnt." Wehmütig sog Edith die Luft ein und warf einen weiteren Stein ins Wasser, der mit einem hellen Platschen verschwand.

„Du hast deine Pläne also nicht in die Tat umgesetzt?"

„Nein. Ich bin kläglich gescheitert. Es gibt einige mutige und starke Frauen in Berlin, aber ich gehöre nicht zu ihnen. Die Kommunistinnen demonstrieren sogar für Gleichberechtigung und Selbstbestimmung. So viel Mut habe ich nicht. Ich musste mir die wissenschaftlichen Zeitschriften und Bücher heimlich beschaffen und lesen. Ursula und Heinrich haben mir dabei geholfen. An Studieren ist nicht mehr zu denken. Mutter und Vater verkehren jetzt in sehr vornehmen Kreisen. Sie suchen noch immer nach einem geeigneten Mann für mich. Niemanden interessiert, was ich möchte.“

„Und doch bist du wieder hier und verheiratet bist du auch nicht.“ Franz wandte sich ihr zu. Der laue Wind spielte mit seinem Haar und der Ausdruck auf seinem Gesicht wurde allmählich gelöster. „Ein Scheitern würde ich anders beschreiben. Du bist noch immer auf dem Weg.“

„Ha!“, stieß Edith in bitterem Ton aus. „Hier ist es auch nicht mehr so, wie es einmal war. Hubert hat meinen Onkel um den Finger gewickelt und macht sich breit, als gehörte ihm die Fabrik längst. Und du ...“, verstohlen blickte Edith zu Franz, „... du bist auch nicht mehr da. Bei wem soll ich denn lernen? Den neuen Ingenieur habe ich nicht ein einziges Mal zu Gesicht bekommen. Warum bist du nach der Winterpause nicht zurückgekommen?“

„Ich wollte, aber es war zu spät. Dein Onkel hatte schon längst einen anderen eingestellt. Also arbeite ich jetzt als Schlosser in einer Automobilwerkstatt. Ich muss nehmen, was das Leben mir bietet.“

„Da hat mir mein Onkel aber etwas anderes erzählt.“ Edith erinnerte sich sehr genau an das kurze Gespräch über Franz und Huberts Behauptungen. „Hubert erzählt, dass du nicht zurückkommen wolltest.“

„Das sieht ihm ähnlich. Es ist mir nicht entgangen, dass er in der Fabrik mittlerweile einiges zu sagen hat.“

„Du solltest nochmals mit meinem Onkel sprechen. Ich bin mir sicher, er stellt dich sofort ein. Er sagt, du seist der beste Ingenieur weit und breit. Dann wäre alles wie immer und ich könnte noch so vieles von dir lernen. Die täglichen Rundgänge durch die Fabrik fehlen mir sehr.“ Edith seufzte. Diese Niedergeschlagenheit, die sie in den letzten Wochen immer mal wieder erfasste, forderte ihr viel Kraft ab.

„Mir hat deine Gesellschaft auch gefehlt, Edith. Ich habe jeden Tag an dich gedacht und bin froh, dass du wieder hier bist.“

Der Blick, den Franz Edith nun zuwarf, berührte sie auf besondere Weise. Er sah ihr direkt in die Augen, lange, und ließ es unter ihrer Haut gleichzeitig warm und kalt werden. Ihr Herz klopfte schneller und eine nervöse Spannung breitete sich in ihrer Brust aus. Sie fühlte eine Verbindung, eine starke unsichtbare Verbindung zu Franz, fühlte sich von ihm verstanden und geschätzt, so wie sie war. Das versetzte sie in Angst und sie hatte das dringende Bedürfnis, auf der Stelle wegzulaufen.

„Ich muss wieder zurück. Es gibt noch eine Menge zu erledigen“, erklärte sie deshalb eilig und stand auf. Oben auf der Böschung drehte sie sich nochmals um und flüsterte ihre Verabschiedung. „Bis bald.“

Erst auf dem Rückweg fiel ihr wieder ein, warum sie überhaupt aus dem Kontor fortgelaufen war. Sie hatte die Idee mit den Schutzgittern gehabt. Sie würden das

Arbeiten in der Weberei sicherer gestalten. Man könnte diese Fußgitter aufhängen und die Flugbahn des verirrten Schützen auf diese Weise unterbrechen. Verletzungen wie die des alten Walter Esser gehörten damit der Vergangenheit an. Onkel Leopold musste ihren Vorschlag großartig finden, denn auf diese Weise konnten Unfälle und lange Ausfallzeiten vermieden werden. Sie sollten überall in der Fabrik angebracht werden. Vielleicht konnte sie mit dem neuen Ingenieur darüber sprechen. Er wusste gewiss, wo solche Gitter zu beschaffen waren.

Vor dem Eingang zur Warenanlieferung entdeckte Edith ihren Onkel und Hubert Dietrich, die neben einem fremden älteren Herrn standen. Sie unterhielten sich und wirkten dabei sehr angespannt, der Fremde vor allem verärgert. Als sie Edith entdeckten, verstummten sie und starrten sie an. Der Fremde, wie Edith es beim Näherkommen feststellte, platzte beinahe vor Wut.

„Ist sie das?", zeterte er los, noch bevor sich jemand die Mühe machen konnte, Edith und ihn einander vorzustellen.

„Ja, Herr Lissendorfer, das ist meine Nichte Edith Ziegler. Edith, das ist unser neuer Ingenieur Herrmann Lissendorfer."

Sofort zeterte dieser, der etwas kleiner war als Edith, mit erhobenem Zeigefinger weiter.

„Haben Sie den Unfug in der Weberei zu verantworten?" Edith sah ihn verunsichert an. „Schauen Sie nicht drein wie ein Rind! Natürlich haben Sie das veranstaltet."

Edith fühlte sich wie vom Blitz getroffen.

„Wie konnten Sie sich nur zu dieser dummen Idee verleiten lassen?"

Nun fing sie sich wieder. Ohne auf Hubert und ihren Onkel zu achten, beantwortete sie die Frage des tobenden Mannes.

„Diese Idee ist nicht dumm. Dieses Schild ist eine Sicherheitsmaßnahme, eine Warnung, und soll Unfälle vermeiden."

Lissendorfer rang nach Luft und röchelte. Seine dünnen grauen Haare, die er sorgfältig von vorn nach hinten über den Kopf frisiert hatte, flogen durch seine energischen Bewegungen auseinander. Nun offenbarten sie eine große, kahle Stelle auf seinem Kopf.

„Jetzt sag ich Ihnen mal was, Fräulein. Hier herrschen *meine* Regeln! Ich entscheide, ob und welche Sicherheitsmaßnahmen notwendig und angebracht sind. Ich verbiete Ihnen ein für alle Mal, sich in meinem Arbeitsbereich solche Frechheiten herauszunehmen. Sie haben in der Fabrik nichts zu suchen. Schreiben Sie sich das gefälligst hinter die Ohren!"

„Aber diese Warnungen sind wichtig und nützlich. In der gesamten Fabrik sollten welche aufgehängt werden."

„Haben Sie nicht gehört, was ich gesagt habe?" Lissendorfer griff sich ob der ihm offensichtlichen Begriffsstutzigkeit Ediths verzweifelt an den Kopf.

„Gehen Sie mir aus den Augen und bleiben Sie mir mit Ihren Papierschildchen vom Leibe! Keinen Fuß setzen Sie in die Fabrik, habe ich mich klar und deutlich ausgedrückt oder muss ich Sie erst übers Knie legen?"

In dem Moment verschlug es Edith die Sprache. Als sie sich hilfesuchend ihrem Onkel zuwandte, ergriff dieser Partei für Lissendorfer.

„Nun, ich denke, das wird nicht wieder vorkommen, nicht wahr, Edith? In der Fabrik gibt es sowieso nichts für dich zu tun. Geh nun wieder ins Büro. Mir scheint, dort gibt es noch einiges zu erledigen."

„Das kannst du doch nicht ernst meinen", begehrte Edith mit brüchiger Stimme auf.

„Doch, Edith. Lass es gut sein."

„Wenn du meinst ..." Mit hocherhobenem Haupt und tief sitzender Enttäuschung verließ Edith das Trio und begab sich zurück ins Kontor. Die Schmach und die Demütigung waren für sie kaum zu ertragen.

Keine fünf Minuten später betrat Hubert Dietrich das Büro. Er pfiff vor sich hin, ließ sich auf den Stuhl hinter seinem Schreibtisch fallen und legte die Füße auf den Tisch.

„Aaah", stöhnte er, lehnte sich nach hinten und verschränkte die Arme hinter dem Kopf. „Da hat's Ihnen der Lissendorfer aber anständig gegeben."

Er grinste und wartete auf eine Reaktion, aber Edith ging nicht darauf ein. Sie machte sich stattdessen an der Kopierpresse zu schaffen. Es gab noch genug zu tun, damit hatte Onkel Leopold richtiggelegen.

„Wenn Sie mich fragen, hat Lissendorfer recht", hob Dietrich erneut an.

Edith ließ auch diese Bemerkung unbeachtet.

„Sie wissen es doch längst selbst: In der Fabrik ist kein Platz für Sie. Lissendorfer hat gut daran getan, dass er Sie rausgeworfen hat und ich rate Ihnen, sich nicht zu widersetzen." Hubert zog die Zigarette, die er sich hinters Ohr geklemmt hatte, hervor und zündete sie an.

Edith sah kurz auf. Sie wusste, dass ihre Idee, die Schutzgitter anzubringen, den Aufenthalt in der Weberei viel sicherer machen würde, sagte aber nichts. Mit zusammengekniffenen Augen musterte sie diesen unangenehmen Kerl. Der hatte seine helle Freude daran, dass Lissendorfer sich so aufgespielt und Edith in die Schranken gewiesen hatte. Ohne Grund. Aber warum hatte Onkel Leopold dieses aufgeplusterte Gezeter einfach so hingenommen? Er war doch derjenige gewesen, der Edith als Erster mit in die Fabrik genommen, ihr stolz alles erklärt und auch die technischen Rundgänge mit Bergemann erlaubt hatte. Sie musste unbedingt später mit ihm in aller Ruhe in seinem Arbeitszimmer darüber sprechen. Irgendetwas kam Edith seit ihrer Rückkehr nach Kerchheim an Onkel Leopold seltsam vor.

„Auf der anderen Seite …", Hubert holte Edith aus ihren Gedanken zurück, „… wäre es mir sicherlich ein großes Vergnügen, zu erleben, wie der Alte Sie übers Knie legt und Ihnen den Hintern versohlt." Er lachte schäbig.

Edith drehte an der Presse. Sie wollte sich von diesem Tunichtgut nicht aus der Reserve locken lassen. Nein, diesen Gefallen tat sie ihm nicht. Wenn Onkel Leopold grundlegend dagegen gewesen wäre, dass sie arbeitete und sich in die Fabrik einbrachte, dann hätte er sie erst gar nicht ein zweites Mal einladen dürfen. Aber er hatte es getan. Es musste eine Ursache für sein so verändertes Verhalten geben.

Plötzlich stand Hubert direkt hinter ihr und blies ihr seinen Zigarettenrauch in den Nacken. Sie war so aufgewühlt und in Gedanken gewesen, dass sie nicht mitbekommen hatte, wie er aufgestanden und nahe an sie herangetreten war.

„Nun spiel nicht gleich die Beleidigte. Lissendorfer hat zwar ein großes Maul, aber nichts dahinter. Ich bin da vollkommen anders. Sicherlich, ich necke dich ab und zu, aber nur, weil ich's gern hab, wenn wir zwei zusammenarbeiten. Du und ich allein hier drin ...“

Edith hatte aufgehört, an der Presse zu drehen und Hubert war noch etwas dichter an sie herangetreten. „Die Fabrik bedeutet dir ziemlich viel, das sehe ich.“ Er beugte sich über Edith und sog den Duft ihres Haares ein. „Soll ich dir was verraten? Mir auch.“

Edith ließ die Presse los, trat einen Schritt zur Seite und wollte sich abwenden, aber Hubert baute sich vor ihr auf und versperrte ihr den Weg. „Wir zwei haben wohl mehr gemeinsam, als du dachtest, schöne Edith.“ Nun legte er seine große Hand auf ihre schmale Hüfte und zog sie näher an sich heran. „Wie wäre es mit uns beiden? Ich habe schon lange ein Auge auf dich geworfen.“

Edith versteifte sich und hielt dagegen, aber sie war zu leicht.

„Glaube mir, ich weiß genau, was du brauchst und was dich glücklich macht.“ Huberts Gesicht näherte sich und er sah Edith herausfordernd an. „Dein alter Onkel lässt nach und er hält große Stücke auf mich. Irgendwann leite ich den Laden. Wenn du mich heiratest, werde ich mit Sicherheit hier und da ein gutes Wort für dich einlegen. Du könntest in der Fabrik tun und lassen, was du willst. Selbstverständlich würdest du dich als meine Frau auf besondere Weise erkenntlich zeigen. Ich bin mir sicher, dass du ausgesprochen gute Qualitäten hast."

Hubert drückte seine Kippe in einer leeren Weißblechdose aus, die im Regal hinter Edith stand. Nur einen Wimpernschlag später umfasste er ihren Hinterkopf. Er zog ihren schmalen Körper in einer heftigen Bewegung eng an seine Hüfte und presste seine großen feuchten Lippen auf ihren Mund.

Edith vergaß zu atmen. Sie saß in der Umklammerung fest und riss angeekelt die Augen auf. Noch ehe Hubert sie wieder richtig losgelassen hatte, holte sie aus. Sie verpasste ihrem Peiniger eine schallende Ohrfeige und spuckte ihm ins Gesicht. In ihren Augen loderten Hass und Wut. Angewidert wischte sie sich mit dem Handrücken über den Mund.

Hubert aber grinste sie selbstgefällig an. Er trat langsam einen Schritt zurück und zog sein Tuch aus der Weste. Ruhig und überlegen wischte er sich damit das Gesicht sauber.

„Sehr schön, du zierst dich. Das gefällt mir, macht die Sache noch viel interessanter." Er zog den Stoff seiner Weste gerade und steckte das Tuch wieder ein. „Ich wusste, dass du Pfeffer hast. Es wird mir ein Vergnügen sein, dich zu zähmen."

„Eher friert die Hölle zu!", zischte Edith, aber mehr als eine höhnische Grimasse entlockte sie Hubert damit nicht.

„Überlege es dir gut, ob du mich zum Feind haben willst, Mädchen." Mit schweren Schritten ging er zum

Schreibtisch zurück, zückte die neueste Zeitung und begann in gewohnter Manier darin zu lesen und für ihn wichtige Stellen einzukreisen.

Edith aber zwang sich dazu, nicht die Beherrschung zu verlieren. Sie fertigte die ausstehenden Kopien an und ordnete die Dokumente an ihrem Arbeitsplatz, ohne ein weiteres Wort zu sagen oder mit der Wimper zu zucken. Innerlich aber nahm sie sich selbst den Schwur ab, Hubert sein Verhalten heimzuzahlen. Irgendwann würde er dafür büßen, aber sie musste mit Bedacht vorgehen, denn im Augenblick standen ihre Karten schlecht. Vor ihm musste sie mehr als nur auf der Hut sein. Ihr Verdacht hatte sich bestätigt. Er hatte es auf das Unternehmen abgesehen. Umso wichtiger war es, dass sie das Gespräch mit Onkel Leopold suchte.

16

Nach dem Abendessen klopfte Edith zaghaft an das private Arbeitszimmer ihres Onkels im Wohngebäude. Sie wusste bereits aus eigener Beobachtung und auch von Tante Luise, dass er hier seit Neuestem viel Zeit allein verbrachte.

„Bitte", ertönte Leopolds tiefe Stimme von innen und so öffnete Edith vorsichtig die schwere Holztür.

Sie blickte ins Halbdunkel, Onkel Leopold hatte kein Licht eingeschaltet. Sie konnte die Zimmereinrichtung, die Schatten, im Dämmerlicht trotzdem gut erkennen. Dann entdeckte sie auch ihren Onkel. Er saß nicht, wie sie vermutet hatte, hinter einem Schreibtisch. Nein, er hatte es sich in einem gepolsterten Ohrensessel bequem gemacht.

„Hallo, Onkel Leopold. Kannst du einige Minuten Zeit für mich erübrigen?"

„Sicher, Edith, komm herein."

Sie betrat das Zimmer auf leisen Sohlen. Diesen Raum kannte sie noch nicht. Er war früher kaum benutzt worden und immer abgeschlossen gewesen. Sie sah sich kurz um. Von der Decke vor dem halb geöffneten Fenster hingen bodenlange dünne Gardinen. Sie waren so leicht, dass der matte Abendwind mit ihnen spielte. Wie den Schleier eines Nachtgespenstes hob er den Stoff immer wieder an.

Es war frisch im Zimmer, stellte Edith fest. Außerdem waberten Zigarrenrauch und der Geruch nach Schnaps durch den Raum. Onkel Leopold hielt eine Zigarre in der einen Hand. Wenn er daran zog, dann leuchtete die orange Glut vor seinem nur schemenhaft sichtbaren Gesicht auf. In der anderen hielt er ein Glas. Edith erinnerte sich an den Geruch. Es war das gleiche Getränk, das er damals ausgeschenkt hatte, als sich der Unfall mit dem Weber ereignet hatte. Der Gedanke daran bestärkte sie darin, dass sie das Richtige tat, dass sie unbedingt mit Onkel Leopold reden und ihm ihre Wünsche und Absichten darlegen musste.

„Setz dich." Leopold zeigte auf einen zweiten Ohrensessel, der neben seinem stand. Die beiden Möbelstücke wurden nur durch ein kleines Beistelltischchen und eine Stehlampe getrennt.

„Womit kann ich dir behilflich sein?"

„Ich möchte mit dir über meine Anwesenheit bei euch und in der Fabrik sprechen." Edith setzte sich vorsichtig und schlug die Beine übereinander.

„Hm", brummte Leopold und zog wieder an der Zigarre.

„Ja, das habe ich mir schon gedacht. Nun, Kind, ich bin ganz Ohr."

Bei diesen Worten wollte sich ein Teil des Muts, den Edith gefasst hatte, aus dem Staub machen. Dann sammelte sie sich jedoch wieder und begann zaghaft ihr Anliegen hervorzubringen. „Lieber Onkel, lass mich vorausschicken, dass ich um die außergewöhnliche Beschaffenheit meines Wunsches weiß."

Wieder glomm die Spitze seiner Zigarre auf.

„Dir ist sicher längst bekannt, dass ich mich nach einer Aufgabe, einer Arbeit und nach einem selbstständigen Leben sehne." Edith rutschte auf dem Sessel nach vorn. „Ich habe allen Menschen in meinem Leben immer wieder mitgeteilt, dass ich nicht wünsche, verheiratet zu werden, dass ich den Sinn meines Daseins, meine Erfüllung, nicht als Ehefrau finden werde." Sie schluckte und wartete auf eine Reaktion.

„Nun, deine Einstellung ist mir bekannt."

„Ich schätze sehr, was du für mich getan hast und noch tust. Für uns beide, für Ursula und mich. Du hast uns gewähren lassen, unsere Ideen und Meinungen geschätzt. Diese Erfahrungen haben uns stärker gemacht und waren, so wie ich denke, auch deinem Unternehmen zuträglich."

Edith rutschte noch weiter nach vorn und umschloss ihre Hände wie zu einem Gebet. Dass sie das Gesicht ihres Onkels, seine Mimik in der Dunkelheit, nicht erkennen konnte, nahm ihr nicht den notwendigen Mut, weiterzusprechen.

„All meine Ideen und meine Arbeit bringe ich zum Wohle der Fabrik ein. Ich möchte fachlich ausgebildet und erfolgreich sein. Nach nichts anderem steht mir der Sinn." Sie machte eine Pause, wollte ihrem Onkel die Chance geben, etwas dazu zu sagen, aber er blieb stumm.

„Als ich gestern die Schilder geschrieben und aufgehängt habe, war mein Bestreben nicht, den neuen Ingenieur zu verärgern oder zu übergehen. Es lag mir fern, irgendetwas zu tun, was den Produktionsablauf stören könnte. Ich dachte nur daran, die Abläufe für alle hier sicherer zu gestalten. Solch ein kleines Schild kann viel bewirken."

Wieder wartete sie einige Zeit, aber statt Leopolds Antwort durchbrach lautes Katzengeschrei vor dem Fenster die Stille.

„Onkel Leopold?"

Er brummte nur und bewegte sich in seinem Sessel.

„Ich möchte in deiner Fabrik Gutes bewirken und schließlich selbst Tuchfabrikantin werden. Wirst du mir dabei helfen?"

„Du bist verrückt geworden, Kind." Er stellte sein Glas ab und schaltete die Stehlampe ein. Das helle Licht ließ ihn blinzeln. Auch Edith musste sich die Tränen aus den gereizten Augen reiben. Leopold sprach leise, drückte die Zigarre aus, trank sein Glas leer und stand auf. Langsam, fast schlurfend ging er zum Fenster hinüber. Seine Bewegungen ließen ihn alt wirken. Er schloss den Flügel und setzte sich anschließend wieder in seinen Sessel.

„Weißt du überhaupt, was du da redest?" Er blickte sie vorwurfsvoll an.

Edith nickte.

„Dein Vater wird mich einen Kopf kürzer machen, wenn er nur erfährt, dass ich mit dir über so etwas spreche. Und das mit Recht, meine Liebe. Lass es gut sein, Edith. Du machst dich nur unglücklich." Leopold sprach leise und müde.

„Onkel Leopold, dieses Ziel zu erreichen, ist alles, was ich mir wünsche. Der Gedanke daran, es aufzugeben, macht mich unglücklich. Und ich habe eine großartige Idee, um die Arbeit in der Fabrik zu verbessern. Denkst du denn, dass ich in der Vergangenheit eine schlechte Schülerin war?“

„Nein, das denke ich nicht.“

„Glaubst du, ich habe den Fertigungsprozess oder die Abläufe im Kontor nicht verstanden?“ Edith sprach zwar leise, aber ihre Fragen brachte sie bemerkenswert sachlich hervor.

„Doch, mein Kind. Ich bin sicher, du kennst dich besser aus, als mir und allen anderen lieb ist. Aber das tut nun einmal nichts zur Sache.“ Onkel Leopold knetete seine Nasenwurzel und vermied den Blickkontakt mit seiner Nichte. Dieses Gespräch verlangte beiden Parteien sichtbar Kraft ab. Stille breitete sich aus.

„Und was tut etwas zur Sache?“, fragte Edith nach einer gefühlten Ewigkeit.

„Sieh mal, Edith, ich habe dich sehr lieb, wir haben dich sehr lieb. Du bist klug und interessiert. Du suchst eine Aufgabe, eine Zukunft. Ich nehme dich gern als unseren Gast auf und gewähre dir eine Arbeitsstelle im Büro. Aber mehr kann ich im Moment nicht für dich tun.“

„Warum nicht?“

„Weil nicht nur du die Konsequenzen tragen musst, wenn ich mich über gewisse Regeln hinwegsetze.“

„Und eine der Regeln ist, dass Lissendorfer mir Hausverbot erteilen darf?“

„So sieht es aus. Ich kann nun mal nicht auf meinen Ingenieur verzichten.“

„Aber es gibt doch noch andere. Du kannst Herrn Bergemann wieder einstellen und du selbst kennst dich auch aus, sogar ich etwas.“ Die letzte Bemerkung schob sie etwas leiser hinterher. „Wir könnten Lissendorfer ablösen."

Leopold schnaubte unvermittelt.

„Nein. Das könnten wir nicht. Lass es gut sein, Edith."

„Das heißt, ich darf die Fabrik wirklich nicht mehr betreten? Ist das dein letztes Wort?" Mit angehaltenem Atem wartete Edith auf die Antwort

„Ja. Es ist mein letztes Wort. Und nun ist es wohl besser, wenn du schlafen gehst, Liebes. Es ist schon spät geworden." Er goss sich sein Glas nochmals bis zu Hälfte voll, dann schaltete er die Stehlampe aus.

Es war ein klarer Rauswurf. Edith schluckte enttäuscht, akzeptierte seine Entscheidung jedoch. Als ihre Augen sich nach einem kurzen Moment wieder an die Dunkelheit gewöhnt hatten, stand sie auf und ging zurück zur Tür. Mit der Hand auf der Klinke hielt sie nochmals inne.

„Wäre die Situation eine andere, wäre ich zum Beispiel dein Neffe? Stünde es dann um meine Chancen besser?" Sie brachte ihre Frage nur unter größter Anstrengung hervor und lauschte in die Dunkelheit.

„Schon möglich", erwiderte Onkel Leopold.

Edith hatte noch nichts Vergleichbares zu dem Schmerz erlebt, der sie in diesem Augenblick mitten ins Herz traf. Es war, als breche ein Teil von ihr in diesem Augenblick entzwei.

Was sollte er nur tun? Leopold starrte lange in die Dunkelheit. Er wollte nicht über Ediths Ansinnen nachdenken, es war verrückt. Der Alkohol lullte seine Gedanken nicht zu seiner Zufriedenheit ein. Sie arbeiteten sich mühsam durch seinen Kopf, ließen ihn einfach nicht in Ruhe.

„Sie ist ein schlaues Ding", sagte er sich immer wieder.
„Sie hat einen wachen Verstand und einen gesunden
Ehrgeiz. Das sieht ein Blinder mit Krückstock."

Doch ihm waren die Hände gebunden. Er konnte
doch nicht einfach ein Mädchen von vierundzwanzig
Jahren in die Geschäftsführung seines Unternehmens
beordern. Wie stünde er dann da?

Er hatte einen Ruf zu verlieren. Ja, die Idee, sie wieder
hier arbeiten zu lassen, hatte ihn gereizt. Der Winter
war hart für ihn gewesen und nachdem das Fräulein
Dahmen so unerwartet verschieden war, hatte Leopold
auf Luise gehört. Ihre Ratschläge waren bisher immer
hilfreich gewesen. Aber seine treue Frau hatte auch
Angst gehabt, dass er nicht wieder auf die Beine käme.
Und wenn er ehrlich zu sich war, hatte ihn die gleiche
Angst geplagt. Und jetzt wusste er einfach nicht, was er
tun sollte.

Edith ahnte, dass etwas nicht stimmte, da war sich Leopold sicher. Und er wusste, dass er ihr irgendwann die
Wahrheit beichten musste, in Teilen zumindest, bevor
sie es allein herausfand und es, wenn auch nur versehentlich, ausplauderte.

Aber wie sollte er es anstellen? Er konnte sie doch
nicht einfach beiseitenehmen und ihr sagen, dass er
plötzlich alt und krank geworden war. Dass er im Winter zusammengebrochen und wochenlang nicht einmal in der Lage gewesen war, einen Stift zu halten. Dass
seine Hand an schlimmen Tagen immer noch wackelte
wie ein Lämmerschwanz. Dass er sich schämte, als Ver-
sager zu gelten. Dass die Angst vor dem Verlust der Fabrik an seinem Selbstwertgefühl nagte. Dass er Lissen-

dorfer für einen Idioten hielt, ihn aber nicht hinauswerfen konnte, weil er keinen geeigneten Ersatz fand. Dass Bergemann sich weigerte, wieder bei ihm zu arbeiten, obwohl er ihm mehr Geld angeboten hatte. Dass er Hubert mit umfänglichen Vollmachten ausgestattet hatte, damit der Betrieb im Frühjahr wieder hatte aufgenommen werden können. Dass Hubert ein guter Vorarbeiter war, sich aber in manchen geschäftlichen Verhandlungen hatte vorführen lassen.

Wie wollte Leopold die Zurückweisung seiner Nichte vor sich selbst rechtfertigen? Sie war jedem Einzelnen hier, ihn selbst eingeschlossen, mit ihrer Geistesstärke und ihrem Scharfsinn überlegen. Sie könnte die besten Entscheidungen treffen, doch kaum jemand in der Belegschaft oder in der Geschäftswelt würde sie ernstnehmen. Sie war eine Frau. Eine Frau, die noch dazu nicht heiraten wollte.

Wie konnte er sie davon überzeugen, dass Edith ohne einen Ehemann immer auf der Verliererseite stehen würde? Dass die meisten Herren ihren Scharfsinn abstoßend empfanden oder gar als Bedrohung ansahen. Wenn sie sich doch nur der Ehe öffnen würde und vielleicht jemanden aus der Branche heiratete, konnte sie ihr Glück finden. Unter diesen Umständen würde Leopold seine Fabrik zur gegebenen Zeit gern einmal an sie hergeben.

Aber dann fiel ihm sein Cousin Bruno ein. Dessen Wort durfte er keinesfalls übergehen. Er hatte die Pläne für seine Tochter klar geäußert. Zudem befand Ziegler sich derzeit auf einem aufsteigenden Ast. Er und Henriette würden nicht ohne Weiteres hinnehmen, dass ihre Tochter, beziehungsweise deren alter Onkel, ihnen

in die Quere kam. An einem langen Tag wie diesem
schmerzte die Wahrheit, genau wie seine Gliedmaßen
und auch das Herz.

17

Luise stand im Wohnzimmer und wartete darauf, dass Edith sich zum Frühstück einfand. In den letzten Tagen war ihre Nichte auffällig still und ernst gewesen. Sie hatte nicht das Gespräch mit ihrer Tante gesucht, aber Luise war von Leopold ins Bild gesetzt worden. Deshalb hatte sie ihrem Gatten auch gut zugesprochen, ihn inständig gebeten, bei Lissendorfer ein gutes Wort für Edith einzulegen. Sie würde gewiss nicht noch einmal ohne Erlaubnis oder besondere Aufforderung tätig werden, wenn sie im Gegenzug wieder die Fabrik betreten und wieder zuschauen durfte. Außerdem, so dachte sich Luise, war es wohl an der Zeit, ein offenes Gespräch mit ihrer längst erwachsenen Nichte zu führen. Dieses Gespräch war auch der hauptsächliche Grund, warum Leopold nicht zum Essen anwesend war und sich bereits am frühen Morgen ins Tagesgeschehen verabschiedet hatte.

„Guten Morgen, meine Liebe", begann Luise, als Edith etwas antriebslos und ohne ihr bezauberndes Lächeln in die Stube trat.

„Guten Morgen."

„Ich habe eine Überraschung für dich", fuhr Luise voller Tatendrang fort.

„Ach ja?" Edith hob den Kopf leicht und warf ihrer
Tante einen fragenden Blick zu, was diese dazu ermunterte, weiterzuerzählen, bevor ihre Nichte das Interesse
verlor.

„Nachdem ich deinen Brief erhalten hatte, habe ich
deinem Wunsch entsprochen und ebenfalls einen Brief
an deine Mutter geschrieben. Darin habe ich ihr von
meinem neuen Handarbeitskreis vorgeschwärmt. Ich
schrieb, dass du neben einigen sinnvollen Tätigkeiten
in der Fabrik deine Fähigkeit auf diesem Gebiet durchaus auch verbessern könntest. Dies würde sicherlich
deinen Ruf verbessern."

„Das hast du getan? Dann steckst du mit meiner Mutter unter einer Decke?" Edith hatte sich kerzengerade
aufgerichtet und wäre beinahe gegen die Kaffeekanne
gestoßen, die Marie gerade hochhielt, um ihnen einzu-
schenken.

„Ja", gab Luise ruhig zu, „zumindest, was dieses
Thema angeht und es hat schließlich seinen Dienst getan. Du bist hier, oder nicht?"

„Doch, Tante Luise", sofort fiel Ediths Körperhaltung
wieder in sich zusammen.

„Nun, da ich deiner Mutter schrieb, dass du auch diesbezüglich lernen würdest, werden wir heute den Tag
miteinander verbringen. Wir werden in die Stadt fahren, spazieren gehen und uns anschließend mit den
Frauen zu einem gemütlichen Handarbeitsnachmittag
treffen."

„Oh wie schade, Tante Luise", erklärte Edith nun. Der
scheinheilige Ton in ihrer Stimme war kaum zu überhören. „Ich muss doch gleich ins Büro hinüber. Dort

wartet gerade besonders viel Arbeit auf mich, sodass ich dich leider enttäuschen und passen muss."

Luise ließ sich von dieser Ausrede jedoch nicht beeindrucken. „Keine Sorge, Kind, ich habe bereits mit Leopold gesprochen. Es ist alles geregelt. Gleich nach dem Frühstück kannst du deinen Stickrahmen oder die Wolle holen und dann machen wir uns auch schon auf den Weg."

Luise war mit ihrer Vorstellung mehr als zufrieden und lächelte Edith breit an, die dies mit einem tiefen Stirnrunzeln quittierte. Dann schob Edith Tasse und Teller ein winziges Stück von sich. „Von mir aus können wir gleich los. Ich habe ohnehin keinen Appetit mehr."

„Keine Sorge, der kommt schon wieder. Spätestens wenn wir einen langen Spaziergang gemacht und ausgiebig geplaudert haben, meine Liebe. Jetzt hole deine Sachen. Ich warte hier auf dich."

„Ist schon in Ordnung. Eine andere Wahl habe ich doch nicht." Sie stand auf und verließ das Zimmer.

Luise atmete angestrengt ein und aus. Sie hatte sich für den heutigen Tag etwas Großes, Bedeutungsschweres und vielleicht auch Zukunftsweisendes vorgenommen. Dies ging mit einer nicht unbeträchtlichen Nervosität einher. Was, wenn sie sich in Edith irrte? Der Schaden wäre immens und das Gesagte nicht mehr zurückzunehmen.

Auf dem Weg über den Fabrikhof, vom Wohngebäude zum Automobil, war plötzlich lautes Geschrei zu hören. Gleich darauf kam Lissendorfer in höchster Erregung aus dem Anbau für die Warenlieferung. Mit strammen Schritten, gesenktem Kopf und laut vor sich hin schimpfend lief er den Frauen entgegen.

„So weit kommt es noch! Wer bin ich denn, dass ich mir so etwas bieten lassen muss? Kein Geld der Welt ist es wert, dass ich mich auf solche Weise erniedrigen lasse. Wir werden noch sehen, wer das letzte Wort hat!"

Erst drei oder vier Meter, bevor er die beiden Frauen hätte umrennen können, blickte er auf. Als er Edith gewahr wurde, steigerte sich seine Empörung.

„Du! Was treibst du dich denn schon wieder hier rum, hä? Ich hatte mich doch klar und deutlich ausgedrückt!" Lissendorfers Stimme überschlug sich, als er wild gestikulierend auf dem Hof stand und zeterte.

„Du steckst dahinter. Natürlich! Ich werde dir schon zeigen, wo dein Platz ist, du dummes Weibsbild." Dann zischte er davon, geradewegs zu den Latrinen, und warf die Tür mit einem lauten Krachen hinter sich zu.

Luise, die sich bei Edith eingehängt hatte, zog ihre Nichte weiter und drängte zur Abfahrt. „Komm! Lass uns einen schönen Tag verbringen."

„Mit Handarbeit?" Edith gab ein unglückliches Stöhnen von sich, folgte ihrer Tante aber ohne Widerstand.

„Natürlich nicht ausschließlich. Warte es nur ab." Luise lächelte zuversichtlich, als der Wagen sich in Bewegung setzte.

Die Fahrt in die Stadt dauerte dann doch fast eine Stunde. Sie hatten sie schon fast wieder hinter sich gelassen, als Luise zielsicher auf ein beeindruckendes alleinstehendes Anwesen zusteuerte. Ringsum erstreckten sich ausgedehnte Grünflächen, die durch einen akkurat angelegten Weg getrennt waren. Dessen rechte

Seite säumte eine lange Reihe hoch und schlank gewachsener Erlen, in einiger Entfernung mündete er in ein kleines Wäldchen.

„Komm, wir gehen hier ein Stück spazieren. Wir können in Ruhe plaudern. Hinter dem Wald gibt es eine Gaststätte mit einem traumhaften Garten. Dort werden wir zu Mittag essen."

„Haben wir nicht gerade erst gefrühstückt? Mein Appetit ist noch immer nicht wieder zurückgekehrt", wehrte Edith ab.

„Ich bin zuversichtlich, dass er sich schon wieder einstellen wird und bis dahin ... lass uns plaudern."

„Tante Luise du bist heute ausgesprochen seltsam. Liegt dir etwas Bestimmtes auf dem Herzen?"

„Nun, da du es gerade ansprichst – ja." Luise sah ihre Nichte nochmals forschend an, dann machten sich beide in gemächlichem Tempo auf den Weg Richtung Wäldchen.

„Ich bin sehr daran interessiert, zu erfahren, was dich bewegt und wie es dir geht. In den letzten Tagen wirktest du ausgesprochen niedergeschlagen. Magst du mir erzählen, was dich bedrückt?"

„Kannst du es dir denn nicht denken?"

„Ich kann mir vieles denken, aber ich könnte dabei auch falsche Schlüsse ziehen. Es ist wohl besser, du sprichst offen mit mir. Wir sind unter uns."

„Meine Hoffnungen und Träume erfüllen sich nicht. Weder hier noch in Berlin. Du weißt, ich darf nicht studieren und hier darf ich die Fabrik nicht mehr betreten. Lissendorfer weigert sich und Onkel Leopold gibt ihm nach. Ich bin nur noch die Sekretärin von Herrn Dietrich und das hatte ich mir nicht vorgestellt, als ich darum gebeten hatte, wieder zurückkommen zu dürfen."

„Was hattest du dir denn vorgestellt?"

Eine Schar Spatzen, die sich in einer der Baumkronen niedergelassen hatte, erhob sich plötzlich lärmend. Der Schwarm zog einen großen Kreis unter dem federbewölkten Himmel. Dann flogen die Vögel eine scharfe Kehre und ließen sich in einer der anderen Baumkronen wieder nieder.

„Alles zu lernen, was es braucht, um später selbst eine Fabrik aufbauen zu können. Ich gebe zu, ich hoffte auch, dass Onkel Leopold mich vielleicht mit in seine Geschäfte einbezieht. Aber das hat er nicht und das wird er nicht, obwohl er bisher mit meiner Arbeit immer zufrieden war. Die Begründung für seine Ablehnung ist einfach ungerecht."

„Was hat er gesagt?"

„Ich bin eben kein Mann. Es ist mir nicht erlaubt, meine Träume in die Tat umzusetzen, weil ich eine Frau bin. Alles ist wie immer und es ist ungerecht. Ich verstehe jetzt die Frauen in Berlin nur zu gut, die demonstrieren, wütend auf die Straßen gehen und für Gleichberechtigung kämpfen. Vielleicht sollte ich diesen Weg gehen – nach Berlin zurückkehren und mich den Kommunistinnen anschließen."

Luise hielt den Atem an, als sie Ediths Worte hörte. Es war höchste Zeit, dass sie ihr reinen Wein einschenkte. „Nachdem wir solchen Aufwand betrieben haben, dich nach Kerchheim zu holen, würde ich begrüßen, wenn du noch eine Weile unser Gast bliebest. Du kannst nicht immer weiter vor deinem Problem davonlaufen."

Edith hatte zuvor nicht ernsthaft darüber nachgedacht, sich der Frauenbewegung anzuschließen. Sie hatte den Gedanken, der sie so plötzlich erfasst hatte, vielmehr unbedacht ausgesprochen. Er gefiel ihr aber, verlieh ihr Kraft und neuen Mut.

„Wie kommst du darauf, dass ich weglaufe? Wenn ich nach Berlin zurückgehe, dann stelle ich mich doch", entrüstete sie sich deshalb über den Kommentar ihrer Tante und blieb stehen.

Luise fing ihren Blick auf und sah Edith eindringlich in die Augen, was diese wiederum in eine eigenartige Unruhe versetzte. Was war nur los mit ihrer Tante? Seit dem Morgen benahm sie sich schon seltsam.

„Ich sehe das anders, Edith. Eben hast du mir noch erzählt, du möchtest Tuchfabrikantin werden, jetzt willst du zurück nach Berlin und auf den Straßen demonstrieren. Wenn du mich fragst, ebnest du dir auf diese Weise eher den Weg ins Gefängnis als an die Spitze eines Unternehmens."

Luise formulierte ihre Worte mit Ruhe und Bedacht. Sie hielt Ediths Arm und führte sie durch die Natur, als sei das Thema ihrer Unterhaltung nicht von besonderem Belang. Außenstehende Beobachter sahen nur zwei Damen, von denen die jüngere dadurch auffiel, dass sie eine Hose trug. Es wirkte aber, als hätten die Frauen nichts Besseres zu tun, als ihre Hüte im Sonnenschein spazieren zu tragen.

„Du kannst unüberlegt handeln und dabei Schaden nehmen oder klug vorgehen und über Umwege dennoch zum Ziel kommen."

Seufzend blickte Edith sich um. Sie hatten schon die Hälfte des Weges bis zum Wäldchen hinter sich gebracht und sie wurde noch immer nicht schlau aus ihrer Tante.

„Ich möchte meinen, du sprichst in Rätseln“, flüsterte sie und richtete ihren Blick nun starr geradeaus.

„Das kann schon sein.“ Luise tätschelte Ediths Hand und schien nach Worten zu suchen. „Meine Gedanken sind heute etwas aufgescheucht und ich bemühe mich, dir eine Geschichte zu erzählen. Zugegeben, es ist eine ernste Geschichte und ich weiß nicht, wie ich beginnen soll.“

Edith schwieg und wartete darauf, dass ihre Tante endlich weitersprach. Es schien ihr zur Abwechslung einmal nicht angebracht, vorlaut zu sein und die Worte *es war einmal* vorzuschlagen.

Einige Schritte später hob Tante Luise an: „Leopold und ich sehen deinen Ehrgeiz und deinen Wunsch, deine Zukunft selbst zu gestalten. Wir fragen uns allerdings, ob dir die Tuchherstellung so sehr am Herzen liegt, wie du sagst.“

„Ja aber selbstverständlich. Wie kannst du nur etwas anderes denken?“

„Nun, vielleicht suchst du nur einen Weg, dich gegen deine Eltern zu stellen. Du rebellierst noch eine Weile, wie du so schön selbst einmal gesagt hast, bis du die Lust daran verlierst und dann heiratest du einen der feinen Herren, den dir deine Eltern präsentieren. Was nebenbei bemerkt keineswegs verwerflich ist.“

„Nein, Tante Luise. So ist es nicht. Ich möchte für mich einstehen. Eigene Entscheidungen treffen, eigenes Geld verdienen und meinen eigenen Betrieb führen. Ich sehe nicht ein, dass ich darauf verzichten muss, nur weil ich kein Mann bin. Gleichberechtigung ist das Wort der Zeit, Tante Luise. Wie kann es sein, dass Frauen zwar studieren dürfen, es mir aber trotzdem verwehrt bleibt. Warum gibt es nur eine Handvoll Frauen an den Universitäten, die sich haben durchsetzen können? Weil die Gesellschaft sich ihnen in den Weg stellt. Es ist gut, dass wir uns endlich zur Wehr setzen."

Edith hatte sich in Rage geredet und kämpfte nun gegen die Tränen, die sich unerbittlich in ihren Augen sammelten.

„Dann höre mir gut zu. Nachdem ihr abgereist wart und Leopold die Fabrik geschlossen hatte, er nannte diesen Zustand liebevoll *den Winterschlaf*, ist etwas geschehen. Einige Tage stand es ausgesprochen schlecht um die Gesundheit meines lieben Gatten und ich befürchtete, ich würde das Weihnachtsfest ohne ihn verbringen."

Edith fühlte an ihrem Arm, dass sich Luise plötzlich verspannte.

„Wir hielten es geheim, es war nicht so schwer. Dennoch machte ich mir eine Menge Gedanken. Leopold hat mich immer in seine Entscheidungen rund um die Fabrik einbezogen und es war zu befürchten, ich müsste diese bald alleine treffen. Ich war in großer Sorge."

„Das tut mir leid. Aber glücklicherweise ist Onkel Leopold wieder wohlauf", versuchte Edith zu trösten. Sie hatte das Gefühl, sie musste irgendetwas Aufmunterndes dazu beisteuern.

„Ja, welch ein Segen. Er ist immer noch an meiner Seite und ich bin glücklich über jeden Tag auf dieser Erde, der uns bleibt. Dennoch habe ich in dieser Zeit etwas begriffen. Es würde mir kaum gelingen, die Fabrik ohne ihn zu führen. Es fehlt die Akzeptanz der Männer. Egal wie gut das Werk arbeitet und liefert, wenn ich ausgegrenzt werde, wenn niemand mit mir Geschäfte macht und verhandelt, weil ich eine Frau bin, kann ich die Fabrik nicht halten. Das ist uns beiden klar geworden. Leopold ist nicht mehr so belastbar wie früher, auch wenn er es selbst am wenigsten wahrhaben möchte. Es ist ihm bewusst geworden, wie sehr sein Herz an der Fabrik hängt und dass er sie nicht, wie ursprünglich gedacht, verkaufen möchte, wenn wir uns zur Ruhe setzen. Im Gegenteil – er versucht einen Nachfolger aufzubauen.“

„Hubert Dietrich?“ Der Schreck fuhr Edith durch die Glieder und sofort erinnerte sie sich an seine Worte. *Dein alter Onkel hält große Stücke auf mich ...* Sie hatte bisher mit niemandem über diesen Vorfall gesprochen. Konnte, sollte sie Tante Luise ins Vertrauen ziehen? Sie beschloss abzuwarten.

Luises Tonfall änderte sich plötzlich. Bitterkeit schwang darin mit. „Er setzt große Stücke auf Herrn Dietrich, weil er glaubt, dieser habe ihm in den letzten Jahren wie ein Sohn die Treue gehalten. Er hat Loyalität an den Tag gelegt und sich für die Fabrik eingesetzt.“

„Aber ...“, Edith kämpfte gegen den Kloß in ihrem Hals an, „... wir anderen etwa nicht? Wir alle haben hart gearbeitet. Wie kann er das vergessen haben?“

Sie hatten den Wald erreicht. Als sie in den Schatten der alten Bäume traten, wurde es frisch, aber Edith bemerkte es nicht. Sie dachte an Ursula, an die Männer und Frauen, die jeden Tag, teilweise auch nachts, gearbeitet hatten, dachte an Walter Esser, Fräulein Dahmen und auch an Franz. Hubert Dietrich war ein unangenehmer Zeitgenosse und nicht so selbstlos, wie ihr Onkel es gern sah.

„Machen wir uns nichts vor: Mit Herrn Dietrich an der Spitze hofft Leopold weiter Einfluss auf die Geschicke der Fabrik nehmen zu können. Diese Hoffnung macht ihn auf einem Auge blind." Luise hatte wohl Ediths Gedanken erraten und versuchte Leopold nun in Schutz zu nehmen. Es wollte nicht recht gelingen.

Die Enttäuschung saß tief in ihrer Nichte. „Ich verstehe es nicht. Wenn es so ist, wie du sagst, warum bin ich dann noch hier?"

„Das ist es, was ich versuche, dir zu erzählen." Luise löste sich von Edith und ging langsam weiter. „Kurz nachdem wir von Fräulein Dahmens Ableben erfahren hatten, erhielt ich deinen Brief. Leopold war noch sehr geschwächt, wollte die Fabrik aber unbedingt wieder öffnen, die Produktion hochfahren und der Welt zeigen, dass die Krise überstanden ist. Ich gestehe, ich habe auf eigene Rechnung gehandelt. Als dein Brief mit der Bitte kam, zu uns zurückkommen zu dürfen, sah ich meine Chance und habe sie genutzt. Ich wusste, dass du dich im Kontor zurechtfinden würdest und meinen Mann entlasten könntest. Du wolltest fort und wir brauchten Unterstützung. Alle haben bis jetzt ihren Vorteil daraus gezogen."

Dies war eine unerwartet nüchterne Erklärung. Edith runzelte die Stirn. „Ja, vielleicht haben wir das, teilweise zumindest. Aber nun sitze ich im Kontor fest, darf die Fabrik nicht mehr betreten und du sagst mir, Hubert Dietrich wird schon bald die Leitung übernehmen. Ich sehe keinen Vorteil mehr. Wie denkst du, wird es weitergehen?"

„Nun, an dieser Stelle entscheiden wir Frauen, wie wir mit der Situation umgehen wollen und was wir bereit sind zu opfern. Mit einem Ehemann an unserer Seite mischen wir die Karten neu."

Luises forschender Blick lag erneut auf Edith. Diese verstand die Welt nicht mehr. Es war wie im Irrenhaus.

Sekundenlang starrten sie sich an, dann plötzlich änderte sich Luises Miene. Sie lächelte überschwänglich und wechselte das Thema. „Nun lass uns über meinen Handarbeitskreis plaudern. Du wirst meine Freundinnen nachher kennenlernen."

Edith verschlug es die Sprache. „Tante Luise, du verwirrst mich. Ich weiß nicht, was du meinst."

Aber Luise reagierte nicht darauf. Stattdessen zeigte sie mit ausgestrecktem Arm nach vorn. „Schau an, wir sind da. Ist es nicht ein herrliches Fleckchen?"

Vor ihnen öffnete sich der Wald und Edith entdeckte ein hübsches Gasthaus mit Tischen und Klappstühlen im Garten. Der Sitzbereich war von einem dunkel gestrichenen Jägerzaun umrandet, zwischen den Tischen mit den weiß-rot karierten Tischtüchern standen Blumenkübel mit Stiefmütterchen in den unterschiedlichsten Farben. Zwei Wege führten zum Eingang. Der eine war der Kiesweg, den Luise und Edith gegangen und auf welchem sie niemandem begegnet waren. Der andere war ein breiter Weg aus Beton, der von einer ebenfalls betonierten Freifläche bis zum Gasthaus führte. Auf diesem herrschte einiger Betrieb. Männer zu zweit, Männer zu dritt und auch Männer mit ihren Frauen in hübschem Aufzug zog es zum Mittagessen in die Natur.

Luise ließ ihren aufmerksamen Blick über die Tischordnung schweifen, dann lief sie zielstrebig los.

„Komm, dort hinten unter der Eiche scheint mir gerade der richtige Platz für uns zwei zu sein. Ich habe nach dem langen Spaziergang so richtig Lust auf eine erfrischende Limonade." Edith folgte ihrer Tante einigermaßen verstört. Nachdem sie ihr gerade so sensible Neuigkeiten überbracht hatte, schwenkte sie urplötzlich, ohne zu zögern auf so simple Dinge wie ihren Handarbeitskreis und Limonade um? Nicht nur Onkel Leopold hatte sich über den Winter verändert. Hoffentlich hielt diese Verwirrtheit ihrer Tante nicht lange an.

18

Der Nachmittag mit den Frauen im Handarbeitskreis hatte viele Stunden in Anspruch genommen. Erst zum Abendessen, nach Betriebsschluss, waren Edith und Luise wieder nach Kerchheim zurückgekehrt. Seit sie das Anwesen, vor dem Tante Luise den Wagen abgestellt hatte, wieder verlassen hatten, kreisten Ediths Gedanken wie wild und versuchten das Erlebte zu begreifen.

Sie selbst war die jüngste unter all den Frauen gewesen, was sie zunächst verwundert hatte, denn in Berlin hatten Ursula und sie immer nur mit anderen Backfischen zusammengesessen oder unter Aufsicht ihrer Mutter gearbeitet. Die Frauen, die diesen Handarbeitskreis besuchten, stickten, häkelten, nähten und strickten ebenfalls. Das besondere waren aber die Themen, über die sie miteinander sprachen, ja diskutierten.

Es ging zu Ediths großer Überraschung sehr offen um politische und wirtschaftliche Themen. Nicht so drangvoll, wie Edith es von den Plakaten in Berlin kannte, aber die Frauen beleuchteten kritisch ihre Situation. Auch machten sie sich gegenseitig Vorschläge und sprachen miteinander, wie gewisse Missstände gelöst werden könnten.

Wie Edith schnell festgestellt hatte, war ihr Kommen durch Tante Luise bereits angekündigt worden und nachdem diese einige Worte an die Anwesenden gerichtet hatte, war Edith aufgefordert worden, offen über ihre Sorgen und Wünsche zu sprechen.

„Ich weiß, dass es Frauen gibt, die erfolgreich in ihrem Beruf arbeiten und dabei unverheiratet und selbstständig sind. Das wünsche ich mir auch. Ich möchte selbst über mein Leben bestimmen und nicht verheiratet werden. Ich möchte lernen, Tuchfabrikantin zu werden und mein eigenes Unternehmen zu führen."

Nach Ediths Worten waren alle vierundzwanzig Frauen im Raum für einen Moment still gewesen. Es schien, als atmete keine von ihnen. Dann hatte eine von ihnen versehentlich ihre Wolle fallen lassen. Das weinrote Knäuel war unter den Blicken aller Anwesenden lautlos quer durch den Raum gerollt.

„Verzeihung", sagte die Dame, die das dazugehörige Stickzeug noch auf ihrem Schoß hielt. Im nächsten Moment war eine stundenlange Diskussion darüber ausgebrochen, wie Ediths Wünsche einzuordnen, ob sie überhaupt zu erreichen waren und welche Hürden es dabei zu überwinden galt. Tante Luise war währenddessen bei Edith geblieben, hatte zugehört und für keine der Meinungen Partei ergriffen. Lediglich später im Auto hatte sie eine Frage gestellt.

„Wenn du in der Fabrik etwas verändern dürftest – nur eine Sache – was wäre das?"

Daraufhin hatte Edith von ihrer Idee erzählt, Schutzgitter und Warnhinweise anzubringen, um für mehr Sicherheit zu sorgen. Luise hatte sich alles in Ruhe angehört, genickt, aber ihre Meinung darüber zurückgehalten.

„Setzen wir uns noch etwas auf die Veranda?“, fragte Luise, als sie langsam durch das geöffnete Tor auf das Fabrikgelände fuhren.

„Sei mir nicht böse, Tante Luise. Ich gehe gleich hinauf in mein Zimmer“, lehnte Edith, höflich und in auffallend ernstem Tonfall ab. „Ich habe keinen Hunger und mein Kopf schmerzt. Das war ein sehr ereignisreicher Tag und ich ruhe mich besser aus.“

„Schon gut, ich verstehe dich.“ Luise strich Edith mütterlich über das Haar und sagte dann leise: „Ich hoffe nur, dass ich das Richtige getan habe.“ Sie küsste Edith auf die Stirn, lächelte zuversichtlich und flüsterte: „Schlaf dich aus, wir sprechen uns morgen.“

Von dieser besonderen Zuwendung überwältigt, lief Edith die Treppe hinauf. Im Zimmer angekommen, streckte sie sich auf dem Bett aus und ließ den Tränen leise ihren Lauf.

Stunden später, kurz vor Mitternacht, erwachte sie. Sie war noch immer angekleidet. Nachdem sie sich einige Zeit unruhig hin und her gewälzt hatte, stand sie auf und schaltete das Licht ein. Sie holte Stift und Papier hervor und begann, einen Brief an Ursula zu schreiben.

Kerchheim, Juni 1924

Meine liebe Schwester,
schon mehr als zwei Monate ist es her, dass wir zwei uns zuletzt gesehen haben. Ich hoffe, dass es dir gutgeht und du noch immer glücklich mit deinem neuen Leben in Hohenfinow bist. Hast du viel zu tun? Bestimmt, denn wie ich dich

kenne, möchtest du allen Anforderungen an eine gute Ehefrau gerecht werden.

Meine Zeit hier in Kerchheim gestaltet sich anders, als ich es erwartet hatte. Du fehlst mir sogar ein bisschen, vor allem abends, wenn ich allein im Zimmer und mit meinen Gedanken bin.

Hier hat sich einiges verändert. Fräulein Dahmen ist schon im Winter gestorben und ich habe ihre Aufgaben übernommen. Jetzt sitzt an ihrem Platz das Fräulein Ziegler. So hatte ich mir das nicht vorgestellt. Hubert Dietrich dagegen, dieser unangenehme Mensch, hat einen Teil der Fabrikleitung übernommen. Er benimmt sich, als gehöre sie ihm schon bald. Vielleicht hat er damit sogar recht. Onkel Leopold sucht einen Nachfolger und schenkt ihm enormes Vertrauen. Ich dagegen darf nicht einmal die Fabrik betreten. Der neue Ingenieur ist ein Ekel. Er hat es mir verboten und Onkel Leopold unternimmt nichts dagegen.

Franz ist nicht mehr da. Ich vermisse ihn, das überrascht mich. Einmal habe ich ihn zufällig getroffen, am Bach. Wir haben uns eine Weile unterhalten. Er arbeitet jetzt in einer Werkstatt für Automobile als Schlosser. Er ist im Frühjahr nicht wieder eingestellt worden. Ich habe ihm geraten, noch einmal vorzusprechen, denn der neue Ingenieur hat mindestens zwei linke Hände. Aber Franz hat es nicht getan. Ich bin noch einige Male am Bach gewesen, in der Hoffnung, ihn zu treffen, aber vergebens. Vielleicht messe ich meiner Erinnerung an unsere Freundschaft zu viel Gewicht bei.

Tante Luise hat mich heute mit zu ihrem Handarbeitskreis genommen. Meiner Einschätzung nach handelt sich dabei um eine unangemeldete Versammlung. Die Frauen dort diskutieren über Politik und Wirtschaft. Sogar Tante Luise hat einige überraschende Argumente vorgetragen und sie alle haben mich nach meinen Wünschen befragt. Ich war ehrlich, du kannst es dir vorstellen, denn du kennst mich zu gut, meine Liebe. Doch nun bin ich erschöpft und weiß nicht, wohin mein Weg mich führen soll.

Viele der Frauen sind der Ansicht, dass ich es nicht weit bringen kann, wenn ich nicht verheiratet bin. Ohne einen Mann an meiner Seite, der mich bestätigt, könnte ich in der Geschäftswelt nicht bestehen. Sie raten zu einer Zweckehe. Das ist der blanke Hohn. Wo liegt der Unterschied zu dem, was mich in Berlin erwartet, frage ich dich. Die anderen wiederum meinen, dass Frauen sehr wohl alleine bestehen können, aber nicht ohne entsprechende Bildung. Es gibt sie, die wenigen, die es geschafft haben. Vor allem in Berlin, Lehrerinnen, Ärztinnen und Juristinnen. Eine Marie Munk hat es sogar bis zur Richterin gebracht. Ich aber fürchte nun, dass ich wertvolle Zeit verschwendet habe und es für meine Wenigkeit schon zu spät ist. Ich hätte das Lehrerinnenseminar besuchen und im Anschluss die Hochschulzugangsprüfung ablegen sollen. Aber hinterher weiß man es ja immer besser.

Ursi, ich bin schon vierundzwanzig Jahre alt. Selbst wenn Vater mir diesen Weg plötzlich erlaubte, ich wäre noch so lange Zeit beschäftigt und mein Traum rückt derweil in immer weitere Ferne.

Wie du feststellst, bin ich ratlos und entmutigt. Auch wenn ich nicht aufgeben will, so weiß ich doch nicht, was ich tun soll. Ich hoffte, dass dieser Sommer mein Leben verändert, nur nicht auf diese Weise. Wenn Fräulein Dahmens Schreibmaschine meine Zukunft hier ist, kann und will ich nicht bleiben.

Ich umarme und küsse dich, liebe Ursi.

Deine Edith

Am nächsten Morgen schob Edith den Brief vorsichtig in die Tasche. Sie würde ihn noch am gleichen Tag in die Post geben. Der Gedanke, sich Ursula anzuvertrauen und vielleicht schon bald Zuspruch oder einen guten Rat zu erhalten, richtete sie etwas auf. Sie wollte sich noch nicht so ohne Weiteres geschlagen geben.

Zu ihrer Überraschung saßen Luise und Leopold am Frühstückstisch und schienen sie ungeduldig zu erwarten. Tante Luises Wangen waren leicht gerötet. Sie sah Edith mit strahlendem Blick an, was diese einigermaßen verwunderte. Sie wünschte einen guten Morgen und setzte sich an den Tisch.

„Nun, wie hast du geschlafen? Geht es deinem Kopf besser?"

„Ja, etwas." Edith lächelte zurückhaltend.

„Du fühlst dich also in der Lage, zur Arbeit zu gehen?" Onkel Leopolds tiefe Stimme erfüllte den Raum.

„Ich denke schon."

„Gut, gut, denn ich führte gestern bereits ein Gespräch mit Lissendorfer."

Ediths Magen krampfte sich sofort zusammen, als sie den Namen des cholerischen Angestellten hörte. Leopold trank derweil einen Schluck Tee und ließ Edith, wie sie vermutete, absichtlich eine Weile schmoren.

„Meine Entscheidung ist gefallen. Du triffst dich, sofern du noch immer interessiert bist, um elf zum Routine-Rundgang mit dem Ingenieur. Ich habe ihn angewiesen, auf dich zu warten und all deine Fragen zu beantworten."

„Onkel Leopold, meinst du das wirklich ernst?"

Diese Wendung kam unerwartet und entlockte Edith ein hoffnungsfrohes Lächeln. Lissendorfer war zwar ein Kotzbrocken und würde es sich nicht nehmen lassen, sie zu beleidigen und herunterzuputzen, aber sein Zutrittsverbot hatte er nicht aufrechtzuerhalten vermocht. Es war ein Erfolg. Sie hatte sich durchgesetzt. Als sie sich dies eingestand, kehrte sogar ihr Appetit wieder zurück.

Unruhig rutschte sie immer wieder auf dem Stuhl umher und blickte wiederholt auf das Zifferblatt der großen Standuhr. Als das schrille Klingeln zum Pausenende endlich ertönte, hatte auch Edith es sehr eilig, sich auf den Weg zu machen.

„Warte noch!", rief Leopold und hielt sie zurück. „Hier ist mein Schlüssel. Hubert ist heute unterwegs und Reichenshagen hat sich krankgemeldet. Du bist heute allein und musst die Tür abschließen, wenn du das Kontor verlässt."

„Danke, Onkel Leopold", raunte Edith und nahm den Schlüssel behutsam an sich. Sie steckte den ihr anvertrauten Schatz in die Hosentasche und befühlte dabei den Brief für ihre Schwester. Vielleicht sollte sie heute Abend einen zweiten Brief schreiben. Es schien, dass noch nichts entschieden war.

Edith verließ das Haus mit einem aufgeregten Klopfen in der Brust. Die Sommersonne stand bereits hoch am Himmel und versprach, die Gebäude in den nächsten Stunden ordentlich aufzuheizen, aber sie kümmerte sich nicht darum. Sie blieb stehen, schloss die Augen und reckte ihre Nase zuversichtlich gen Himmel. Mit jedem Atemzug, den sie tat, bewusst und intensiv, ließ sich ihr Gemüt ein klein wenig mehr besänftigen. Dann lief sie zum Kontor, schloss die Tür auf und trat ein.

Es war das erste Mal, dass sie vollkommen allein hier drin war. In der Luft hing noch ein Hauch von Huberts aufdringlichem Rasierwasser. Sie legte den Brief für Ursula in ihren Schreibtisch, lief ins Warenlager und schnitt sich etwas von der Kordel ab. Sie befestigte den Schlüssel daran und hing ihn sich um den Hals. Nachdem sie die Tür zum Kontor von außen wieder verschlossen hatte, verbarg sie den auffällig schweren Gegenstand unter ihrer hellen Bluse.

Am Eingang zum Warenlager sah sie sich um, aber von Lissendorfer war weit und breit nichts zu sehen. Würde er es wagen, sich Onkel Leopold zu widersetzen und ohne Edith zu beginnen?

Aufmerksam sah sie sich in der Halle um und wagte sich einige Schritte weiter hinein. Sie wollte den Alten keinesfalls provozieren oder ihm die Chance geben, sie zu erschrecken. Durch den hohen Geräuschpegel im Gebäude wäre es ein Leichtes, sich an jemanden anzuschleichen. Doch nachdem sie einige Minuten gewartet hatte, wurde Edith unruhig.

„Herr Lissendorfer?", rief sie deshalb laut und blickte sich um. Er war nicht zu sehen.

„Herr Lissendorfer, sind Sie hier?", rief sie nochmals, aber erhielt wieder keine Antwort.

Dafür erschien eine andere Gestalt unerwartet am Durchgangstor zum Krempelwolf.

„Franz? Franz!", rief Edith, als sie ihn erkannte und lief auf ihn zu. Sie konnte sich gerade noch zurückhalten, ihm nicht vor Freude um den Hals zu fallen.

Er lächelte sie wie immer zurückhaltend an und säuberte sich mit einem Tuch die Finger.

„Was machst du denn hier?", fragte sie ihn, als sie sich wieder gefangen hatte.

„Ich habe ein neues Mischbett angelegt und warte auf die Nichte des Hauses. Mein neuer Boss hat mir aufgetragen, sie durch die Fabrik zu führen." Er sprach mit einer angenehmen Gelassenheit.

„Du arbeitest wieder hier? Wie wunderbar!"

„Ich freue mich auch. Nach unserem Treffen habe ich viel nachgedacht. Gestern bin ich schließlich hergekommen, um nochmals bei Geldermann vorzusprechen. Wie du siehst, mit Erfolg." Wie zur Entschuldigung zuckte Franz leicht mit den Achseln.

„Was ist mit Lissendorfer?"

„Ich kam dazu, wie er fuchsteufelswild über das Fabrikgelände tobte und drohte, seine Arbeit niederzulegen. Er forderte, dass man ihm mehr Respekt und Vertrauen entgegenbringen solle. Er kündigte vor meiner Nase und keine halbe Stunde später war ich der neue Ingenieur."

„Der alte Ingenieur und der beste, den dieses Unternehmen jemals gesehen hat."

Edith gab sich keine Mühe, ihre Anerkennung und Freude zu verbergen. Mit Franz war augenblicklich die Zuversicht zurückgekehrt, die Edith für einige Zeit verloren geglaubt hatte.

„Sie kennen sich hoffentlich noch aus und sind in der Lage, der Nichte des Hauses alle Fragen zu beantworten." Sie verschränkte die Arme.

„Selbstverständlich. Folgen Sie mir, Fräulein Ziegler."

„Es tut so gut, wieder hier zu sein. Das alles hat mir so sehr gefehlt. Lissendorfer hatte mir allen Ernstes ein Zutrittsverbot ausgesprochen“, berichtete Edith, als sie die einzelnen Produktionsbereiche passierten.

„Mir hat die Arbeit auch gefehlt“, bestätigte Franz, während er sämtliche Apparaturen genau unter die Lupe nahm. Hin und wieder bemängelte er etwas an den Maschinen und notierte sich notwendige Reparaturen auf seinem Block. Das bestätigte Ediths Vermutung, dass Lissendorfer weniger begabt war, als er von sich selbst gern behauptete und durchaus nachlässig gearbeitet hatte.

„Dein Onkel sagte mir, du hättest ein paar Verbesserungsvorschläge für die Fabrik?“, fragte Franz, während er die Spannung der Riemen in der Spinnerei überprüfte.

„Natürlich.“

„Hast du schon Entwürfe angefertigt?“

„Nein“, gab Edith nach einigem Zögern, verärgert über sich selbst, zurück. Wenn sie nicht einmal darauf kam, Entwürfe zu zeichnen, wie wollte sie es dann zu etwas bringen? Die Frauen hatten recht. Sie musste jede Hilfe annehmen, die sie bekommen könnte. Ohne Hilfe und Ausbildung würde sie scheitern.

„Wenn du möchtest, zeige ich dir, wie es geht.“

„Gut. Wir sollten gleich nach dem Rundgang damit beginnen.“ Äußerlich hatte Edith ihre Fassung schnell wiedererlangt. Wenn sie jemals ein Unternehmen leiten wollte, musste sie selbstsicher auftreten und durfte bei der Belegschaft keine Zweifel aufkommen lassen.

Mit einem besonderen Bewusstsein für die Verantwortung, die Onkel Leopold in ihre Hände gelegt hatte, schloss Edith nach dem Rundgang die Tür zum Kontor auf.

„Darf ich?", fragte Franz und legte die Hand auf die Klinke. Zuerst wollte Edith mit ihren üblichen Worten *Das schaffe ich schon allein*, abwehren. Sie entschied sich dann aber für ein zustimmendes Nicken.

Die Raumtemperatur war mittlerweile wie erwartet hoch. Edith öffnete das Fenster, in der Hoffnung, sie könnte eine Verbesserung herbeiführen, aber es drang nur mehr Lärm von außen in den Raum. Als sie sich umdrehte, stand Franz an Huberts Schreibtisch gelehnt und hatte sich eine Zigarette zwischen die Lippen geklemmt. Er hielt Edith sein Etui hin und bot ihr eine an.

„Danke." Sie ließ sich Feuer geben und lehnte sich in gleicher Pose gegen ihren eigenen Tisch. Wie unterschiedlich Franz und Hubert doch waren, ging es ihr wieder einmal durch den Kopf.

„Also ... worum handelt es sich bei deinen Ideen?"

„Warnschilder und Schutzgitter." Sie beobachtete Franz genau. Sie erwartete eine Bewertung, aber er zog nur an seiner Zigarette und geduldete sich, bis sie weitersprach.

„Nach dem Unfall in der Weberei im letzten Jahr habe ich mir Gedanken gemacht, dass Warnschilder für mehr Aufmerksamkeit bei der Arbeit sorgen und Schutzgitter umherfliegende Teile abfangen könnten."

„Welche Teile meinst du?"

„Na die Webschützen. Ich hatte Schilder aus Pappe angefertigt und aufgehängt, aber Lissendorfer hat getobt und mich schließlich rausgeworfen, als er sie gesehen hat."

Wieder nahm Franz einen Zug von der Zigarette und rieb sich das Kinn. „Du hast es über seinen Kopf hinweg getan?“

„Ja, aber mit guten Absichten.“

„Das ist vollkommen egal. Du hast seine Autorität untergraben. Hättest du ihm ein Perpetuum Mobile vor die Nase gestellt, er hätte genauso reagiert.“

„Was ist ein Perpetuum Mobile?“

„Eine physikalische Unmöglichkeit. Eine Maschine, die ohne Energiezufuhr arbeitet. Damit ließe sich eine Menge Kohle sparen.“ Er grinste und drückte seine Zigarette in dem großen Aschenbecher auf Huberts Tisch aus. „Komm, ich zeige dir etwas.“

Edith folgte Franz in den Durchgang zum Lager, wo er vor der Tür stehen blieb, hinter der sich die Treppe zum Buchhaltungsbüro verbarg. Er tippte auf das Schild an der Tür. „Das ist emailliertes Weißblech. Das Schild ist dreißig Zentimeter breit und zwanzig hoch. Die Botschaft darauf muss klar und deutlich sein, nicht zu viel Text, damit er nicht zu klein wird. Zeichne einen Entwurf und schreibe dazu, wo das Schild angebracht werden soll. Dann zeigst du ihn mir, ich bescheinige die Unbedenklichkeit und anschließend gibst du es Hubert. Wenn du Glück hast, wird es für die Anfertigung bestellt.“

„Ich soll meine Idee an Hubert geben?“, entrüstete sich Edith und starrte auf die großen schwarzen Buchstaben vor sich.

„Was soll ich sagen? So ist der Weg. Schreibe deinen Namen auf den Entwurf. Vielleicht zeigst du ihn vorher deinem Onkel“, riet Franz und ging wieder zurück.

Edith presste verärgert die Lippen aufeinander und fuhr mit dem Finger über die abgerundete Kante des Metallschildes. Die Oberfläche fühlte sich überraschend glatt an. Unerwartet kühl, obwohl die Sommerhitze im Durchgang stand und das Atmen unangenehm machte. Auf Ediths Oberlippe sammelten sich bereits winzige Schweißperlen. Sie fuhr nachdenklich mit der Zungenspitze darüber und schmeckte das Salz. Der Schlüssel zum Kontor wog plötzlich schwer auf ihrer Brust. Erst als sie hörte, dass Franz etwas im Büro hin und her räumte, gab sie sich einen Ruck und ging mit aufrechter Haltung zurück.

Er hatte den großen Schreibtisch freigeräumt und legte nun geschäftig leere Papierbögen, Bleistifte und ein Lineal darauf. „Dann mal los. Wie sollen die Schutzgitter aussehen? Oder hast du es dir anders überlegt?"

„Selbstverständlich nicht. Sie sind wichtig."

„Aber ob sie sich realisieren lassen, ist eine andere Sache. Am besten skizzierst du deine Idee, damit ich mir vorstellen kann, was du meinst." Er hielt ihr einen Bleistift hin und tippte auf das leere Blatt.

Mit wenigen Strichen erstellte Edith eine Zeichnung vom Webstuhl und einem an Metallketten hängenden Fußgitter. „Im Gegensatz zu fest installierten Holzwänden ermöglichen die Gitter die notwendige Sicht auf den Webstuhl. Da das Gitter eingehängt ist, kann es jederzeit herausgehoben werden und bietet den notwendigen Arbeitsfreiraum. Ich habe mir vorgestellt, einen Fußabstreicher zu verwenden, der ist sehr stabil und hält einen fliegenden Schützen mit Sicherheit ab."

Franz beugte sich etwas herunter, um die Zeichnung genauer betrachten zu können. „Weißt du, was das Besondere an einer genialen Idee ist?" Er sprach sehr leise.

Edith wandte ihm den Kopf zu. So nahe wie jetzt waren sich ihre Gesichter nur ein einziges Mal gewesen.

„Nein."

„Sie ist so bahnbrechend einfach und einleuchtend zugleich, dass man sich wundern muss, warum noch niemand vorher darauf gekommen ist."

Edith schluckte. „Du findest die Idee also genial?"

„Kann man so sagen. Wenn du einverstanden bist, erstelle ich dir eine technische Zeichnung dafür."

„Gut."

Ediths Stimme versagte vor Glück. Endlich hatte sie jemandem ihre Idee vortragen dürfen und war darin bestätigt worden. Ediths und Franz' Blicke verfingen sich sekundenlang ineinander. Dankbarkeit breitete sich in ihr aus. Er akzeptierte sie so, wie sie war, schätzte ihren Verstand und ihren Einsatz – ohne Vorurteile. Ihr ging es mit ihm ebenso und sie bemerkte, dass sie immer sehr zufrieden war, wenn sie ihn in ihrer Nähe wusste.

„Gut", wiederholte er nun sachlich und rollte ihre Skizze vorsichtig zusammen.

„Ich bringe sie dir, sobald ich damit fertig bin." Dann ging er hinaus und Edith glaubte, dass die Temperatur in diesem Raum plötzlich noch höher gestiegen war.

19

Für einige Tage trafen Edith und Franz nicht aufeinander. Es gab viel zu tun für alle. Sie selbst verbrachte die darauffolgenden Tage bei sehr sommerlichen Temperaturen allein im Kontor. Versiert kümmerte sie sich um die anfallende Büroarbeit. Es gab keine Aufgabe, die ihr noch Schwierigkeiten bereitete, immer häufiger langweilte sie sich sogar dabei. An einem Mittwoch, Edith tippte gerade emsig auf der Schreibmaschine, betraten Leopold und Hubert gemeinsam das Büro. Beide waren in bester Laune und Leopold verkündete, mit der einen Hand auf seinen neuen Gehstock gestützt und mit der anderen auf Hubert zeigend: „Dieser Bursche ist ein Prachtkerl! Edith, hör auf zu tippen, jetzt wird gefeiert. In den nächsten Wochen werden wir genug zu tun haben. Für heute ist Schluss. Zieh dir etwas Hübsches an und dann gehen wir aus.“

Erstaunt sah Edith von einem zum anderen. Zum einen fand sie ihre Kleidung angemessen und hübsch, ahnte aber, dass ihr Onkel an etwas Feineres, wahrscheinlich sogar ein Kleid gedacht hatte. Zum anderen stand ihr nicht der Sinn danach, mit Hubert Dietrich auszugehen, auch wenn er gerade als Prachtkerl bezeichnet worden war. Sie hatte da andere Erfahrungen gemacht. Da ihr Onkel aber keine weiteren Auskünfte erteilte und die beiden Männer sich bereits wieder hinausbegaben, siegte Ediths Neugier. Sie ordnete die Unterlagen und schloss gleich darauf die Tür ab.

Leopold bestand darauf, seine Frau, seine Nichte und Hubert elegant auszuführen und erst zu gegebener Zeit den Grund preiszugeben. Tante Luise hatte sich zu einem exquisiten Kleid hinreißen lassen. Edith hatte ihre sonst so bodenständige Tante noch sie so herausgeputzt gesehen. Hubert und Leopold trugen Anzüge mit Westen.

„Ich habe mir erlaubt, weiterhin eine Hose zu tragen", erklärte Edith, trug darüber eine hübsche neue Bluse und nach langer Zeit einmal wieder ihre mehrlagige Perlenkette.

„Ach, was soll's, wir wollen uns an einem so wunderbaren Tag nicht grämen", kommentierte Leopold nachsichtig.

Als die vier aus dem Haus traten, stand neben dem Auto ihres Onkels ein zweites Fahrzeug. Ohne Dach, mit nur zwei Sitzen. Das polierte schwarze Metall glänzte wie ein Schatz in der Sonne.

„Edith, du hast die Ehre und fährst mit Herrn Dietrich", bestimmte Leopold. Hubert war bereits zum Fahrzeug geeilt. Er stand neben dem Trittbrett und bot ihr galant seine Hand an.

„Darf ich Ihnen beim Einsteigen behilflich sein?" Dabei lächelte er ausgesprochen charmant und benahm sich auch sonst sonderbar vornehm.

Edith zögerte, sah ihn verhalten an, nahm Huberts Hand aber, um ihren Onkel nicht zu verärgern. Sie setzte sich und sah sich das Fahrzeug neugierig an. Eilig lief Hubert um die Front herum und nahm schwungvoll neben ihr Platz. Er startete den Motor, der gleichmäßig ratterte, und langsam setzte sich das Auto in Bewegung.

„Was sagen Sie zu meinem Neuerwerb?“ Er strich stolz über das Lenkrad, während er hinter Leopold herfuhr.

„Sie meinen das Automobil?“, fragte Edith wenig interessiert, aber er schien ihren Tonfall nicht zu bemerken oder nicht bemerken zu wollen.

„Ja, es ist ein Ford Modell T Speedster“, erklärte Hubert stolz. „Ich dachte mir, Ihnen dürfte er wohl gefallen. Sie interessieren sich doch so für Technik.“

„Er hat nur zwei Sitze.“

„Ja, großartig, nicht wahr? Und wir können den Fahrtwind genießen. Er vereint modernste Technik und das romantische Gefühl einer Kutsche. Sie mögen doch Romantik, Fräulein Edith? Alle Frauen mögen Romantik, oder nicht?“

„Was ist los mit Ihnen, Sie benehmen sich außerordentlich seltsam“, stellte Edith ruhig fest, nachdem sie ihre Worte sorgfältig abgewogen hatte.

„Meinen Sie? Dabei gebe ich mir außerordentliche Mühe, Ihnen ein guter und angenehmer Gesellschafter zu sein.“

Edith entschlüpfte ein kurzes Lachen, bevor sie sich zusammennehmen konnte. Aber auch dies ließ Hubert unbeachtet.

„Vielleicht spielen Sie darauf an, dass wir einen unglücklichen Start miteinander hatten. Nun, wir alle hatten angesichts der wirtschaftlichen Lage eine schwere Zeit. Ich kann und will es nicht beschönigen.

Es gab so manche Tage, an denen ich sehr ernst und hart war – zu den Menschen um mich herum, aber vor allem zu mir selbst. Und ich bitte Sie inständig, mir meine Fehler zu verzeihen."

Diese Heuchelei schlug dem Fass den Boden aus. Was immer Hubert im Schilde führte, sie musste gute Miene zu seinem Spiel machen. Nur so konnte sie ihn im Auge behalten und herausfinden, was er vorhatte.

„Ist schon in Ordnung", presste sie deshalb unter größter Anstrengung hervor.

Er nickte zufrieden. „Ich finde, dass Sie eine sehr hübsche Garderobe gewählt haben."

„Danke. Hätte ich gewusst, dass es so luftig wird, hätte ich mich auch für ein Kopftuch entschieden."

„Da haben Sie recht. Es ist mein Verschulden, aber der Weg ist nicht mehr lang und wenn Sie mir die Bemerkung gestatten, Sie sehen atemberaubend aus."

Nun verschlug es Edith gänzlich die Sprache. Glücklicherweise hatten sie das Ziel erreicht. Leopold lud zum Mittagessen in ein exquisites Restaurant ein.

„Herzlich willkommen. Wenn die Herrschaften mir bitte folgen möchten." Ein elegant gekleideter Kellner führte die vier in einen separaten Raum, wo bereits festlich eingedeckt war und gleich darauf Champagner serviert wurde.

„Nun, mein lieber Leopold, meinst du, du hast uns nun ausreichend lang auf die Folter gespannt? Möchtest du uns verraten, was es zu feiern gibt?"

„Du hast recht, Luise. Allmählich wird es unhöflich. Nun denn, dieser Prachtkerl, namentlich Hubert Dietrich, seit langer Zeit ergebener und loyaler Mitarbeiter der Tuchfabrik Geldermann in Kerchheim, hat nicht nur erfolgreich gedient, das Unternehmen durch die Krise gebracht und nach dem hinlänglich bekannten Winterschlaf neue Verantwortung übernommen. Nein, er hat auch das größte Geschäft der Fabrikgeschichte eingefädelt, in das uns nicht einmal die Alliierten hineinpfuschen können. Es wird ohnehin gemunkelt, dass die Franzosen bald samt und sonders abziehen.“

Luise und Edith staunten mit offenen Mündern.

„Meine Damen, ich kann euch so viel berichten, die Tuchfabrik Geldermann wird in den nächsten Jahren zu den Topproduzenten im Rheinland zählen und das haben wir Hubert Dietrich zu verdanken. Lasst uns anstoßen.“ Leopold hob sein Champagnerglas.

Nacheinander stießen sie an und da Edith irgendetwas sagen musste, gratulierte sie höflich. „Meine Glückwünsche, Herr Dietrich. Sie haben es offensichtlich weit gebracht und der Fabrik einen großen Dienst erwiesen.“

„Nun sag doch endlich Hubert zu mir, so vertraut, wie wir mittlerweile sind“, raunte er und bewegte sich ein Stück zu nah an Edith heran.

Sie zwang sich zu einem Lächeln, stieß ihr Glas gegen seines und erwiderte. „Gut, meinen Glückwunsch Hubert. Du hast offenbar Talente, die mir bisher verborgen geblieben sind.“

„Vielen Dank, du wirst sehen, Edith, ich bin immer für eine Überraschung gut.“ Das Lächeln, mit dem er sie bedachte, erreichte seine Augen jedoch nicht.

Am frühen Abend ging es zurück nach Kerchheim. Edith war nicht sehr gesprächig. Zu viele Gedanken tobten durch ihren Kopf. Um welch ein Geschäft es genau ging, hatte Onkel Leopold noch nicht preisgegeben.

Hubert schien seinen eigenen Gedanken nachzuhängen und wandte sich erst wieder an sie, als das Auto vor dem Wohnhaus der Geldermanns hielt.

„Es war ein bezaubernder Nachmittag Edith." Er nahm ihre Hand und hauchte einen Kuss darauf. „Es wäre mir eine Freude, wenn ich dich noch einmal ausführen dürfte."

Edith gefror fast das Blut in den Adern. Wie überaus aufdringlich und berechnend dieser Kerl war und wie er es vermochte, alle zu blenden. Sie musste etwas unternehmen, bevor Onkel Leopold ihm noch mehr Freiheiten zugestand und gleichzeitig mitspielen.

„Wir werden sehen", sagte sie deshalb unverbindlich und stieg, ohne auf seine Hilfe zu warten, vom Fahrzeug herunter.

„Herein!"

Edith betrat Leopolds privates Arbeitszimmer.

„Was führt dich heute zu mir?", frohlockte er.

Er war seit Tagen schon in gelöster Stimmung. Seine Krisen, wirtschaftlich und gesundheitlich, schienen überwunden. Es ging aufwärts in seinem Hause und das Glück war ihm unverhältnismäßig wohlgesonnen. Seine Nase hatte ihn in Bezug auf Hubert Dietrich nicht im Stich gelassen. Aus seinem zugegeben manchmal recht rüden Vorarbeiter war ein stattlicher Mann mit Geschäftssinn geworden, jemand, dem er seine Fabrik anvertrauen wollte, wenn er selbst sich zumindest halbwegs in den Ruhestand zurückzog. Vollkommen loslassen wollte er nicht mehr, aber kürzertreten, schon allein seiner Luise zuliebe.

„Ich möchte dir gern etwas zeigen." Edith hielt einige zusammengerollte Papierbögen in der Hand.

„Was denn?" Leopold richtete sich neugierig auf und ließ sich gern auf das Gespräch ein.

„Du erinnerst dich an die Schilder, die ich aufgehängt habe, und die einige Tobsuchtsanfälle von Herrn Lissendorfer zur Folge hatten?"

„Selbstverständlich, der alte Kauz hat mich sogar bis in die Träume verfolgt." Er legte beide Hände flach auf den Tisch und sah Edith erwartungsvoll an.

„Ich weiß jetzt, dass ich nicht unschuldig an der Situation war und dass ich es hätte anders angehen müssen."

„Das überrascht mich jetzt. Worauf willst du hinaus?" Er trommelte kurz mit den Fingerkuppen auf der Tischplatte herum, gerade so, als könnte er Ediths Vortrag damit etwas beschleunigen.

„In erster Linie ist mir jetzt klar, dass ich ihn nicht hätte übergehen dürfen, schließlich lag die Verantwortung für diesen Bereich bei ihm. Dann hätte ich vernünftige Entwürfe anfertigen und diese von allen beteiligten Entscheidungsträgern absegnen lassen müssen."

Leopold starrte Edith verblüfft an. „Nun, was soll ich sagen ...", begann er, als er sich wieder gefasst hatte, „... du liegst mit allen Punkten genau richtig."

„Und deshalb habe ich etwas für dich." Sie zog die Rolle mit den Papierbögen, die sie noch immer in der Hand hielt, auseinander und legte sie ihrem Onkel vor.

Leopold blickte auf verschiedene Entwürfe für Hinweis- und Warnschilder, die sauber und im Maßstab eins zu eins gezeichnet worden waren.

„Das sind meine Entwürfe für die Schilder, die ich gern in der Fabrik aufhängen lassen möchte. Ich erwähnte dir gegenüber bereits, dass mir die Arbeitssicherheit sehr am Herzen liegt. Da wir nun die Produktion in Zukunft noch höherfahren werden, denke ich, dass diese Investition sich lohnen könnte. Bevor ich sie Hubert vorlege, wollte ich dich um deine Meinung und deinen Rat bitten. Was hältst du davon?"

Leopold sah sich jeden einzelnen Entwurf an. Die Zeichnung war ordentlich, Edith hatte sogar die Schriftfelder und eine Legende angelegt und mit den notwendigen Informationen gefüllt. Jeder Entwurf war von seinem Ingenieur abgezeichnet worden und er bestätigte, dass er keine Bedenken sah.

„Edith, ich bin beeindruckt. Lege die Entwürfe morgen vor, ich denke, auch Hubert wird keine Einwände haben."

Das erleichterte und glückliche Leuchten in den Augen seiner Nichte ließ Leopold das Herz aufgehen.

„Danke, Onkel Leopold", flüsterte Edith und legte die Zeichnungen wieder sorgfältig zusammen. Dann verließ sie das Arbeitszimmer und ließ einen sehr zufriedenen Fabrikanten zurück.

Hubert nahm die Vorschläge Ediths auf jeden Fall an, dafür würde Leopold schon sorgen. Es entwickelte sich sowieso gerade hervorragend mit den beiden. Er hatte längst bemerkt, dass Hubert an Edith interessiert war. Wenn er dem Schicksal etwas nachhalf und die beiden ein Paar wurden, dann war das Glück perfekt. Er selbst konnte sich sorglos zurücknehmen, Hubert würde die repräsentativen Aufgaben übernehmen und der lieben

Edith würde er ebenfalls einen Herzenswunsch erfüllen.

Überaus zufrieden zog Leopold die Schublade seines Schreibtischs auf, zog eine Flasche Whiskey und die Zigarren, die Hubert ihm kürzlich mitgebracht hatte, hervor und ließ es sich, gegen den Rat des Doktors und seiner Gattin, gutgehen.

Hubert kam erst am Nachmittag ins Kontor, dafür hielt er eine neue Aktentasche aus Leder in der Hand und trug auch einen neuen Hut.

„Hallo, meine liebe Edith! Es ist mir eine Freude, dich zu sehen und wie immer bist du fleißig bei der Arbeit", begrüßte er sie überschwänglich, wobei er seine neue Tasche vorsichtig auf seinem Stuhl abstellte.

Edith rang sich ein Lächeln ab, stand auf und griff nach den Papieren mit ihren Entwürfen. „Ich freue mich auch, dich zu sehen, Hubert. Ich möchte dir nämlich etwas zeigen."

„Oho, sehr beherzt heute, das gefällt mir."

Edith gab nichts auf seinen Kommentar und breitete die Entwürfe auf seinem Tisch aus. „Hier. Vielleicht kannst du meiner Idee für eine neue Beschilderung etwas abgewinnen." Hubert sah die Skizzen durch und bekundete zu Ediths Überraschung sofort seine Zustimmung. „Das sind hervorragende Ideen. Ich werde umgehend alles Notwendige in die Wege leiten. Edith, du beeindruckst mich von Tag zu Tag mehr."

„Vielen Dank, Hubert, ein solches Kompliment aus deinem Mund weiß ich zu schätzen." Sie bedachte ihn erneut mit einem aufgesetzten Lächeln und begab sich wieder an ihren Schreibtisch.

„Ist es nicht ein Zufall, dass ich ausgerechnet heute, als ich geschäftlich unterwegs war, an dich denken musste?“ Er holte zwei Limonadenflaschen aus seiner Tasche hervor. Eine stellte er auf seinen Tisch, die andere vor Edith.

„Das hier ist ein echter Schlager aus Amerika: Coca-Cola. Diese Limonade ist gerade absolut angesagt. Bei den Olympischen Spielen in Paris trinkt man nichts anderes. Es ist genau die richtige Erfrischung bei den Temperaturen, glaube mir.“

Er öffnete die Flaschen und prostete Edith zu, die ihn misstrauisch beäugte.

„Keine Angst. Vertraue mir, du wirst es lieben.“

Sie nahm die Flasche und roch vorsichtig daran. Die Farbe wirkte wenig appetitlich.

„Ist schon gut, wenn du dich nicht traust. Ich habe noch etwas anderes dabei. Als kleine Wiedergutmachung für unseren letzten Ausflug. Ich war nicht sehr zuvorkommend, als ich dich im Speedster ausgefahren habe. Für diese Nachlässigkeit möchte ich mich bei dir in aller Form entschuldigen.“

Er zog ein flaches Päckchen, eingewickelt in Seidenpapier, hervor und überreichte es ihr mit Genugtuung.

„Nun mach es schon auf, ich möchte sehen, ob es dir gefällt.“

Edith wusste, dass sie auf der Hut sein musste. Argwöhnisch wickelte sie das Papier auf. Der Inhalt war besonders leicht und weich und schließlich hielt sie ein Tuch von betörend feiner Verarbeitung in der Hand.

„Das, meine Liebe, ist ein Seidenfoulard von Coco Chanel, einer bekannten Pariser Modeschöpferin.“

Edith blieb eine Erwiderung erspart, denn Franz Bergemann betrat in diesem Moment das Kontor. Er hielt eine große Rolle aus Papier in der Hand.

„Hallo, Hubert“, grüßte er, doch die Anwesenheit des ehemaligen Vorarbeiters wirkte störend auf ihn. Er wandte sich sogleich an Edith.

„Hallo, Fräulein Ziegler, ich bringe Ihnen die technischen Zeichnungen, über die wir gesprochen haben.“

Noch bevor Edith den Schal aus den Händen legen und die Zeichnungen an sich nehmen konnte, ging Hubert dazwischen.

„Geben Sie es mir, ich werde es mir bei Gelegenheit ansehen. Worum handelt es sich hierbei?“

Franz warf Edith einen Blick zu, der ihr sagte, wie wenig er von Huberts aufdringlichem Verhalten hielt und dass er ihr dennoch das Wort überließ, sich zu erklären.

Sie verstand.

„Schutzgitter für die Webstühle. Ich habe Herrn Bergemann von meiner Idee erzählt und er hat sich bereit erklärt, die Umsetzung zu prüfen. Sofern sie sich als sinnvoll erweist, wollte er aus meinen Skizzen technisch geeignete Zeichnungen anfertigen. Und da er sie gerade gebracht hat, darf ich wohl davon ausgehen, dass meine Idee funktionieren wird.“

Franz nickte.

Dann tat Hubert etwas, was Edith nicht hatte kommen sehen. Er stellte sich neben sie, legte seinen Arm um ihre Schulter und gab sich jovial. „Wenn das kein Zeichen des Himmels ist. Das muss gefeiert werden. Liebste Edith, ich hole dich nach Betriebsschluss mit meinem Speedster ab und wir fahren eine Runde aus.

Du musst unbedingt den französischen Schal tragen, den ich dir heute geschenkt habe. Vielen Dank, Herr Bergemann, alles Weitere besprechen wir dann morgen."

Franz stutzte, dann trat er den Rückzug an und verließ den Raum.

Erst jetzt konnte sich Edith aus ihrer Überrumpelungsstarre lösen. „Danke für das Angebot", erklärte sie kühl, „aber heute Abend bin ich schon zum Spaziergang mit meiner Tante verabredet."

20

Die beiden Frauen waren das längste Stück ihrer Wegstrecke schweigend nebeneinander spaziert. Jede schien ihren Gedanken nachzuhängen und ließ den Blick über die Sommerwiese schweifen. Es hatte schon einige Tage nicht mehr geregnet und der Sandboden staubte unter ihren Schritten.

Über die wild gewachsene Wiese flogen Schmetterlinge und Hummeln. Sie bewegten sich geschäftig zwischen den späten Blüten des großen roten Klatschmohns und den kleineren tiefblauen Kornblumen umher. Nur wenige der Vögel ließen sich zu einem Ständchen hinreißen, vereinzelt zwitscherten sie in den Sträuchern. Aus dem Bach, neben dem Luise und Edith nun wieder zurück zur Fabrik schlenderten, war ein leises Bächlein geworden. Es führte nur wenig Wasser, klares Wasser, das seicht dahinfloss und in der Sonne glitzerte. Nachdem die Tuchproduktion enorm an Fahrt aufgenommen hatte, war dies zu einem seltenen Zustand geworden.

In Ediths Gedanken saß Franz gleich dort vorn am Ufer und warf Steine ins Wasser. Sie erinnerte sich oft und gern daran, wie sie mit ihm dort gesessen hatte. Die freundschaftlichen Gespräche, die sie gleichberechtigt miteinander geführt hatten, und sein Geständnis hatten Eindruck hinterlassen. Franz gehörte zu den angenehmen, ruhigen Menschen. Er wusste, was er konnte, verstand seine Arbeit, bemühte sich aber nicht ständig darum, Lob und Anerkennung einzuheimsen. Er brauchte diesen lauten Applaus nicht. Ihm genügte, wenn die Maschinen liefen, alle Arbeitsschritte ohne technische Schwierigkeiten durchlaufen werden konnten und wirkte damit zufrieden. Einzig in Hubert Dietrichs Gegenwart, so hatte Edith beobachtet, befiel ihn eine seltsame Anspannung. In letzter Zeit immer häufiger.

Edith lächelte. Der Gedanke, mit Franz am Ufer zu sitzen und Steinchen ins Wasser zu werfen, gefiel ihr deutlich besser, als sich von Hubert Dietrich durch die Gegend fahren zu lassen. Wie kam er nur darauf, dass sie sich mit einem hübschen Schal bestechen ließe?

Da hatte Franz mit *Technik für alle* im letzten Jahr viel bessergelegen und sie wusste, dass dies von Herzen gekommen war. Ob er immer noch so wie im letzten Jahr fühlte?

War es ihr wichtig? In ihrem Magen rührte sich eine angenehme Nervosität.

Natürlich, bestätigte sie sich. Edith war sehr daran gelegen, dass er sie gernhatte. Er wusste, dass sie nicht heiraten wollte. Ob er Hubert sein Theater abgenommen hatte?

Hoffentlich nicht. Einen Antrag von diesem ekelhaften Kerl würde sie nicht in tausend Jahren annehmen. Würde sie Franz nochmals ablehnen? Unsinn, darüber nachzudenken. Dafür müsste er sie noch einmal bitten, ihn zu heiraten. Das würde er nicht tun, oder vielleicht doch?

Der Blick, den er ihr zugeworfen hatte, nachdem Hubert seinen Arm so besitzergreifend um sie gelegt hatte, war überrascht und verärgert gewesen. Genauso, wie Edith sich gefühlt hatte. Am liebsten hätte sie mit Franz darüber gesprochen und ihrem Ärger Luft gemacht. Die Wut über Huberts Dreistigkeit saß noch immer in ihren Eingeweiden. Es war einfach abstoßend und so offensichtlich, wie er sich bei Onkel Leopold anbiederte und dafür lieb Kind bei ihr machte, sie benutzte. Dass er auch noch Erfolg zu haben schien, stieß sie regelrecht ab.

Es war unmöglich, dass Hubert Dietrich eine vollständige Wandlung durchgemacht und zu einem anderen Menschen geworden war. Das musste Onkel Leopold doch auch erkennen oder war es ihm gar egal? Würde er Hubert dieses Theater abkaufen und ihm die vollständige Geschäftsleitung ...

„Wie denkst du eigentlich über Hubert Dietrich?", fragte Luise unvermittelt und unterbrach Ediths Gedanken. Diese erschrak und befürchtete für einen Moment, dass die Tante ihr die Überlegungen an der Nasenspitze abgelesen haben könnte. Dann räusperte sie sich jedoch und wählte ihre Worte mit Bedacht.

„Ich denke, dass er ein Mensch mit Zielen ist und dass es ihm manchmal an gutem Benehmen fehlt. Es liegt ihm viel an der Fabrik und er liebäugelt sicherlich damit, in Onkel Leopolds Fußstapfen zu treten."

„Sehr interessant. Ich war mir sicher, dass du dir deine Gedanken über ihn gemacht hast", stellte Luise fest, nachdem sie über Ediths Worte nachgedacht hatte. „Ist dir bewusst, dass man das Gleiche auch von

dir behaupten kann? Ihr habt wohl einiges gemeinsam."

Edith stieß die Luft hörbar aus und verlangsamte ihr
Tempo. Dann besann sie sich und entgegnete sachlich:
„Ja, jetzt, wo du es sagst, stimme ich mit dir überein. Obwohl es mir, und das möchte ich mit Nachdruck erwähnen, nicht gefällt. Zudem gibt es viel mehr Unterschiede zwischen uns als Gemeinsamkeiten, glaube
mir."

„Ich ahne, Kind, dass du mich gleich ins Bild setzen
wirst", mutmaßte Luise und lächelte.

„Du vermutest richtig." Edith steckte ihre Hände in
die Hosentaschen, machte ein noch ernsteres Gesicht
und straffte die Schultern. Dann hob sie zu ihrer Erklärung an.

„Meiner Erfahrung nach ist Hubert Dietrich berechnend, skrupellos und herrisch. Er ist ein Schauspieler,
noch dazu kein begnadeter. Es fehlt ihm an Anstand
und Mitgefühl. Ich habe ihn erlebt und kann es beurteilen. Er ist ein schlechter Mensch und ein Scharlatan.
Kurzum, ich kann ihn nicht leiden."

Luise ließ einige Zeit verstreichen, bevor sie antwortete. Derweil gingen die Frauen schweigend weiter. Sie
folgten dem Weg und näherten sich der Fabrik, die mit
ihren roten Ziegeln und dem schmalen, hohen Schornstein friedlich vor ihnen lag.

„Hubert scheint anderer Meinung zu sein. Du hast offenbar Eindruck bei ihm hinterlassen und er spricht
nur in den höchsten Tönen von dir. Er ist voll des Lobes
und ich nehme an, dass er beabsichtigt, eher früher als
später bei Leopold um deine Hand anzuhalten."

Edith schluckte, lief aber in gleichem Tempo weiter, um sich ihre heftige Verärgerung nicht anmerken zu lassen.

„Das zeigt, dass er nicht so schlau ist, wie er tut und ich mit meiner Einschätzung richtigliege. Die kleinste Feuerwanze unter dem hintersten Stein weiß mittlerweile, dass ich nicht heiraten werde. Abgesehen davon wäre es wohl mehr als unpassend, dies ohne meine Eltern und meine Schwester bei meinem Onkel zu tun. Der Gedanke, dass Onkel Leopold in ein solches Bündnis einwilligt, wäre vollkommen absurd."

„Ich denke, dass dein Onkel die Situation etwas weniger absurd beurteilt und Huberts Plänen gegenüber nicht abgeneigt ist. Ich möchte sogar behaupten, dass er die Idee stark befürwortet. Deinen Vater hat er selbstredend noch nicht informiert. Aber an dein Wohlergehen, an deine Zukunft und die Erfüllung deiner Träume denkt er gewiss auch. Wenn ihr zwei …"

Edith zog die Hände aus den Taschen und bedeutete ihrer Tante mit abwehrender Geste zu schweigen.

„Bitte nicht, Tante Luise, sprich es nicht aus. Die Vorstellung allein ist schrecklich genug, auch wenn ich gestehen muss, dass ich es kommen sah. Mir sind die Beweggründe klar, aber sie gefallen mir nun einmal nicht und ich werde diesen zwielichtigen Kuhhandel, bei dem ich übrigens nur verlieren kann, nicht eingehen. Ich heirate nicht und wenn man mich zwingen will, dann fresse ich noch eher einen Besenstiel."

„Du glaubst also, seine Gefühle sind nicht echt?"

„Ich bin mir todsicher und für kein Geld und auch keine Gefälligkeit der Welt lasse ich mich mit Hubert Dietrich verheiraten. Ich bin keine Ware, kein Ballast, den es in Kauf zu nehmen gilt, nur um Reichtum und Macht zu vergrößern."

„Wir sollten uns nochmals mit den Frauen vom Handarbeitskreis treffen. Es gibt mittlerweile Wege, die Frauen vor genau dieser Lage schützen." Luise hatte ihren letzten Satz sehr leise gesprochen. Sie hatten die Fabrik erreicht und die Beschäftigten waren längst gegangen, dennoch wollte sie auf der Hut sein. „Du könntest ihn heiraten und die Fabrik, sofern du sie irgendwann einmal erben würdest, bliebe in deinem Vermögen."

„Hat Onkel Leopold gesagt, dass ich sie erben werde?"

„Nein, er spielt gedanklich einige Möglichkeiten durch. Am liebsten sähe er dich und Hubert zusammen im Unternehmen."

„Wenn er sie mir tatsächlich überlassen wollte ...", Edith musste langsam durchatmen und ihre Stimme, die plötzlich sehr aufgeregt klang, wieder beruhigen, „... dann freue ich mich und würde ihn niemals enttäuschen. Aber ich mag den Gedanken daran, mit Hubert Dietrich verheiratet zu sein, nicht in meinem Kopf haben. Niemals will ich seine Frau werden, egal zu welchen Konditionen."

Sie schritten über den Hof. Die Sonne färbte den Himmel bereits violett und wanderte hinter das Fabrikdach. Aber Edith hatte kein Auge für dieses Naturschauspiel. Ihre Gedanken kreisten nervös und besorgten sie. Während sie einen prüfenden Blick über den Hof schweifen ließ, entdeckte sie, dass eine der seitlichen Eingangstüren noch offen stand und auch, dass Huberts Wagen vor dem Wohnhaus abgestellt war. Ihr

Magen zog sich zusammen. Augenblicklich war ihr Appetit verschwunden und ihr ganzes Wesen auf Verteidigung eingestellt. Sie zeigte auf den Speedster.

„Onkel Leopold soll ihm die Idee gleich wieder aus dem Kopf schlagen. Sonst wird Hubert ab jetzt jeden Abend zum Essen bleiben." Sie zog verärgert die Nase kraus.

„Das lass dann mal meine Sorge sein. Heute ist er noch da und wir werden höflich gemeinsam essen." Luise tätschelte beschwichtigend Ediths Unterarm.

„Mir ist nicht nach Gesellschaft. Tante Luise, geh doch bitte schon einmal vor. Ich möchte mich noch etwas in der Fabrik umsehen und nachdenken."

Sie gingen getrennte Wege: Luise hinüber zum Wohnhaus, Edith betrat durch die offene Türe das Fabrikgebäude. Die Belegschaft hatte längst Feierabend gemacht. Die Maschinen standen still und auch die Kurbelstangen, die von der Dampfmaschine stetig in Bewegung gehalten wurden, rührten sich nicht mehr. Eine einträchtige Ruhe breitete sich in den hohen Hallen aus. Edith hörte ihre eigenen Schritte und das Zwitschern eines Vogels, der sich irgendwo hier drinnen verirrt haben musste. Stand deshalb die Tür offen? Hatte ihn jemand bemerkt und ihm den Fluchtweg offen gehalten?

Sie lauschte dem hohen und zarten Gesang des Vogels. Sie war nicht sehr gut in der Erkennung von Vogelstimmen. Dennoch trieb sie die Neugier, ihn zu finden. Nicht auszudenken, was geschah, wenn der Vogel in die Maschinen geriet. Sie folgte dem Gesang und betrat die Walkerei. Auf der anderen Seite, dem Durchgang zur Spinnerei, erblickte sie Hubert, der sich mit gezogener Pistole lautlos wie eine Katze bewegte und sein Ziel, den kleinen Sänger auf einer Metallstange, anvisierte.

„Nein!“, rief Edith, aber ihr Rufen verlor sich in dem Schuss, der sich im gleichen Moment löste und durch den hohen Raum hallte. Der Vogel flatterte erschrocken davon und flog hinter eine der großen hölzernen Waschtrommeln. Hubert machte Anstalten, sich erneut anzuschleichen.

„Bist du wahnsinnig, was tust du denn da?“ Edith ging energisch einige Schritte auf ihn zu und raunzte ihn an.

Kühl und nicht ein bisschen überrascht drehte sich Hubert zu ihr um. Sein feines beigefarbenes Jackett war mit Öl oder Schmiere beschmutzt. Er verzog seinen Mund zu einem diabolischen Grinsen. „Ist das nicht offensichtlich? Der Vogel muss weg, er könnte Schaden anrichten.“

„Bestimmt nicht mehr als du mit dieser dummen Aktion“, stellte Edith fest und trat noch einen Schritt näher. „Lege die Pistole weg, bevor noch etwas passiert!“, forderte sie mit Nachdruck. Das konnte doch nicht sein Ernst sein.

Hubert musterte sie eine Weile und schien zu überlegen, wie er mit der groben Ansprache umgehen wollte. So etwas war er nicht gewohnt, das wusste Edith.

„Gefällt mir, wenn du sagst, was du willst, schöne Edith.“ Er schlenderte gefällig auf sie zu. Etwas in seinem Blick verriet ihr, dass sie auf der Hut sein sollte.

„Leg die Pistole weg!“, wiederholte sie kühl.

„Ach, die? Schon gut, keine Sorge.“ Er hielt die Waffe lässig nach oben und näherte sich weiter. „Ich weiß doch, was sich gehört. Schau hier.“ Er legte die Pistole auf einer der Arbeitsflächen neben sich ab. „Zufrieden?"

„Ja." Edith beobachtete ihn aufmerksam durch zusammengekniffene Augen. Ihr Herz schlug gleichmäßig und laut in ihrer Brust, ihre Hände waren zu Fäusten geballt.

„Nur keine Aufregung. Du kennst mich doch. Ich bin einer von den Guten." Er kam noch näher.

Keine zwei Meter trennten die beiden mittlerweile. Ediths Blick wanderte unruhig zwischen Hubert und der Waffe hin und her.

„Wir sollten besser nachschauen, wo der Piepmatz abgeblieben ist, findest du nicht?" Er streckte die Hand in Ediths Richtung aus, aber diese verschränkte die Arme vor der Brust. Sie traute Hubert nicht über den Weg, aber sie hatte auch die Befürchtung, dass es um den kleinen Vogel geschehen war, wenn sie ihn Hubert überließ.

„Ich mache das schon", erklärte sie und wollte an Hubert vorbeigehen, aber er hielt sie am Arm fest.

„Ich bin kein Unmensch", ertönte Huberts tiefe Stimme. Er schien bemüht, einfühlsam zu klingen. „Warte einen Augenblick und sieh mich an." Er ergriff ihre beiden Schultern und drehte Edith zu sich herum. Er wollte nach ihrem Kinn greifen, um es anzuheben, doch sie entzog es ihm und funkelte ihn warnend an.

„Was kann ich tun, dass du dich nicht gegen mich stellst? Was kann ich tun, dass du mich heiratest?" Er kam dichter und beugte sich hinunter.

In Erinnerung an den unfreiwilligen Kuss im Kontor drehte Edith ihr Gesicht zur Seite und presste die Lippen fest aufeinander.

„Du sträubst dich also immer noch? Sei doch vernünftig. Die Fabrik wird uns gehören, dein Onkel hat es längst bestätigt." Hubert zog sie an sich, vergrub seine Nase in ihrem Hals und sog ihren Duft ein. „Du bist für mich bestimmt. Werde meine Frau."

Ein angeekeltes Stöhnen fand seinen Weg aus Ediths Kehle, als sie ihre Arme gegen seine Brust stemmte und ihn von sich schob. Mit dem Rücken stieß sie gegen eine der Maschinen. „Lass mich. Wann begreifst du es endlich? Über mich kommst du nicht an die Fabrik. Ich heirate dich nicht. Du widerst mich an."

Hubert kniff die Augen zusammen. Er griff erneut nach Ediths Kinn, dieses Mal so fest, dass sie ihm unter dem Druck seiner Finger folgen musste.

„Du versuchst es ja nicht einmal."

„Ich werde nicht heiraten. Niemanden", brachte sie hervor, während Huberts Finger ihre Lippen unangenehm zusammenschoben. Wie hatte sie sich nur ein zweites Mal in diese Situation manövrieren können? Hätte sie es nicht besser wissen müssen?

„Lüge mich nicht an", fauchte Hubert sehr nah an ihrem Gesicht. Sein Kopf war so plötzlich wie der einer wütenden Kobra hervorgeschossen und sein heißer, feuchter Atem fiel auf Ediths Wangen.

„Es ist Bergemann, richtig? Immer noch diese halbe Portion. Vergiss es, dein Onkel wird diesen Schwächling niemals akzeptieren."

„Lass mich los!", forderte Edith, aber Hubert gab nicht nach.

„Ich kann nicht und ich will nicht." Er drehte ihren Kopf zur Seite und legte seine Lippen auf Ediths Ohr. Im nächsten Moment zog er seine nasse, warme Zunge schmatzend durch ihre Ohrmuschel. Sie presste einen Laut der Gegenwehr hervor.

„Du hast es nicht anders gewollt. Ob es dir passt oder nicht, du gehörst mir."

Ediths Gesicht schmerzte. Huberts Finger drückten schmerzhaft auf ihren Kieferknochen, als er sie wieder zu sich drehte und ihr stöhnend über Kinn, Lippen und Nase leckte. Ein Stück des Metallgestells hinter ihr bohrte sich in Ediths Rücken, bevor es ruckartig nachgab.

„Lass das! Lass mich los", keuchte Edith, als er von ihrem Kinn abließ.

Doch er lachte nur und riss ihr im nächsten Augenblick die Bluse auf. Einige der feinen Knöpfe fielen hinab auf den Betonfußboden. Schon lagen seine Pranken auf ihren Brüsten, nur noch durch das dünne Unterhemd getrennt.

„Schrei, wenn du willst, hier wird dich keiner hören." Grunzend leckte er die nackte Haut über der Brust, am Schlüsselbein und im Gesicht. Dabei umfasste er Ediths Hals unter dem Kinn und übte Druck auf ihren Kehlkopf aus.

Mühsam versuchte Edith, dagegen zu arbeiten, aber der Druck unter dem Kinn breitete sich auf ihren Kopf aus und sie brachte kaum mehr als ein heiseres Röcheln hervor. Mit der anderen Hand nestelte Hubert fahrig an seiner Hose herum und öffnete sie. Hart rieb er sich an Ediths Oberschenkeln und schnaufte ihr stoßweise ins Ohr.

„Sei nicht dumm. Vor mir liegt eine große Karriere und ich werde mir die Welt Stück für Stück nehmen."

Panisch tastete Edith um sich. Gab es denn nichts, das sie als Waffe zur Gegenwehr einsetzen konnte?

Hubert ließ Ediths Hals los und seine Hände wanderten hinab zu ihrer Taille. In diesem Augenblick umfassten ihre Finger ein kaltes Stück Metall. Mit aller Kraft zog sie daran und hielt gleich darauf eine kurze Eisenstange in der Hand. Sie ließ ihre Waffe auf Huberts Rücken und Nacken sausen, während unter lautem Getöse ein mittelgroßer leerer Metallkessel folgte und zu Boden fiel.

„Verfluchter Mist!" Hubert hielt taumelnd inne und warf einen Blick auf den Kessel. Dieser hatte beim Sturz Schaden genommen. Mindestens der Wasserkran war abgebrochen. Das schien ihn zu bestürzen. Er griff sich irritiert an die Schulter, wo ihn die Stange getroffen hatte. Edith nutzte den Moment und holte ein weiteres Mal aus.

„Hau ab oder ich schlage dir den Schädel ein!"

Hubert trat zurück und ließ sich zu einem müden Lächeln hinreißen. „Lass es gut sein. Für heute ist Schluss. Aber ich warne dich. Kein Wort zu irgendjemandem."

„Du erwartest, dass dies hier unentdeckt bleibt?"

Er nickte und warf ihr einen kalten Blick zu. „Die Tuchfabrik Geldermann wird über kurz oder lang mir gehören oder ich werde persönlich für ihren Ruin sorgen. Ohne mich bekommst du nichts davon und das weißt du. Ich werde dir deinen Ausbruch verzeihen. Dieses eine Mal, aber verärgere mich nicht. Ich gebe dir eine Woche. Bis dahin solltest du dich im Interesse aller für mich entschieden haben."

„Verschwinde!" Edith bebte, als sie ihre Aufforderung ein letztes Mal flüsterte.

Damit würde er nicht durchkommen, aber für den Augenblick sollte er einfach nur gehen.

Hubert nickte und verzog das Gesicht zu einem höhnischen Grinsen. Dann steckte er die Pistole ein.

„Eine Woche, Liebste." Ohne sich noch einmal umzusehen, ging er davon.

Edith schlang die Arme um sich. Sie wartete. Erst als seine Schritte verhallt waren, legte sie die Stange beiseite und stopfte ihre Bluse mit zitternden Fingern wieder in den Hosenbund.

Hinter der Waschtrommel piepste das Vögelchen.

„Du hast recht. Eins nach dem anderen", wisperte Edith. „Jetzt müssen wir erst einmal dir helfen."

Wie sollte sie den Vogel hinausbefördern? Edith griff sich ein Tuch, näherte sich vorsichtig und nahm das aufgeplusterte Tier darin auf. Der kleine Vogel ließ es geschehen. Behutsam trug sie ihn zum Ausgang. „Ab in die Freiheit, mein Kleiner", murmelte sie und öffnete die Hände. Es dauerte einen Moment, bis er begriff, sich erhob und in den Abendhimmel entschwand.

Im nächsten Augenblick wurde die Tür des Wohnhauses aufgerissen. „Edith! Edith, komm schnell." Es war Tante Luise, die nach ihr rief. Angst und Entsetzen verliehen ihrer Stimme einen fremden Klang. Sofort war Edith sicher, dass ein Unglück geschehen war.

21

„Es steht nicht gut, wir müssen die Nacht abwarten", erklärte der Arzt, als er sich von Luise verabschiedete. Er
war sehr schnell vorbeigekommen, nachdem sie das
Dienstmädchen geweckt und zu ihm geschickt hatte.

„Danke, für Ihre Bemühungen, Doktor. Gute Nacht",
verabschiedete Luise den Arzt und seufzte verzweifelt,
als sie die Tür hinter ihm schloss.

Vor einigen Stunden hatte Leopold einen erneuten
Schwächeanfall erlitten. Dieses Mal war es noch
schlimmer um ihn bestellt als im letzten Jahr. Wie gern
hätte Luise sich jetzt zu ihm ans Bett gesetzt, seine
Hand gehalten und geweint. Aber dies alles musste
warten. Wichtige Dinge mussten erledigt werden, so,
wie sie es vorab besprochen hatten.

Getrieben von Sorge und Unruhe und von Erschöp-
fung gezeichnet, betrat sie eilig das Arbeitszimmer ihres Mannes. Sie nahm hinter dem Tisch auf Leopolds
Schreibsessel Platz und zog die obere Schublade auf.
Dort lagen zwei Umschläge mit Papieren. Der eine beinhaltete Dokumente, die im Fall der Fälle einen
schnellen Verkauf der Fabrik möglich machen sollten.
Im anderen befand sich die Besitzüberschreibung. Mit
zitternden Fingern schob Luise die Kuverts beiseite
und zog einen Bogen Briefpapier hervor. Dann schrieb
sie an Reichenshagen und bat ihn, unbedingt am

nächsten Morgen in der Früh eine Viertelstunde vor sechs in die Fabrik zu kommen. Es gebe dringende geschäftliche Angelegenheiten zu besprechen. Matt faltete sie das Papier, versiegelte es und lief zurück in die Küche.

Marie, das Dienstmädchen, saß auf einem Stuhl und hob den Blick, als sie eintrat. Verstört sah sie aus, ratlos und müde. Die kleine Kerze, vor der sie saß, ließ ihren Schatten an der Wand tanzen.

„Weißt du, wo unser Buchhalter, Herr Reichenshagen, wohnt?"

Marie nickte.

„Lauf hin. Wecke ihn und bringe ihm diesen Brief." Luise zog das versiegelte Schriftstück aus der Tasche. „Er muss diesen Brief unbedingt persönlich erhalten. Unbedingt! Hast du verstanden?"

Es folgte ein weiteres stummes Nicken.

„Dann lauf, sei vorsichtig und komm schnell zurück", raunte Luise und sofort eilte Marie aus dem Zimmer.

Es war totenstill im Haus. Das einzige Geräusch, das Luise vernahm, war das Rascheln ihres Kleides, als sie anschließend über den Flur die Treppe hinaufging. Vorsichtig schob sie die Tür zu ihrem Schlafzimmer auf. Die kleine elektrische Lampe auf dem Nachttisch gab ein schwaches Licht ab. Trotzdem war Leopolds Gesicht gut zu erkennen. Er schien urplötzlich um Jahre gealtert. Die Falten in seinem Gesicht waren zu tiefen Gräben geworden.

Auf dem Stuhl neben seinem Bett saß Edith und hob müde den Kopf. Sie hatte geweint. Ihre Kleidung war vollkommen derangiert. Das musste wohl in der Aufregung passiert sein, als sie Leopold hochgehievt hatten.

Lautlos stand Edith nun auf und überließ ihrer Tante den Platz an Leopolds Seite.

Luise beobachtete ihren Gatten. Sein Atem war nicht zu hören, aber die Brust hob und senkte sich leicht. Es war, wie der Arzt gesagt hatte. Das Laudanum wirkte und Leopold schlief. Ängstlich griff sie nach seiner Hand und hielt sie liebevoll fest. Sie führte die kühlen Finger mit beiden Händen zum Mund, um sie mit ihrem Atem zu wärmen und den Lippen zu liebkosen.

„Sei stark", flüsterte sie.

Sie gab sich Mühe, zuversichtlich zu klingen, doch die Angst, ihn zu verlieren, war überwältigend. Noch schwerer als im letzten Jahr lag die Beklemmung auf ihrer Brust.

„Ich erlaube nicht, dass du schon gehst. Ich brauche dich an meiner Seite. Wir brauchen dich." Luise umklammerte Leopolds Hand noch immer und sah ihn abwartend an. Er musste doch irgendeine Regung zeigen. Aber er blieb stumm, atmete flach und schien ihre Anwesenheit nicht zu bemerken.

Es musste die Aufregung des Tages gewesen sein. Als Dietrich die Ehe mit Edith und die Fabrik regelrecht einforderte, war es zu viel für den angeschlagenen Leopold gewesen. Seine rechte Hand, der Mann, dem er in den letzten Jahren so sehr vertraut hatte, war am gestrigen Abend mehr als deutlich gewesen.

Luise dachte wieder an die Umschläge im Schreibtisch ihres Gatten. Er hatte sie erst kürzlich dort abgelegt. Dann wanderten ihre Gedanken einige Stunden zurück. Sie war noch nicht lange von ihrem Spaziergang mit Edith zurückgewesen, als die beiden Männer in eine heftige Diskussion geraten waren.

„Du hast sie gefragt?" Leopold war mehr als verärgert über das offensive Vorgehen gewesen, obwohl sie tagelang über nichts anderes gesprochen hatten.

„Selbstverständlich. Sie weiß Bescheid und teilt mir ihre Antwort binnen einer Woche mit. Ich bin ein Mann der Tat und du kannst mich nicht ewig hinhalten."

„Natürlich nicht. Das habe ich nie beabsichtigt, aber ..." Leopolds Stimme war laut geworden. Er hatte einige Male durchatmen müssen, um sich zu besänftigen und ruhiger weiterzusprechen. „Ich hatte gehofft, vorher noch in Ruhe mit Edith darüber sprechen zu können. Es braucht Geschick, sie von der Richtigkeit der Sache zu überzeugen."

„Das hättest du längst getan haben sollen. Du wirst alt, es fehlt dir an Biss. Nun denn. Ich bin mir sicher, dass sie mittlerweile von der Richtigkeit überzeugt ist."

„Wenn du dich darin nicht täuschst ..."

„Nun, ich habe ihr eine Woche gegeben, dann bin ich aus Wien zurück und sie wird sich bis dahin an den Gedanken gewöhnt haben, dass ich nun das Sagen habe. Wenn sie ernste Absichten hat, wird sie die Fabrik nicht aufgeben."

„Wenn du dich nur nicht irrst. Sie gibt nicht so leicht nach."

„Mach die Sache nicht komplizierter als sie ist. Edith ist eine Frau. Sie wird sich schon fügen und ich werde dafür sorgen, dass sie mit unserer Kinderschar ausreichend beschäftigt ist. Dann wird sie vernünftig und hat keine Zeit mehr, ihre Gedanken an die Fabrik zu verschwenden. Sie wird froh sein, dass ich das Zepter in die Hand genommen habe."

Die beiden hatten im Wohnzimmer gestanden. Luise hatte das Gespräch mitangehört. Dietrich hielt mittlerweile große Stücke auf sich.

„Sehen wir den Tatsachen ins Gesicht, Leopold. Ich bin mittlerweile ein begehrter Junggeselle und in der Branche gern gesehen. Es wäre unvernünftig, mich nicht zu heiraten. Außerdem gibt es noch andere Fabrikantentöchter in der Gegend. Pönsgens Kleine macht mir zum Beispiel schon länger schöne Augen und ziert sich gewiss nicht."

Allein die Erwähnung Pönsgens, eines seiner direkten Konkurrenten, hatte Leopolds Kreislauf weiter in Wallung gebracht. Das wusste Luise. Es war für Hubert ein Leichtes, Druck aufzubauen und Leopold bei seiner Zukunftsangst zu packen. An diesem Abend war ihr Mann sogar noch anfälliger für solche Sticheleien als sonst gewesen.

„Lass ihr Zeit. Sie soll ihre Entscheidung selbst treffen." Leopold hatte müde geklungen.

„Spar dir das Theater. Hier geht es ums Geschäft und wir wissen, dass du mich brauchst. Nun wird sich herausstellen, wie ernst es deiner verwöhnten Nichte ist. Wenn sie jetzt kneift, wird sie es auch später tun und deine Fabrik in den Ruin treiben."

Nur wenige Minuten nachdem Hubert gegangen war, hatte Luise ihren Mann bewusstlos aufgefunden.

Es gelang ihr nicht, die Tränen hinunterzuschlucken, also ließ sie ihnen freien Lauf. Lautlos rannen sie über ihre betagten Wangen, einige fielen auf den Boden und verschwanden im Teppich.

Sie wollte an seiner Seite sein. Jeden Augenblick über ihn wachen, sich kümmern und die Hoffnung nicht aufgeben. Und wenn es keine Hoffnung mehr gäbe, wollte sie bei ihm sein, solange es eben auch dauerte.

Als der Morgen dämmerte, hatte Luise noch kein Auge zugetan. Ab halb sechs stand sie am Schlafzimmerfenster und blickte auf die Straße hinaus. Ein schwarzes Automobil näherte sich. Reichenshagen. Gott sei Dank. Seit der Buchhalter im Besitz des Fahrzeuges war, ging er keinen Meter mehr als unbedingt notwendig zu Fuß. Luise eilte hinaus zum Tor, um es nur kurz zu öffnen und ihn auf den Hof fahren zu lassen.

„Kommen Sie!", rief sie verhalten und winkte den Mann zur Eingangstür des Kontors.

„Was ist passiert?" Reichenshagen nahm seinen Hut ab und hielt ihn wie einen Schutzschild vor die Brust.

„Wir können heute nicht produzieren. Sie müssen die Leute nach Hause schicken." Luise hatte sich auf Leopolds Platz gesetzt und sah Reichenshagen durchdringend an.

„Wo ist Herr Geldermann?"

„Er ist unpässlich und benötigt Zeit, um sich zu erholen."

„Das ist doch aber kein Grund, die Produktion zu stoppen."

„Richtig, das sehe ich genauso. Aber es sind familiäre Angelegenheiten zu regeln."

Reichenshagen runzelte die Stirn und ließ sich auf einem der Stühle nieder. „Werden Sie mir sagen, was passiert ist und wie schlimm es steht?"

„Nein."

„Aber Herr Geldermann wird wieder gesund?"

„Natürlich. Er braucht nur dringend einige Tage Ruhe." Luise legte all ihre Überzeugungskraft in ihre Worte. „Halten Sie heute die Stellung. Ich weiß, dass Sie immer akkurat arbeiten, aber gehen Sie nochmals die Auftragsbücher durch. Verschaffen Sie mir bis Mittag einen aktuellen Überblick. Gibt es notwendige Transaktionen, dann bereiten Sie alles vor. Ich werde heute Nachmittag um zwei nochmals zu Ihnen kommen. Dann berichten Sie mir ausführlich."

Reichenshagen bestätigte ihre Anweisungen.

„Oder ... warten Sie. Den Ingenieur, den lassen Sie bitte in die Hallen hinein. Sagen Sie ihm, dass er die Maschinen auf Herz und Nieren prüfen muss. Alle anderen bleiben draußen."

„Und was soll ich denen erzählen? Sie werden Angst um ihren Lohn haben."

„Sie sollen sich keine Sorgen machen. Sie werden ihr Geld schon bekommen."

„In Ordnung", willigte Reichenshagen ein und Luise machte sich auf den Weg zurück ins Wohnhaus.

Um Marie und die Gartenfrauen musste sie sich selbst kümmern. Auf deren Hilfe konnte sie nicht verzichten. Marie wusste allerdings über Leopolds gesundheitliche Lage Bescheid, weshalb es wohl besser war, sie nicht zu viel Zeit mit den Gartenfrauen verbringen zu lassen. Der Tratsch verbreitete sich sonst schneller, als ihr lieb war. Und mit Edith musste sie auch noch sprechen. Dieser Tag verlangte Luise in aller Frühe schon viel ab.

Als sie endlich wieder zu Leopold ging, um ihm Tee zum Frühstück zu reichen, blinzelte er sie müde an. Er verzog einen Mundwinkel zu einem vorsichtigen Lächeln. Sofort stellte Luise das Tablett zur Seite und kniete sich vor ihn auf den Boden. Sie griff nach seiner Hand und begann gleich darauf zu schluchzen.

„Gott sei Dank", wiederholte sie immer wieder. „Ich habe dir Tee mitgebracht. Er wird dich stärken."

„Hm", erwiderte Leopold angestrengt.

Es gelang ihr, ihm einige Schlucke einzuflößen, aber dann verließ ihn erneut die Kraft. Das Atmen bereitete ihm hörbar Schwierigkeiten.

„Du musst dich kümmern, sonst wird die Zeit knapp", raunte er.

„Ich weiß. Ich mache alles, wie wir es besprochen haben."

Luise presste verzweifelt seine Hand an ihre Brust und weinte bittere Tränen. Die Entscheidung für oder gegen die Fabrik musste fallen und die notwendigen Schritte mussten eingeleitet werden.

„Möglicherweise ist Palm die bessere Option."

„Möglicherweise." Luise nickte und dachte an das bevorstehende Gespräch mit Edith. Diese würde das Zünglein an der Waage sein.

Über eine Stunde saßen sie bereits im Wohnzimmer. Beide Frauen waren übermüdet, zermürbt und die Sorgen hatten sich ihnen tief in die Gesichter gegraben. Edith versuchte zu begreifen, welches Geschenk ihr Leopold machen wollte und welche Entscheidung im Gegenzug von ihr erwartet wurde. Die Tuchfabrik Geldermann war zum Greifen nah, aber zu welchem Preis? Schlug sie das Angebot aus, so wurde verkauft und Luise würde sich ohne finanzielle Sorgen zur Ruhe setzen.

Und Edith? Wohin sollte sie dann gehen? Zurück nach Berlin etwa oder womöglich zu Ursi nach Hohenfinow? Sie hatte keine Ahnung.

Wollte sie das großzügige Angebot annehmen, den Traum, von dem sie immer gesprochen hatte, wahr werden lassen, dann musste sie heiraten. Schnell obendrein. Aber die Auswahl war begrenzt. Hubert Dietrich und Oberstleutnant Palm standen zur Disposition. Zwei Übel, von denen Edith nicht zu beurteilen wusste, bei welchem es sich um das schlimmere handelte. Vermutlich war es Dietrich.

Vor allem aber fragte sie sich, ob ihr Traum groß genug für dieses Opfer war, ob sie in der Lage sein könnte, all ihre Prinzipien über den Haufen zu werfen. Würde sie damit leben können, ihrem zukünftigen Spiegelbild noch in die Augen sehen können?

„Es wird einen Vertrag geben. Du wirst die Fabrik erhalten", holte Luise sie aus ihren Gedanken zurück. „Zwei Frauen aus dem Handarbeitskreis werden uns helfen. Ich hatte mich bereits vor einiger Zeit mit ihnen darüber ausgetauscht. Du hast sie kennengelernt, als wir dort waren", erklärte sie müde.

„Was kann das denn für ein Vertrag sein, der mich zur Heirat zwingt, um die Fabrik zu übernehmen?"

„Nichts und niemand zwingt dich. Onkel Leopold überlässt dir die Fabrik, wenn du verheiratet bist. Diese Vereinbarung wird eine zusätzliche zum Eheversprechen werden, ein Dokument, das dich absichert. Sie nennen es Vertrag zur Regelung der Gütertrennung, wenn ich das richtig im Kopf habe. Das wird die Herren davon abhalten, sich alles unter den Nagel zu reißen und dich sitzenzulassen. So hast du wenigstens eine Chance, dich in der Ehe einzurichten."

„Tante Luise, ich fürchte, dass ich mich überhaupt nicht einrichten kann. Verstehst du, was ich meine?" Ediths Augenlider flatterten nervös.

Luise faltete die Hände und suchte nach Worten. „Ja, Kind. Ich verstehe, was du meinst. Weißt du, sehr selten ist die Liebe von Anfang an in der Ehe. Meistens entwickelt sie sich später."

„Ich glaube kaum, dass sich jemals ein Gefühl der Zuneigung für Hubert Dietrich in mir regen wird. Er ist eine furchtbare Person." *Und ich werde mich zu gegebener Zeit an ihm rächen*, fügte sie in Gedanken hinzu.

Luise griff über den Tisch und legte ihre Hände auf Ediths. „Unter diesen Umständen schlage ich vor, du entscheidest dich für Oberstleutnant Palm. Er schuldet deinem Onkel mehr als nur einen Gefallen und wird sich nicht gegen diese Heirat sträuben, wenn Leopold ihn darum bittet. Ich bin mir sicher, dass er nicht am Vollzug der Ehe interessiert ist, wenn es das ist, was du befürchtest. Aber überlege es dir gut. Für euch beide wäre dieses Arrangement nur dann von Vorteil, wenn du auf Kinder verzichten willst."

„Wenn ich die Fabrik leite, werde ich keine Zeit haben, mich um Kinder zu kümmern. Außerdem werde ich für Ursulas Kinder eine wunderbare Tante sein können. Das Leben hält für mich einen anderen Weg bereit, Tante Luise."

„Ich respektiere deine Entscheidung. Ich rate dir nur, sei nicht zu sorglos."

„Wenn ich nicht heirate, läuft es doch aufs Gleiche hinaus."

„Na schön. Ich werde die Frauen aus dem Handarbeitskreis bitten, eine Vereinbarung für dich aufzusetzen. Den Namen lassen wir noch frei, wenn du einverstanden bist. Im nächsten Schritt laden wir den Oberstleutnant zum Diner ein und du kannst ihn kennenlernen."

Tante Luise schob das Geschirr zur Seite, lehnte sich weit über den Tisch und umfasste Ediths Hände. „Ich weiß, du denkst, dass ich Schreckliches von dir verlange, aber deine Möglichkeiten sind begrenzt. Leopolds Chancen auf Genesung stehen schlecht. Ich werde ihn verlieren und wenn du dich nicht für die Fabrik entscheiden kannst ..." Sie ließ ihren Satz unvollendet, aber Edith rang sich dazu durch, ihn fortzusetzen.

„... dann wird sie verkauft und ich kehre zurück nach Berlin, wo ich ebenfalls verheiratet werde. Wo bleibt denn da die Gerechtigkeit?" Sie schüttelte verbittert den Kopf.

Es herrschte verzweifelte Stille zwischen den beiden Frauen und sie breitete sich wie ein eisiger Hauch im gesamten Haus aus.

„Bis wann muss ich mich entschieden haben?"

„So schnell wie möglich."

Edith stieß einen verzweifelten Seufzer aus, bevor sie das Wohnzimmer verließ und die Treppe hinaufstieg. Sie musste mit Onkel Leopold sprechen.

An der Schlafzimmertür, die einen Spalt offen stand, blieb sie stehen. Sie lauschte, doch es war nichts zu hören und so schob sie die Tür langsam auf und trat ein.

„Onkel Leopold?"

Er lag in seinem Bett, den Oberkörper etwas erhöht auf zwei Kissen gelagert, die Arme ausgestreckt auf dem dünnen Bettbezug, der als Decke diente. Der starke Onkel Leopold war schwach geworden. Er rührte sich nicht, aber sein Blick hatte sich bereits an ihren geheftet.

„Komm nur herein. Setz dich.“

Edith folgte seiner Bitte. Sie trat langsam an den Stuhl neben seinem Bett heran und nahm vorsichtig darauf Platz. Sie bewegte sich umsichtig, behutsam, als könne nur die geringste Störung, jede Hast, das Leben in diesem Raum auslöschen.

Einer der Fensterflügel war geöffnet. Der leichte Sommerwind bewegte die Gardine.

Eine Weile saßen sie schweigend beieinander. Edith hätte noch lange so auf dem Stuhl verweilen können. Einfach da sein, dem Leben entrückt, einen lieben Menschen an der Seite und die einträgliche Stille aufsaugend. Ob es so im Himmel sein konnte? Edith stellte sich vor, sie würde für immer hier in diesem Zimmer bleiben. In diesem Zimmer, mit Onkel Leopold, ohne den Gedanken an morgen.

Leopold hustete. Sie reichte ihm Tee.

„Danke.“

„Tante Luise und ich haben uns unterhalten.“

„Worüber?“

„Über alles. Was der Arzt gesagt hat und was ich tun soll.“

„Das ist gut. Wir alle müssen wissen, woran wir sind, ob es uns gefällt oder nicht.“

„Onkel Leopold, du bist so großzügig, doch ich wünschte, wir hätten mehr Zeit." Edith schlug die Hände vors Gesicht.

„Würde das etwas ändern?"

„Ich weiß es nicht."

„Schau, Edith, niemand zwingt dich zu irgendetwas. Noch bin ich am Leben und darf selbst die Zügel halten. Wenn du nicht heiraten willst, leiten wir alles Notwendige in die Wege und wickeln den Verkauf ab. Für Luise wird gesorgt sein und mir ist klar geworden, dass mir die Fabrik nicht fehlen wird, wenn ich erst einmal tot bin."

„Sag so etwas nicht, Onkel Leopold."

„Edith, es ist die Wahrheit. Ich sterbe schon bald. Mir bleiben Tage, Wochen vielleicht. Machen wir uns nichts vor."

Er hustete wieder und brauchte nach seiner langen Rede einige Zeit, um sich zu beruhigen.

„Ich kann mein Lebenswerk nicht mitnehmen. Ich kann es nur jemandem hinterlassen, der es vielleicht genauso liebt wie ich und es mit Herzblut fortführt."

„Aber das tue ich. Ich liebe die Fabrik und möchte dein Lebenswerk fortführen. Ich bin bereit. Dietrich oder den Oberstleutnant brauche ich dafür nicht."

„Ich fürchte, du irrst dich. Du brauchst einen Mann, sonst spielt dir das Schicksal noch übel mit."

Edith reagierte nicht auf seine Worte. Ließ sie im Nichts verhallen. Blieb nur in diesem Moment zwischen Gardine, Licht, Sommerwind und Stille.

Der eben noch wohlig-sanfte Luftzug jagte Edith nun einen furchterregenden Schauer über den Rücken. Unfähig, sich auch nur einen Millimeter zu bewegen, klammerte sie sich an ihren Stuhl, schloss die Augen und arbeitete krampfhaft gegen die aufkommende Panik. *Atmen*, rief sie sich gedanklich zu. *Atmen*.

„Wie lange ist Herr Geldermann denn noch unpässlich?", fragte Reichenshagen, als Edith bereits den fünften Tag allein im Kontor arbeitete. Wenn sie es Arbeit nennen konnte. Der größte Teil bestand darin, dass sie anwesend war. Sie fühlte sich nicht in der Lage, lange zu arbeiten, zu stehen oder hinter der Schreibmaschine zu sitzen. Sie konnte ihre Gedanken nicht beisammenhalten. Immer wieder war sie bei Onkel Leopold, Tante Luise oder einer unliebsamen Eheschließung. Sie sah den Buchhalter prüfend an, bevor sie antwortete.

„Das kann der Herr Doktor noch nicht abschätzen. Er ist optimistisch, aber Tante Luise und ich haben sicherheitshalber alle Befugnisse von ihm erhalten. Alles Notwendige können Sie mit mir besprechen und falls Sie dennoch unsicher sind, berate ich mich mit meinem Onkel nochmals am Abend. Also, wo drückt der Schuh?" Sie bemühte sich, freundlich und souverän aufzutreten.

„Nun, es gibt da schon einige wichtige Unterlagen."

„Zeigen Sie schon her."

Aber Reichenshagen zögerte noch immer.

„Lieber Herr Reichenshagen, wie lange arbeiten Sie schon im Unternehmen?"

„Bald siebenundzwanzig Jahre."

„Das ist eine lange Zeit. Gefällt es Ihnen bei uns?"

„Natürlich."

„Dann sollten Sie mir die Unterlagen geben, damit ich informiert bin und meinen Onkel zufriedenstellend beraten kann. Entscheiden wird selbstverständlich er. Aber er kann das Bett noch nicht verlassen."

„Wir könnten auf Herrn Dietrich warten. Er wird in Bälde zurückerwartet."

„Oder wir erledigen die Angelegenheit sofort", erwiderte Edith scharf.

„Na schön", brummte Reichenshagen. Die Situation passte ihm nicht, aber er gab nach.

Sobald der Arbeitstag zu Ende war, lief Edith ins Wohnhaus hinüber und kleidete sich für das Diner an. Eine Hose und eine Bluse. Zu einem Kleid rang sie sich nicht durch. Der Oberstleutnant sollte gleich wissen, woran er war. Sie war Maximilian Palm schon einige Male bei den Geldermanns begegnet, nur flüchtig, wenn er sich mit Leopold und den anderen Herren zum Kartenspiel getroffen hatte. Zu einem Diner in dringender Angelegenheit war er noch nie eingeladen worden.

Er war ein angesehener Mann von kühlem Wesen. Ein fast Vierziger, der einst wohlhabend gewesen, dann aber dem Glückspiel verfallen war. Nun stand er finanziell erheblich in Geldermanns Schuld. Luise hatte ihm in der Einladung nicht mitgeteilt, worum es sich bei seinem Besuch handelte. Aber er hatte höflich angenommen und klopfte nun pünktlich auf die Minute an die hölzerne Eingangstür.

Edith stand dem hochgewachsenen Mann in Uniform kurz darauf gegenüber. Mit achtunddreißig Jahren war er deutlich älter als sie, aber er wirkte nicht furchteinflößend. Eher zurückhaltend und sachlich, neutral.

„Guten Abend, die Damen."

„Guten Abend, Oberstleutnant. Bevor wir Sie zum Essen bitten, möchte mein Mann Sie gern für ein paar Minuten sprechen. Wie Sie wissen, ist er nicht bei bester Gesundheit. Sie werden ihn an seinem Krankenlager aufsuchen müssen. Marie wird Sie hinführen."

Obwohl es sich um eine ungewöhnliche Bitte handelte, folgte Palm dem Dienstmädchen.

Edith und Luise warteten ungeduldig. Leopold würde ihn in seine Pläne einweihen und seine Argumente deutlich machen.

Als Palm nach etwa fünfzehn Minuten zurückkehrte, wirkte er verändert. Sein Blick schwirrte unruhig durch den Raum. Er sprach nicht mehr, als zu einer halbwegs höflichen Konversation notwendig war. Onkel Leopolds Anliegen schien ihn einigermaßen verstört zu haben, was Edith nur zu gut verstand. Sie beobachtete ihn wie ein Luchs, studierte seine Bewegungen und versuchte herauszubekommen, was in ihm vorging. Natürlich wollte sie wissen, wie er über diese Angelegenheit dachte und ob er diesem Vorhaben zustimmen konnte. Schließlich räusperte er sich und formulierte seine Gedanken.

„Meine Damen, nach einem aufschlussreichen Gespräch finde ich mich in einer unerwarteten Situation wieder. Ähnlich einer Zwickmühle befinde ich mich in einer schier ausweglosen Situation."

„Wer nicht, Oberstleutnant?", rutschte es Edith heraus.

Er hielt den Kopf kerzengerade und musterte Edith. Hinter seinen Augen schienen sich die Gedanken wie in einem Karussell zu drehen.

Marie brachte das Essen. Sie aßen schweigend. Kartoffeln mit gebratenem Kohl oder Kappes, wie Tante Luise zu sagen pflegte.

„Vielleicht kann man viel Unangenehmes über mich berichten", nahm Palm das Gespräch wieder auf. „Es mangelt mir an mancher Tugend, aber ich bin ein Mann der Ehre. Mein Freund Leopold hat mir ein Versprechen abgerungen, das ich nicht brechen kann. Unter den gegebenen Umständen ...", der Oberstleutnant hob sein Glas zu einem Toast und sprach dabei in angesäuertem Tonfall, „... sollten wir uns wohl besser kennenlernen. Wollen Sie mich Max nennen, Fräulein Ziegler?"

„Sehr gern, wenn Sie mich Edith nennen." Edith schluckte nervös.

„Gnädigste, erlauben Sie mir, mich morgen noch einmal vorzustellen und Sie zu einem Spaziergang abzuholen?"

Unsicher sah Edith zu Luise hinüber, welche ihr aufmunternd zunickte. Sie setzte ein mechanisches Lächeln auf, als sie antwortete. „Es wäre mir eine Freude, lieber Max."

„Ich werde Sie um drei abholen, wenn es recht ist."

„Es ist recht", gab Edith, die Mundwinkel noch immer zu einem steifen Lächeln verzogen, zurück.

Sie stießen die Gläser aneinander, dass es ihr eiskalt den Rücken hinunterlief.

„Hervorragend, dann können wir jetzt zum Nachtisch übergehen", befand Luise, aber auch ihr stand die Anspannung ins Gesicht geschrieben.

Alle drei brachten das Diner mit dem gebotenen Anstand zu Ende, doch als der Oberstleutnant sich von Edith verabschiedete, flüsterte er ihr noch etwas zu.

„Sie wissen nicht im Geringsten einzuschätzen, was Sie im Begriff sind zu tun. Ich bin kein Mann für die Ehe. Wir beide könnten sehr unglücklich werden. Sie wahrscheinlich noch mehr als ich."

Mit aller ihr zur Verfügung stehenden Contenance antwortete Edith und zeigte sich dabei überraschend ehrlich. „Ich bin mindestens genauso wenig für die Ehe geschaffen wie Sie. Konzentrieren wir uns aufs Geschäft", antwortete sie tonlos.

„Das sollten wir ohne Zweifel tun, meine Liebe."

Hohenfinow im September

Meine liebe Edith,
wie nervenaufreibend sind nur die Neuigkeiten, die du schreibst. Ich musste mich setzen, weil mich ein Schwindel erfasste, als ich deinen letzten Brief las. Nun sitze ich hier vor dem neuen Sekretär, den Heinrich mir kürzlich zum Geschenk machte, und versuche meine Gedanken in diesen Brief zu sortieren, aber es will mir nicht recht gelingen.
Zunächst bitte ich dich, Onkel Leopold meine unbedingten Genesungswünsche auszurichten und natürlich auch Tante Luise. Sie wird ebenfalls krank vor Sorge sein. Ich möchte nicht in ihrer Haut stecken. Doch ich bin mir sehr sicher, dass unser lieber Onkel in guten Händen und schon bald wieder wohlauf ist. Ich kann es mir gar nicht anders vorstellen.

Was mich zu deiner nächsten Neuigkeit bringt. Edith, meine Liebe, du hast es geschafft. Du wirst Tuchfabrikantin, Unternehmerin. Glücklicherweise verfügst du mittlerweile über Erfahrung und Kenntnisse, die dir bei der Bewältigung dieser neuen Aufgabe hilfreich sein werden. Ich kann es nicht fassen, für mich ist diese Entwicklung so wunderbar und unglaublich gleichermaßen. Ich bin so stolz auf dich, meine kleine Schwester. Du hast es immer schon gewusst, dass du einen besonderen Weg gehen wirst, und es macht mich glücklich. Da haben wir zwei am Ende doch noch unser Glück gefunden.

Das muss es wohl sein. Eine andere Erklärung finde ich nicht, wenn du mir so plötzlich und unerwartet von deiner Verlobung schreibst und die Heirat schon im nächsten Monat stattfinden wird. Ich frage mich dennoch, ob es tatsächlich so eilig sein muss. Mutter und Vater sind dann noch immer auf einer Reise mit den von Kleins. Sie werden nicht eher abkömmlich sein und vor allem wird Mutter bei aller Freude über diesen guten Ausgang auch fürchterlich nervös werden, ob der unzähligen Dinge, die getan werden müssen. Ich erinnere mich zu gut an die Vorbereitung meiner Heirat mit Heinrich. Sie war zum Ende hin regelrecht ermattet.

Verzeih, ich schweife ab. Dein Maximilian muss dich unsagbar gernhaben und ich gönne ihm und dir eine baldige Heirat, aber allein der Gedanke daran, dass ich dir an diesem Tage nicht beistehen kann, schmerzt mich sehr.

Nun, du fragst dich sicherlich, was mich abhalten könnte, die Reise nach Kerchheim anzutreten und bei dir zu sein. Ich will es dir schreiben. Liebste Schwester, ich bin guter Hoffnung. Heinrich und ich erwarten bereits im Winter unser erstes Kind. Der Doktor ist streng und erlaubt keine

Strapazen und ich bin nicht geneigt, mich seinen Anweisungen zu widersetzen.
Liebste Schwester, ich küsse und vermisse dich. Schreibe mir schnell, ich habe solche Sehnsucht nach dir und warte auf Neuigkeiten.
Ursula

„Ich werde es Reichenshagen so ausrichten", versprach Edith und klappte die Mappe mit den Unterlagen zusammen, die sie gerade mit Onkel Leopold durchgegangen war. Sie strich ihrem Onkel liebevoll über die Wange, berührte dabei seinen Backenbart, der in den letzten Wochen weiß geworden war, und atmete schwer. Leopold verbrachte seine Tage größtenteils im Bett oder sitzend im Ohrensessel seines Arbeitszimmers. Dort traf ihn Edith, wenn es wichtige Themen zu besprechen gab, wenn sie seinen Rat oder seine Gesellschaft suchte. Aber mehr als eine Viertelstunde war er nie belastbar, auch wenn er sich gern mehr zugemutet hätte.

Nachdem Leopolds Entscheidung gefallen war und Edith sich dafür ausgesprochen hatte, die Ehe mit Palm einzugehen, waren jeden Tag neue Informationen und Aufgaben hinzugekommen. Der von Leopold bestellte Notar, ein knochiger alter Herr mit Biss und wachen Augen, war, wie Edith nun erfahren hatte, seit Jahrzehnten mit den Angelegenheiten der Geldermanns betraut. Er kümmerte sich um sämtliche Verträge und erteilte ihr Auskunft zu allen Details. Von ihm erfuhr Edith dann auch, dass nicht nur die Fabrik in ihren Besitz übergehen sollte, sondern auch großflächige Ländereien. Onkel Leopold überschrieb ihr ein Vermögen und dabei war der Teil, den seine Luise für ihren Lebensabend erhielt, nicht eingerechnet.

„Du tust das Richtige. Palm wird dir ein rechtschaffener Ehemann sein, zumindest nach außen hin. Diesen Schwur habe ich ihm abgenommen." Mit schwacher Stimme sprach er Edith Mut zu, jeden Tag aufs Neue, wenn sie zusammensaßen.

Als Edith in den Plan, zu heiraten, eingewilligt hatte, waren die Sorgen um Leopold und die Fabrik so groß gewesen, dass sie wenig über die Hintergründe seines Vorschlags hatte nachdenken können. Ihr war nicht in den Sinn gekommen, wie hoch die Schulden des Oberstleutnants waren und dass er es auch in zwei Leben nicht hätte zurückzahlen können. Ihr Onkel hatte ihn in der Hand und war sich sicher, dass Palm dieses Geschäft nicht ausschlug, wenn er so seinen vollständigen Ruin vermeiden konnte.

„Ich hoffe es." Sie ordnete ihm die Decke und richtete das Kissen, auf dem er seine Hände ablegte.

Dass Leopold das Bett wieder verlassen konnte, natürlich nur mit Hilfe der Krankenschwester, die extra eingestellt worden war, wollte der Doktor nicht begreifen. Es widersprach all seinen Untersuchungserkenntnissen und Voraussagungen. Leopold ging es nach wie vor nicht gut, aber allein der Gedanke, dass er nicht im Bett dahinsiechte, schien ihn zu beflügeln, schenkte ihm einen Tag nach dem anderen.

„Gibt es neues von Hubert?"

Edith biss sich auf die Unterlippe. Sie hatte niemandem von dem Zwischenfall erzählt. Doch als er aus Wien zurückgekehrt war und erfahren hatte, dass sie seinen Antrag nicht annehmen wollte, sondern stattdessen von der anstehenden Verlobung mit dem Oberstleutnant Palm erfuhr, war er kreidebleich geworden. Rachgier loderte in seinen Augen.

Als klar war, dass Onkel Leopold nicht ihm, sondern Edith die Fabrik überlassen wollte und sie schon bald die Unternehmensleitung innehaben würde, selbstredend mit Unterstützung ihres Gatten Palm, war Hubert Dietrich beinahe das Herz stehengeblieben. Er hatte seine Stelle mit sofortiger Wirkung aufgegeben.

„So weit kommt es noch, dass ich mich hier zum Idioten machen lasse! Ich lasse mich doch nicht von einem kleinen Mädchen kommandieren. Das wird dir noch leidtun. Das hier ist keine Arbeit für dich! Männer machen Geschäfte, Männer leiten Unternehmen. Es braucht mehr als nur einen hübschen Augenaufschlag, es braucht Verstand und der fehlt den Frauen nun einmal. Ihr alle seid der lebende Beweis." Mit unzähligen Schweißperlen auf der Stirn war er aus dem Haus getaumelt, hatte sich mit Mühe auf sein Auto gehievt und war davongefahren. Seither hatte ihn Edith nicht mehr zu Gesicht bekommen.

Nur wenige Tage später erhielten sie jedoch Nachricht von Tante Luises Handarbeitskreis. Die Damen lieferten mit Akribie sämtliche Informationen zu den aktuellen Begebenheiten. Hubert hatte nicht lange getrauert und machte dem hübschen Fräulein Sibylle Pönsgen nun recht erfolgreich den Hof. Edith hatte es zur Kenntnis genommen, aber sie war vollends mit ihren eigenen Angelegenheiten beschäftigt, sodass sie sich nicht weiter darum kümmerte. Dies war nun gewiss fünf Wochen her und die Verlobung der beiden eine noch größere Überraschung gewesen als die von Edith und Oberstleutnant Palm.

Allerdings ließen sich, gewiss zu Huberts Leidwesen, weder das Fräulein Sibylle Pönsgen, noch ihre Mutter zu einer überstürzten Eheschließung bewegen. Eine gehobene Anstellung in der Tuchfabrik ihres Herrn Papas hatte Hubert allerdings schon erhalten.

„Schon eine Weile nicht mehr", antwortete sie schließlich. Sie beschloss ihren kranken Onkel nicht mit unangenehmen Geschichten über seinen ehemaligen Vertrauten aufzuregen.

„Sei auf der Hut. Die Dinge können sich schnell ändern und er wird dir nicht wohlgesonnen sein. Behalte die Konkurrenz immer im Blick."

„Keine Sorge, Onkel Leopold. Ich werde die Augen offenhalten und deshalb werde ich jetzt auch wieder hinuntergehen und mich im Kontor sehen lassen. Auch unserer Belegschaft muss gewahr werden, dass dieses Unternehmen nicht ohne Führung ist."

Auf dem Weg nach unten wurde Edith von Tante Luise abgefangen. „Warte einen Augenblick, bitte. Ich weiß, dass wir eine klare Abmachung haben, aber es gibt einige Dinge, die muss ich einmal mit dir besprechen."

Die Abmachung der beiden beinhaltete eine Arbeitsteilung. Tante Luise koordinierte die Hochzeitsvorbereitungen, mit allem, was dazugehörte, und Edith übernahm alle anstehenden Aufgaben für die Fabrik.

„Gut, Tante Luise, worum handelt es sich denn?"

„Wie ich vorausgesagt habe, werden deine Eltern nicht zur Hochzeit anreisen, da sie sich im Oktober unabkömmlich zum Zwecke einer Küstenreise am Adriatischen Meer aufhalten."

„Nun, das ist es doch, was wir uns erhofft hatten, nicht wahr? Wenige Gäste und so wenig Familie wie nur irgend möglich." Edith hielt die Akten vor der Brust und blickte zu Tür. Sie wäre gern schon durch sie hindurch gewesen.

„Ja, du hast recht und nachdem ich ihr versprach, dass ich mich um die Aussteuer kümmere und es Onkel Leopold so wichtig sei, diesem wichtigen Tag in deinem Leben noch beizuwohnen", sie schluckte, „kann ich mich ungehindert weiter um die Vorbereitungen kümmern. Deshalb musst du auch morgen Nachmittag zwei Stunden für die Schneiderin einplanen. Du bekommst mein Kleid und sie wird es für dich anpassen."

„Danke, Tante Luise. Auch wenn es nicht so scheint, weiß ich diese Geste und deine Mühe zu schätzen." Edith beugte sich vor und gab Luise einen flüchtigen Kuss auf die Wange. Dann eilte sie hinaus, bevor sie den mannigfaltigen Gefühlen, die seit der Entscheidung in ihr tobten, erlag und in Tränen der Verzweiflung ausbrach.

Wie soll ich je wieder schlafen können, wenn ich meine Seele verkauft habe? Diese Frage ereilte sie ein ums andere Mal, aber Edith jagte sie fort.

„Ich muss bereit sein, Opfer zu bringen. Wenn ich jetzt zaudere, war alles umsonst", sprach sie sich immer wieder selbst Mut zu.

Sie lief eilig zum Kontor hinüber. Dort war seit Anfang des Monats Bettina beschäftigt, die junge Frau, die im vergangenen Jahr so dringend eine Stelle gesucht hatte. Es war gar nicht so schwer gewesen, sie ausfindig zu machen und Edith hatte sie kurzerhand eingestellt.

Im Kontor traf sie auch auf Max.

„Nimm Platz. Was führt dich zu mir?", wollte Edith wissen, nachdem sie sich förmlich begrüßt hatten. Sie setzte sich an ihren Schreibtisch und nahm sogleich das erste Schriftstück, eine Bestellliste, zur Hand und prüfte sie.

„Ich habe Arthur Pönsgen heute in der Stadt getroffen und wir haben einige angenehme Worte miteinander gewechselt."

Edith horchte auf. Sie legte die Liste aus der Hand und widmete ihre Aufmerksamkeit ihrem Verlobten, was dieser sichtlich genoss.

„Worüber habt ihr gesprochen?"

„Nun, über dies und das. Er gratulierte mir zur anstehenden Verbindung und der künftigen Leitung des Unternehmens und schließlich lud er uns beide zum Diner ein. Ich habe mir in meiner Aufgabe als zukünftiger Gatte erlaubt, zuzusagen. Wir werden bereits heute Abend erwartet."

„Du hast was?" Edith stierte ihn mit entgeisterter Miene an.

„Ich dachte mir, dass dir das nicht gefallen wird. Aber alles andere hätte wohl seltsam gewirkt und für ebensolche Anlässe bin ich wohl bestens geeignet. Ich habe außerdem Grund zu der Annahme, dass euer ehemaliger Angestellter, Hubert Dietrich, ebenfalls zu Gast sein wird und dies wiederum sollte doch in deinem Interesse sein. Vielleicht ist es gut, ihn im Auge zu behalten."

„Na schön. Du hast vermutlich recht“, gab Edith miss-
mutig nach. Ein Schauer lief ihr über den Rücken.
„Wann holst du mich ab?“

„Oh, ich bin bereits ausgehfertig. Wir fahren um fünf.
So lange werde ich mir die Beine vertreten und mich in
der Fabrik umschauen. Es könnte ja sein, dass ich über
mein künftiges Unternehmen befragt werde.“

„Mein Unternehmen“, zischte Edith, legte die Dokumente in den Schreibtisch und schloss ab.

23

Edith hatte auf ihre Tante gehört und trug nun ein grünes wadenlanges Kleid mit schmalen Trägern. Dazu eine ihrer Perlenketten, lange Handschuhe und einen passenden Hut. Darüber einen dicken Wollmantel, den ihr Tante Luise geschenkt hatte, denn bereits ab den späten Nachmittagsstunden frischte es auf. Der Sommer war definitiv vorüber. Die lange Zigarettenspitze hatte Edith in ihrer Handtasche verstaut.

Sie erreichten Pönsgens Anwesen zur angegebenen Zeit. Palm selbst war gefahren und zeigte sich galant, als er Edith die Tür öffnete und die Hand reichte. Sie fröstelte, als sie Maximilians Hand ergriff. Es lag nicht nur am kühlen Abendwind, der ums Haus wehte.

Pönsgen begrüßte seine Gäste. Neben ihm standen seine Gattin und Tochter Sibylle, ein halbes Kind. Er stellte beide vor.

„Mit Hubert Dietrich muss ich Sie wohl nicht bekanntmachen", stellte Pönsgen fest und warf Edith einen lauernden Blick zu. Hubert trat nun heran und neigte sich zu einem höflichen Handkuss nach vorn. Edith ließ ihn mit gefrorenem Lächeln gewähren.

„Richtig, wir sind uns bekannt."

Nach dem Abendessen, das sie in Würde über sich ergehen ließ, lud der Herr des Hauses Hubert und Maximilian zur Besichtigung seiner Stallungen ein. Ella

Pönsgen führte Edith und ihre Tochter Sibylle in den angrenzenden Salon, wo Sherry serviert und geraucht wurde.

„Fräulein Ziegler, waren Sie seit Ihrer Ankunft einmal in Weidenpesch? Arthur ist kürzlich Mitglied im Rennverein geworden und hat sich zwei edle Englische Vollblutstuten zugelegt. Zu schade, dass die Saison gerade beendet ist. Sie müssen uns unbedingt im nächsten Jahr dorthin begleiten. Ich bin mir sicher, wir können angenehme Stunden miteinander verbringen."

Ella Pönsgen wandte sich an ihre Tochter. „Natürlich erst nach deinem großen Tag, Liebes. Dieser Tag im Leben einer Frau sollte gebührend gefeiert und nicht durch andere Ereignisse geschmälert werden." Sie lächelte ihrer Tochter zu und streichelte ihr über die Schulter.

„Vielen Dank. Das ist eine großartige Idee. Ich war noch nie auf einer Pferderennbahn." Edith lächelte freundlich.

„Sie werden es genießen und vielleicht gibt dies ihrem Leben etwas mehr Inhalt, denn dass Sie in besonderen Umständen sein werden, ist wohl nicht zu erwarten, nach dem, was uns Hubert über Sie berichtet hat."

Mit einem verlegenen Husten über diese Unverfrorenheit stellte Edith ihr Glas beiseite. „Was wollen Sie damit andeuten?"

„Ist es nicht so, dass Sie sich selbst für ungeeignet halten, die Mutterrolle zu übernehmen und sich deshalb entschieden gegen Kinder ausgesprochen haben? Es war sicherlich schmerzhaft, als Hubert Ihre Ansichten nicht teilte und sich von Ihnen abwandte."

Was sollte Edith darauf antworten? Sie entschied sich für eine nichtssagende Floskel.

„Im Leben fügt sich immer alles."

„Glücklicherweise, nicht wahr? Sonst hätte Amors Pfeil nicht ins richtige Ziel getroffen. Unsere Sibylle freut sich schon sehr auf das kommende Familienglück mit ihrem Verlobten. Gerade unter diesen besonderen Umständen sind wir sehr froh, dass Sie unserer Einladung gefolgt sind. Ich muss zugeben, wir fürchteten Eifersüchteleien, aber mit dem Oberstleutnant haben Sie offenbar den passenden Menschen für sich gefunden. Meinen Glückwunsch noch zur Verlobung."

„Herzlichen Dank."

Edith sah sich um. War es nicht an der Zeit, nach Hause zu fahren? Wo blieb Max nur?

Wie auf Kommando wurde die große zweiflügelige Tür geöffnet und die drei Männer traten gutgelaunt ein. Sogar Palm lachte und Edith stellte fest, dass es überhaupt das erste Mal war, ihn gut gelaunt zu erleben.

„Darf ich vorstellen?", trompete Arthur Pönsgen und zeigte auf Maximilian. „Das neueste Mitglied des Rennvereins. Gleich morgen fahren wir hin und erledigen die Formalitäten. Im November begleitet Max mich zur nächsten Auktion und wir sehen uns an, was der Pferdemarkt zu bieten hat. Er hat ein geschultes Auge für die Tiere. Eine Stute hat er mir gleich abgekauft. Er hat mir verraten, dass er ohnehin die Anschaffung eigener Pferde geplant hatte."

Edith wurde speiübel, als sie Arthurs Worten folgte. Was trieb Palm für ein schlechtes Spiel? Er konnte doch nicht hinter ihrem Rücken ein Rennpferd kaufen. Sie würde dafür aufkommen müssen. Sie musste etwas tun, um weitere Katastrophen zu verhindern. In ihrer Not täuschte sie plötzliche Schmerzen vor und legte sich die Hand auf den Magen.

„Oh je, Verzeihung." Sie stöhnte und hielt sich gleich darauf theatralisch am nächstbesten Stuhl fest. „Ich fürchte, mir ist nicht gut, Max. Es ist der Magen. Du weißt, in den letzten Wochen macht er mir immer wieder arg zu schaffen. Hoffentlich liegt es nur am Stress." An Ella und Sibylle gewandt, sprach sie leidend. „Es war mir ein Vergnügen. Ich freue mich, wenn ich mich schon bald mit einer Einladung revanchieren kann."

In Windeseile ließ sie sich von Max zum Automobil geleiten und sie machten sich auf den Heimweg.

„Es war mir nicht bekannt, dass du Probleme mit dem Magen hast. Das solltest du auf jeden Fall ärztlich untersuchen lassen."

„Ich habe kein Problem mit dem Magen. Ich musste nur einen Weg finden, wie wir schnell und unkompliziert fortkamen, damit du nicht noch mehr Unheil anrichtest." Edith antwortete kühl, während sie damit beschäftigt war, den Ring, den sie anlässlich der Verlobung trug, wenn sie in Gesellschaft war, abzunehmen und ihn dann in einem kleinen Samtbeutelchen verschwinden zu lassen. Dass sie ihn nicht bei der Arbeit tragen wollte, um ihn nicht zu verlieren, war anerkannt worden. Die Wahrheit war, dass sie den Ring hasste, sich allein durch das Gefühl an ihrem Finger eingeengt fühlte.

„Was willst du damit sagen?"

„Dass du nicht mir nichts dir nichts Mitglied im Rennverein werden und ein Pferd kaufen kannst. Du gibst Geld aus, das du nicht hast!“

„Soweit ich weiß, ist nur der engste Kreis der Familie in diesen Umstand eingeweiht. Trotz dieser, ich will meinen etwas unglücklichen Situation, habe ich wohl ein Anrecht auf gewisse Annehmlichkeiten, wenn ich schon den Rest meines Lebens an dich gefesselt bin.“

Edith verschränkte die Finger fester ineinander als notwendig und legte ihre Hände in den Schoß. „Wenn du mir die Bemerkung erlaubst: Ich bin genauso in einer Zukunft mit dir gefesselt. Sieh es als Geschäft und achte die Regeln unter Geschäftsleuten. Ich erwarte, dass du wenigstens mit mir sprichst, bevor du das Geld meiner Familie für ein Rennpferd oder ähnlich teures Vergnügen ausgibst.“

Edith bemühte sich um einen besänftigenden Ton, doch die Selbstgefälligkeit, die Palm an den Tag legte, war mehr als beunruhigend.

„Mädchen, dein Onkel bezahlt mich dafür, dass ich dir den Hof mache und die Rolle eines anständigen Ehemannes spiele. Wenn du eine glaubwürdige Angelegenheit aus diesem Theater machen möchtest, so werde ich hin und wieder Entscheidungsfähigkeit an den Tag legen müssen. Ein Mann steht zu seinem Wort und ein gewisses Privatvergnügen muss mir vergönnt werden.“

„Du hast mir ebenfalls dein Wort gegeben.“

„Ich rede von dem Wort unter Männern.“

Edith hielt die Luft an. Der Moment der Erkenntnis schmerzte sie. Maximilian Palm war ein Spieler. Auch jetzt und er lebte von Chance zu Chance. Sein anfängliches Sträuben war vielleicht noch ein echtes gewesen, aber mittlerweile fand er sich gut in die Geschichte ein. Im Moment betrachtete er Geldermanns und Edith mehr oder minder als seine Goldesel und bereicherte sich ohne Bedenken. Vielleicht mochte er Onkel Leopold sogar und war bereit, ihm einen Gefallen tun. Am meisten aber liebte er sich selbst und würde nicht zögern, Edith in den öffentlichen Ruin zu ziehen, wenn sie ihm in ihrer gemeinsamen Zukunft sein Privatvergnügen, was immer diesbezüglich noch kommen mochte, nicht finanzierte.

Sie dachte an die Blumen, die er ihr seit der Übereinkunft regelmäßig mitbrachte und an die Spazierfahrten durch die Stadt, um sie bei gemeinsamen Unternehmungen zu zeigen. Palm erhielt bereits ein wöchentliches Einkommen, das ihm ein entsprechendes Auftreten ermöglichte. Darauf hatte Onkel Leopold bestanden.

Edith war nach langem Zögern mit allem einverstanden gewesen. Sie hatte in Kauf genommen, dass man ihr ohne Mann kein Unternehmen zugestand. Sie hatte sich gegen Hubert gewehrt, der sie nicht ernst nahm und nun war sie im Begriff, Max zu heiraten, der sie ebenso wenig schätzte. Sie kam vom Regen in die Traufe.

„Meine Liebe, wie wäre es, wenn du mich morgen Nachmittag nach Köln begleitetest? Ich bin mir sicher, wenn du die Pferde erst gesehen hast, bessert sich deine Stimmung.“

Sie erreichten Kerchheim, als Palm seinen versöhnlichen Vorschlag anbrachte.

„Nein, danke. Ich habe hier mehr als genug zu tun und am Nachmittag wird die Schneiderin kommen, um für die Änderungen meines Kleides Maß zu nehmen."

„Dann trifft es sich doch ausgezeichnet, wenn ich allein mit Pönsgen zur Rennbahn fahre. Ein Bräutigam soll das Kleid seiner Braut vor der Hochzeit nicht sehen. Das bringt nur Unglück."

Edith wartete nicht, bis er ausgestiegen war und die Tür geöffnet hatte, sondern verabschiedete sich hastig und lief ins Haus. Den Gedanken daran, für den Rest ihres Lebens auf Max und seine Kapriolen achtgeben zu müssen, ertrug sie nicht.

Bereits kurz nach Sonnenaufgang stand Edith auf, kleidete sich an und lief hinüber in die Fabrik. Sie musste etwas tun, ihre Gedanken ordnen, Nervosität und Verärgerung aus ihrem Körper treiben. Also begab sie sich in die Wolferei, um ein neues Mischbett vorzubereiten. Sie nahm sich Zeit. Fühlte die Rohwolle, inhalierte den so typischen Geruch und rieb die unterschiedlichen Fasern zwischen ihren Fingern. Es war nur ein kurzer Moment der Überwältigung, als sie allein inmitten ihres Lebenstraums stand, doch in diesem Moment erlaubte sie sich, ein paar leise Tränen zu vergießen.

Wie lange hatte sie gebraucht, um Onkel Leopold zu überzeugen? Wie vielen Männern hatte sie sich schon widersetzen müssen? War das alles die Mühe wert gewesen? War es zu spät, alles aufzugeben? Sollte sie sich am Ende doch fügen? Nein.

Ediths Tränen brannten auf den Wangen, als sie sich sammelte. Es gab viele Frauen, die das, was sie tat, schätzten und sie mit aller Kraft unterstützten. Angefangen bei Tante Luise und Ursi und nicht zuletzt bei den Frauen des Handarbeitskreises, die sie nur hin und wieder zu Gesicht bekam, die aber Himmel und Hölle in Bewegung setzten, um diese Vereinbarung aufzusetzen. Es wäre vermessen, alles aufzugeben, nachdem sie schon so weit gekommen war. Und was die Zukunft dann brächte, war ungewiss.

Edith strich liebevoll über das kalte Metall der Waage, genauso wie Leopold jede einzelne Apparatur befühlt hatte, als er mit ihr durch die Fabrik gegangen war. Dann unterbrach ein Räuspern ihre Gedanken. Erschrocken wischte sie die Tränen aus ihrem Gesicht und sah sich um. Franz stand im Durchgang zum Warenlager und beobachtete sie.

„Guten Morgen. Wie lange stehst du denn schon da?"

„Schon eine Weile", gab er zu. „Darf ich dabei helfen?"

Edith nickte. Gemeinsam wogen sie die Rohwolle, fuhren sie hinüber und breiteten das Material für die Vorbehandlung aus. Die Arbeit war anstrengend und sie sprachen nicht miteinander. Jeder Handgriff war klar und doch fühlte Edith währenddessen Zufriedenheit in sich. Einen Zustand, den sie lange vermisst hatte. Genauso wie Franz, das wurde ihr schmerzlich bewusst. Er war ihr in den letzten Wochen aus dem Weg gegangen. Oder war es umgekehrt gewesen? War sie so mit allem anderen beschäftigt gewesen oder hatte sie selbst Franz gemieden? Vielleicht, um sich vor ihm für ihr Tun nicht rechtfertigen zu müssen? Hatte sie etwa Angst vor dem, was er darüber dachte?

Edith unterbrach ihre Arbeit und sah zu ihm herüber. Er war derjenige, der jetzt, im Moment des größten

Zweifels, bei ihr war und die Rohwolle auf dem Fußboden verteilte. Er war der Freund, dem sie sich immer hatte anvertrauen können. Er war derjenige, der sie in allem, was sie tat, unterstützte. Sie wollte nicht, dass er schlecht von ihr dachte und sie schämte sich dafür, dass sie nicht zu ihrem Wort gestanden hatte. Ihn hatte sie im letzten Jahr mit der Begründung abgewiesen, dass eine Ehe für sie niemals infrage käme. Ob seine Gefühle sich seit dem letzten Sommer verändert hatten?

Edith rief sich die Gespräche am Bach in Erinnerung und lächelte unwillkürlich. Sie dachte an den verrückten Moment, als Franz sich wünschte, dass sie blieb und ihn heirate. Er hatte ihre Antwort akzeptiert, sie nicht gedrängt und ihr noch dazu ein wunderbares Geschenk gemacht. Ohne seine Ermutigung hätte sie ihre Nase wahrscheinlich nicht den ganzen Winter über in all den Büchern vergraben. Und schließlich war da noch dieser Augenblick des Abschieds, als sie sich geküsst hatten. Unbeschreiblich, unwiederbringlich. Sie taten seither, als wäre es nie geschehen. Als hätte es diesen besonderen Moment zwischen ihnen niemals gegeben.

Edith begriff, dass ihr diese Erinnerung die teuerste und liebste in ihrem Leben war. Wenn sie jetzt sterben müsste, so nähme sie jenen Augenblick, diesen einzigen wahren Kuss, mit ins Grab. Und Franz? Dachte er etwa auch an diesen Moment zurück? Vielleicht hatte er auch schon längst eine andere geküsst. Bei diesem Gedanken zog sich ihr Herz schmerzlich zusammen.

Franz war noch immer damit beschäftigt, die Wolle auszubereiten. Er schien nicht zu bemerken, dass sie aufgehört hatte, es ihm gleichzutun und ihn stattdessen beobachtete.

Edith jedoch wurde von einer unbändigen Sehnsucht erfasst. Nein. Die Sehnsucht war schon sehr lange da – tief in ihrem Inneren verborgen – und nun hatte sie selbst sie entdeckt, in die Freiheit entlassen und während dieser Befreiung war die Sehnsucht gewachsen. Sie war urplötzlich so riesig geworden, dass es ihr vollkommen unmöglich war, dieses Gefühl wieder auf seine bisherige Größe zu schrumpfen oder gar wieder zu verstecken. Konnte sie ihrem Schicksal womöglich noch eine Wendung geben?

Ohne darüber nachzudenken ging sie auf Franz zu. Für einen Moment standen sie sich gegenüber, verhalten, sprachlos. Dann fanden ihre Lippen die seinen. Zaghaft und unsicher, nicht lange genug, als dass er Zeit gehabt hätte, ihren Kuss zu erwidern. Hoffnungsvoll sah sie in seine braunen Augen und zerging beinahe, als er ihren Blick erwiderte, ebenso sehnsüchtig, hoffnungsvoll und dann die Arme um sie schlang. Sie küssten sich mit der Leidenschaft, der eine lange Entbehrung und eine große Verzweiflung innewohnte. Ediths Herz raste, Franz' Körper strahlte eine angenehme Hitze aus, er roch vertraut und aufregend neu. Er hielt sie fest in seinem Arm und sie hoffte, es könnte für die Ewigkeit sein.

Als er sich schließlich von ihr löste, wähnte Edith ihr Glück zum Greifen nah. Franz hatte sie bereits einmal gefragt. So, wie er ihren Kuss erwidert hatte, empfand er gewiss noch immer für sie. Also sah sie ihm hoffend in die Augen und wartete. Wartete darauf, dass er sie noch einmal darum bat, ihn zu heiraten. Sie würde es mit jeder Faser ihres Körpers bejahen.

Doch Franz sagte nichts, nicht ein Wort. Er strich ihr über die Wange, über das dunkle Haar und sah sie mit einem Blick voll trauriger Gewissheit an.

Ein Schauer überkam Edith. Auch wenn sie seine Beweggründe nicht verstand, so begriff sie doch schmerzlich, dass er ihr die Frage der Fragen nicht stellen würde. Diese Erkenntnis raubte ihr den Atem, der jähe Verlust all ihrer Hoffnung brannte wie Feuer in ihrer Brust und sie lief zum ersten Mal in ihrem Leben davon. Was hatte sie sich nur dabei gedacht?

24

Dank der frühen Stunde war Edith niemandem sonst an diesem Morgen begegnet. Sie war unbemerkt in ihr Zimmer geschlüpft und hatte sich ihrem Kummer ergeben. Erst als sie glaubte, keine weitere Träne mehr vergießen zu können, als sie sich so leer fühlte, als könnte sich niemals wieder eine Empfindung in ihr regen, wusch sie sich und kleidete sich neu an. Es war Zeit, mit Tante Luise das Frühstück einzunehmen.

„Wie geht es dir heute, Edith? Du wirst doch nicht krank werden?", fragte Luise besorgt.

„Ich bin nur ein wenig erschöpft. Die Aufregung um die Heirat ist doch mehr, als ich erwartet hatte."

„Das stimmt. Und diese ist zudem ein recht besonderes Unterfangen."

Marie goss den beiden Kaffee ein, dann ging sie zurück in die Küche. Die Frauen hörten, wie sie dort mit der Krankenschwester sprach, die das Frühstück für Leopold mit in den ersten Stock nehmen wollte.

Mitfühlend griff Edith nach der Hand ihrer Tante. Diese liebte ihren Mann von Herzen und litt unbeschreiblich unter dem Gedanken, dass seine Tage auf Erden gezählt waren. Dieser Schmerz bliebe Edith mit Maximilian sicherlich erspart. Ihre Ehe war ein Geschäft, nicht mehr und nicht weniger. Sie würde sich arrangieren.

Nach dem Frühstück nahm sie die tägliche Arbeit auf, als sei am Morgen nichts Außergewöhnliches geschehen. Zwischendurch ertappte sie sich dabei, dass sie Ausschau nach Franz hielt, doch sie bekam ihn nicht zu Gesicht.

Den Nachmittag verbrachte sie mit der Schneiderin im oberen Stockwerk. Dort hatte Tante Luise ihr ein weiteres Zimmer zur Verfügung gestellt. Als Edith sich in Luises Kleid aus heller Seide, das mit einem hohen Kragen versehen und an den Seiten sowie den langen Ärmeln mit kunstvoller Borte verziert war, betrachtete, war es ihr, als sähe sie eine andere Frau. Eine fremde, wunderschöne, traurige Braut, der sie zu gern Zuversicht und alles Glück der Welt gewünscht hätte. Doch in ihr regte sich nichts. Nicht einmal ein Fünkchen Mitleid.

Während sie stillstand und sich mühte, der Schneiderin nicht ins Handwerk zu pfuschen, während diese den Stoff feststeckte und neue Nähte aufs Kleid setzte, drang Stimmengewirr hinauf.

Es waren die Juristinnen aus dem Handarbeitskreis. Edith erkannte sie an ihren Stimmen. Sie trafen sich in letzter Zeit immer häufiger zum Kaffee und gaben sich große Mühe, hörbar über Belanglosigkeiten zu lamentieren, während sie die wichtigen Dokumente unter dem Deckmantel der Verschwiegenheit prüften und fertigstellten.

„So, fertig. Sie müssen sich nun etwas in dem Kleid bewegen. Dann sagen Sie mir, ob es noch irgendwo unangenehm ist und ich etwas ändern soll. Am besten gehen Sie zwei- oder dreimal die Treppe hinauf und hinunter, setzen sich und trinken ein Glas Wasser. Ich räume derweil etwas auf und wenn Sie in ein paar Minuten wieder hier oben sind, sehen wir, was noch zu tun ist.“

Als Edith das Zimmer verließ, waren die Stimmen bereits verstummt. Schade, sie hätte die beiden gern begrüßt und sich noch einmal bedankt. Normalerweise bewiesen sie mehr Ausdauer, aber wahrscheinlich hatten sie selbst genug zu tun.

Vorsichtig und mit besonderer Aufmerksamkeit für den Stoff, der sie umhüllte, stieg Edith die Treppenstufen hinunter. Sie hielt sich mit einer Hand am Treppengeländer fest, mit der anderen hatte sie den Stoff behutsam zusammengerafft, damit sie freien Blick auf ihre Füße und die Stufen hatte. Die Schneiderin hatte perfekte Arbeit geleistet. Es gab nichts, dass sie daran hätte aussetzen können. Tante Luise würde sicher zufrieden sein. Als Edith den Kopf hob, blickte sie in vier erstaunte Gesichter. In die der beiden Juristinnen, zwei unverheiratete Damen mittleren Alters in hochgeschlossenen dunklen Kleidern und zusammengeknoteten Haaren und in das von Tante Luise, die einen wunderschönen Blumenstrauß in der Hand hielt. Daneben stand Franz in seinem Sonntagsaufzug und einem zweiten, noch größeren Gebinde.

Die Zeit schien eingefroren, sekundenlang. Dann kam Bewegung in die Frauen, die sich soeben noch angeregt unterhalten hatten. Die Juristinnen liefen Edith entgegen, bewunderten kurz das Kleid und drängten sie wieder hinauf, wo sie selbiges wieder ausziehen und einige wichtige Fragen beantworten sollte. Aus dem Augenwinkel sah Edith, wie Franz von Tante Luise eiligst ins Wohnzimmer dirigiert wurde.

„Sie haben hervorragende Arbeit geleistet“, lobten die Damen die Schneiderin und drehten Edith überschwänglich wie einen Musikkreisel in alle Richtungen, um das handwerkliche Wunder zu bestaunen. Sie gaben sich große Mühe, Edith nicht zu Wort kommen zu lassen.

„Du bist so hübsch darin anzuschauen.“

„Es steht dir ausgezeichnet. Zieh es nur rasch wieder aus, damit es keinen Schaden nimmt.“

„Und dann komm gleich noch einmal zu uns. Die Vereinbarung ist fertig. Wir wollen sie gemeinsam durchgehen.“

Dann halfen sie Edith in ungebührlicher Eile aus dem Kleid und stoben davon. Die verdutzte Schneiderin nahmen sie gleich mit und ließen Edith in ihrem aufgewühlten Zustand und nur im Unterrock zurück.

Es war frisch im Zimmer, also kleidete sie sich zügig wieder an. Der Gedanke an Franz, die Frage nach dem Grund seines Kommens, die große, unerfüllte Sehnsucht und die unverbesserliche Hoffnung verbanden sich zu einem nervösen Zittern, das sie am ganzen Körper befiel.

Was auch immer sie gleich erwartete, Edith musste hinuntergehen. Allein in dem Zimmer, nur in Gesellschaft des Kleides, bangte sie um ihren Verstand. Sie lief die Treppe hinunter, ging geradewegs ins Wohnzimmer und traf dort auf niemand anderen als die beiden Juristinnen.

„Wo ist Tante Luise?“, fragte sie mit zitternder Stimme. Um Franz zu erwähnen, fehlte ihr der Mut.

Doch die beiden Frauen schüttelten nur unwissend die Köpfe und machten ratlose Gesichter. Nicht ohne

Enttäuschung setzte Edith sich zu ihnen und sie gingen das umfangreiche Dokument, die Vereinbarung zur Gütertrennung, Seite für Seite durch. Es fiel ihr schwer, den Ausführungen konzentriert zu folgen. Warum war Franz hergekommen und dann wieder gegangen?

Sie waren mittlerweile beinahe am Ende des Dokuments angekommen. Nur noch die Seiten, in denen die Namen der Beteiligten eingetragen werden sollten, standen aus, als Tante Luise ins Wohnzimmer trat und mit ihr Franz, die Blumen noch immer in der Hand.

„Besuch für dich, Edith“, raunte Tante Luise. „Ihr könnt gern hier miteinander sprechen. Wir wollten sowieso noch gemeinsam auf die Veranda gehen.“ Tante Luise bedeutete den Juristinnen, sie zu begleiten.

Wenig später waren Franz und Edith allein. Edith bebte und brachte keinen Ton heraus.

„Ich hoffe, du verzeihst mir“, begann er und ging langsam auf sie zu.

„Was gibt es denn zu verzeihen?“

„Dass ich dich stundenlang im Ungewissen über meine Absichten ließ. Ich musste einige dringende Angelegenheiten in Ordnung bringen.“

Sie nahm die Blumen, die er ihr überreichte, mit kraftlosen Fingern entgegen. „Von welchen Absichten und welchen Angelegenheiten sprichst du?“

Sie verlor sich fast in ihren Gefühlen. Die Sehnsucht erdrückte sie schier und doch getraute sie sich nicht, der Hoffnung die Tür zu öffnen.

Der übermäßige Schmerz, den sie am Vormittag so intensiv durchlitten hatte, war noch zu frisch. Erst als Franz vor ihr auf die Knie ging, holte sie einem

Schluchzer gleich tief Luft. Tränen der Rührung, der Freude und der Angst stiegen ihr in die Augen.

„Liebste Edith, mein Herz ist dein, seit wir uns das erste Mal begegnet sind. Keine andere Frau könnte jemals deinen Platz einnehmen. Der Gedanke daran, dass wir niemals zueinander finden könnten, machte mir das Leben unsagbar schwer, auch wenn die Möglichkeit, dir ein Freund sein zu können, den Schmerz linderte. Heute hast du mir den Mut gegeben, dich entgegen aller Vorsätzen noch einmal um deine Hand zu bitten. Edith, willst du meine Frau werden?“

„Franz, ich möchte so gern.“ Die Antwort ging in einem Schluchzen unter.

Doch das genügte ihm. Er zog einen Ring aus der Tasche, um ihn Edith an den Finger zu stecken.

„Oh nein. Ich weiß gar nicht, ob das erlaubt ist. Ich bin doch schon verlobt, auch wenn ich den Ring nicht trage“, raunte Edith.

„Ich denke, das ist in diesem Fall schon in Ordnung“, vernahmen sie Tante Luises glückliche Stimme und gleich darauf eilten alle drei Frauen ins Zimmer, um sie zu beglückwünschen.

„Gib mir mal die Blumen, Kind. Ich stelle die armen Dinger ins Wasser.“ Tante Luise nahm den Strauß an sich und Franz ergriff die Gelegenheit, Edith bei den Händen zu nehmen. Gemeinsam gingen sie zur Tür.

„Ich spreche mit Maximilian, sobald er eintrifft“, versprach ihm Edith und als er nickte, sah sie eine rosige Aufgeregtheit in seinem Gesicht.

„Ich bin so froh, dass du gekommen bist“, flüsterte sie. „Verrätst du mir noch, welche dringenden Angelegenheiten du in Ordnung bringen musstest?“

„Natürlich. Ich wollte alles richtig machen und habe zuvor den Segen deines Onkels und deiner Tante eingeholt."

Edith lächelte, doch dann hielt sie erschrocken inne. „Du hast ja schon das Kleid gesehen. Wie furchtbar, das bringt Unglück!"

„Bisher kann ich deine Angst nicht bestätigen. Ich bin der glücklichste Mensch auf Erden."

Oberstleutnant Maximilian Palm trug die Veränderungen mit Fassung. Er löste die Verlobung gegen eine weitere stattliche Zahlung und zeigte sich wenig betrübt – im Gegenteil. Diese kleine Vorstellung hatte ihm ein ordentliches Sümmchen und einigermaßen Aufsehen eingebracht, womit er gut über den Winter kommen und die Gesellschaft der Herren des Rennvereins genießen konnte.

Für Edith blieben alle Planungen unverändert, nur glücklicherweise und entgegen jeder früheren Behauptung mit einem Mann, den ihr mutiges Herz auserkoren hatte. Obgleich die Verlobungszeit des Paares ungebührlich kurz war, wurde die Ehe geschlossen, denn der sehnliche Wunsch Leopolds, dies alles noch vor seinem Tode erlebt zu haben, ließ keinen Zweifel an der Dringlichkeit.

All dies lag bereits einige Wochen zurück und ein schneereicher Winter war derweil übers Land gekommen. Straßen, Dächer und Felder lagen verborgen unter dem vom Kaminrauch ergrauten Schnee.

Edith stand am Fenster des Arbeitszimmers, das bis auf Kissen und Decke noch immer in demselben Zustand war, wie an dem Tag, als Onkel Leopold in seinem Sessel eingeschlafen war. Fast täglich kam sie in dieses

Zimmer, wollte die Erinnerung an die letzten Stunden wachhalten. Wollte den Klang seiner letzten Worte in ihrem Herzen bewahren. *Nun bist du endlich eine gute Fabrikantin.* Dann hatte er gelächelt und müde die Augen geschlossen. Es war an einem Freitag gewesen, wenige Tage nach der Eheschließung. Ein nasskalter Tag Anfang November.

Tante Luise hatte sich bereiterklärt, zumindest bis zum nächsten Frühjahr in Kerchheim zu bleiben. Die Damen des Handarbeitskreises fanden sich nun häufiger allein oder in Grüppchen bei ihr ein und erfreuten sich an dem Glück der jungen Menschen, an dem sie maßgeblich beteiligt waren.

Edith befühlte gedankenverloren den Ring, den sie, seit sie das Ehebündnis mit Franz eingegangen war, noch nicht wieder abgelegt hatte. Sie hatte ihre Entscheidung nicht einen Moment bereut. Doch ihr war mit jedem Tag bewusster geworden, wie groß die Aufgabe, der sie sich gestellt hatte, doch war. Dass Hubert Dietrich zu vielen gehörte, denen gegenüber sie sich behaupten wollte und musste. Angst hatte sie nicht. Mit Franz an ihrer Seite fühlte sie sich wohl, aber sie wusste, dass sie stark und auf der Hut sein musste, um nicht ins Hintertreffen zu geraten. Edith schloss die Augen und versprach sich, das Erbe ihres Onkels zu schützen. Dann gab sie sich einen Ruck und setzte sich an dessen Schreibtisch. Dort lagen bereits ein Brief an Ursula, die ausgeschnittene Traueranzeige der Kerchheimer Tageszeitung und die Skizze für ein neues Emaille-Schild in doppelter Ausführung. Ein Exemplar faltete sie und legte es dem Brief an ihre Schwester bei. Das andere ließ sie gut sichtbar auf der Arbeitsplatte liegen, bevor sie sich auf den Weg zu Franz und Tante Luise machte. Das Sechswochenamt stand bevor.

Tuchfabrik Geldermann, Inh. Edith & Franz Bergemann (Ing.)